総務部の丸山さん、イケメン社長に溺愛される

目次

総務部の丸山さん、イケメン社長に溺愛される

「うわぁ、今日もいい天気だなぁ」

アパートの窓から空を見上げて、里美《さとみ》は目を細めた。

「さてと……。今日はなにをしようかな。映画でも観に行こうか、それとも部屋で読書三昧《ざんまい》しちゃうか――」

丸山《まるやま》里美、二十五歳。

身長百六十二センチ、体重は五十キロ台の半ばあたりをうろうろしている。里美は、ぱっと見ただけではまるで印象に残らない。美人でも不美人でもない、ごく平凡な顔。道ですれ違っても、百パーセント記憶されないだろうし、集団生活においても、空気のようにいるかいないかわからないタイプ――。そんなキャラだ。

「はい、サボ子。今日は一日ここでひなたぼっこしててね」

里美は、ベランダの丸椅子の上に、手に持ったウチワサボテンの鉢を置いた。

「サボ子」というのは、里美がつけたサボテンの名前だ。七年前、大学進学とともにひとり暮らしを始めて、初日に行った駅前の商店街でひと目ぼれしたのだ。最初は丸い葉っぱ一枚だけだった

「サボ子」だけど、今ではてっぺんからふたつの葉を伸ばし、まるでウサギの頭のような姿形にまで成長している。

「せっかくの天気だし、とりあえず洗濯をすませちゃおう」

里美は両手を上げ、思いっきり背伸びをした。

気持ちよく晴れたゴールデンウィーク最終日に、スケジュールが空いている人はそうそういないだろう。現に、里美の友人は皆、彼氏とデートだ。対して里美はというと、彼氏いない歴イコール年齢。つまり、今日のような日にデートの予定などあるわけがないのだ。でも、なにもわざと彼氏をつくらずにいるわけではない。ただ単に、縁がなかったというか、これまで生きてきたなかで、これといった人に出会ったことがないだけ。いいな、と思っても、それが好きという気持ちに進化することはなかった。

そんなわけで、おひとり様な里美は特になんの用事もなく、結局、本を読んだり買い出しに行ったりしただけで、一日が終わった。

「サボ子、今日も一日平和だったね」

小さく欠伸《あくび》をしながら、里美はひなたぼっこを終えた「サボ子」に話しかける。

連休明けの明日は、きっと忙しい一日になるだろう。だけど、忙しいのは嫌いじゃない。

里美は、ベッドにもぐり込むと、「サボ子」におやすみを言ってすぐに深い眠りのなかに落ちていった。

里美が勤務する株式会社「BLANC VERITE《ブラン・ヴェリテ》」は、今時の若者なら知らない者はいないくらいの、大手アパレル会社だ。原色を多用したブランドをメインにしつつ、そのほかに八種類のブランドを展開している。ファッション誌には毎号なんらかのアイテムが取り上げられるし、芸能人やモデルにもファンが多い。

デザインは個性的だし、着こなすのも容易ではない、言わば孤高のブランド。だけど、それだけに、熱狂的な支持者がいる――それが「ブラン・ヴェリテ」の業界的立ち位置だ。

社員は私服勤務で、ふだんから自社ブランドをメインに、それぞれが様々な着こなしを楽しんでいる。社員ひとりひとりが、歩く広告塔の役目を担っていると言っても過言ではない。

そうはいっても、里美は入社以来ずっと本社総務部勤務。他部署と比べると、どうしても地味な印象があるし、実際部署内の顔ぶれを見ても、どちらかといえば控えめなヴィジュアルを持つ人材が集まっている。

里美自身もご多分に漏れず、しっかり地味な人材だ。

連休明けの月曜日、里美はいつものようにアパートを出発した。時間は、七時ちょうど。始業は九時半で、通勤時間は約一時間だから、でかけるには明らかに早すぎる。だけど、通勤ラッシュを避けるにはこの時間がベストなのだ。

というのも――

「す、すみません！　降りま～す！」

目的の駅で声を張り上げ降りようとしても、あと少しでホームだというところで、乗り込んできた乗客に押し戻され下車できず。そうこうするうちにそのまま次の駅、そのまた次の駅へと連れていかれることが、何度もあったためだ。結果、電車が混む時間帯を避けて出社するようになった。

華やかな業界に身を置いているとはいえ、里美自身はまるで地味で目立たない。いや、目立たないというより、存在すら認識されないことが日常茶飯事《さはんじ》だ。それは、今に始まったことではない。里美が物心ついたころからそうだし、今ではもうすっかりそれが当たり前になってしまっている。

実家でも、一日中家にいたというのに、家族から「いたの?」と言われることがしょっちゅうあった。行きつけの美容院でも、うっかり眠りこけるまでシャンプー台で放置されたことだってある。バスに乗っていねむりをしようものなら、運転手に気づかれずそのまま車庫に連れていかれてしまう。飲食店に入っても、よほどアピールしなければ店員に気づかれない。

その場にいても、まるでいないものとして扱われるのが普通で、里美自身そういったことにもうすっかり慣れてしまっているのだ。

友だちは言う。

「里美って、気配消すの上手いよね」

確かに、気配の薄い人は、世の中に少なからずいる。だけど里美の場合、それが群を抜いているのだ。

社会人になってからも、里美の特性は変わらない。

「丸山さんったら、いるかいないかわからないんだもん」

ずっといるのに、いつからそこにいたのかと驚かれる。一度などは、同期の飲み会の席で隣にいた男性社員に、腰を抜かす勢いで驚かれてしまった。

「うわあっ、びっくりしたぁ！　いきなりそこにいるから幽霊かと思ったよ！」

「ちょっとそれ、いくらなんでも失礼でしょっ！」

女性社員にたしなめられ、彼は首を縮こめてくりかえし里美に謝罪をする。

「ごめん。ほんと、ごめん、丸山――」

本意ではないが、これまで何度も人を驚かせてきた里美だ。相手の反応にももう慣れっこになっている。

「ううん、いいのいいの！　気にしないで。ぜんぜん平気」

相手に悪意がないのはわかっている。それに、自分でも自覚しているからか、里美はこれまで一度も自身の存在感の薄さで嫌な思いをしたことがない。

その後、同じようなことが何度かあり、そのたびにでてくる〝幽霊〟というフレーズは、いつしか里美のうたい文句になっていた。

「ほら、またでた。里美の〝幽霊さん〟――」

あるとき、同期の女性社員がそう言ったのをきっかけに、里美はごく親しい仲間から〝幽霊さん〟と呼ばれるようになる。その呼び名は、里美がそれらしいエピソードを起こすたびに少しずつ社内に広まっていった。そして、今ではそれが、親しみを込めた里美のニックネームになっているのだ。

そんな〝幽霊さん〟里美は、朝一番に出社すると、まずは各フロアを巡回する。

まだ誰もいないフロアに明かりをつけ、総務部員として、備品の過不足をチェックしながら通路を歩く。コピー用紙が切れていたら補充し、照明がちゃんとつくかどうか点検をする。あちこちに点在する観葉植物に水をやり、製氷機の氷がなくなっていないか確認する。全フロアを回りながら、ちまちまとした仕事を丁寧にこなしていくのだ。

「これでよし、っと」

準備完了――

毎朝の巡回が終わり皆が出社してくるころには、仕事をするのに万全の態勢が整っているというわけだ。

始業時間をすぎると、里美はさらに忙しくなる。

「あれ～、ここにあった研修計画表知らない？」

キャビネットの前で、主任が声を上げる。それなら、さっき課長が閲覧していたはずだ。見ると案の定、用済みになった計画表が、共有スペースの机の上に放置されている。席を立ち、目当ての書類を手に、後ろを向いている主任に声をかけた。

「主任、これですか？」

「うあっ!?　――っと、丸山さんか。おぉ、これこれ！　ありがとう」

脅《おど》かすつもりはなかったけれど、役に立ててよかった。

「おーい、町内会長の沢田《さわだ》さんって方が受付にきてるらしいよ」

会社のビルが建っている地域では、毎年近所にある神社で夏祭りが行われる。きっと、その関係で訪ねてきたのだろう。

「はい、私受けます」

受付に向かうと、顔見知りの年輩男性の姿があった。

「——お待たせしました、丸山です」

「ああ、丸山さん！　今年の夏祭り、また協賛お願いできるかい？」

沢田さんのだみ声を聞くと、ひと足先に夏を感じる。

協賛も毎年のことなので、速《すみ》やかに必要な手続きをとった。

「第二会議室の空調がおかしいってさ」

部署に戻っても、席につくひまはない。ビル管理の会社に来てもらう前に、とりあえず状況を把握しに現場に行く。

「ロンドン支社から、福利厚生について問い合わせの電話入りました」

ようやく席についたところで、次はロンドン。正直、英語にはまだ大いに不安がある。相手が日本人スタッフであることを願いながら、内線を回してもらう。

男女合わせて十人の社員がいる総務部では、里美が一番の若手だ。部長の田中《たなか》を始め、皆真面目でいい人ばかりだけれど、それぞれに抱えている仕事に追われているため、イレギュラーな仕事はどうしても里美がやることになってしまう。

里美は、それらを淡々とこなしつつ、自分が受け持っている仕事を片付ける日々を送っている。だけど、それはまったく苦ではない。入社当初は戸惑いもしたけれど、今ではもう慣れたものだ。

それに、雑用とはいえ、その内容は多岐にわたる。そういったことを積み重ねているうちに、いつしか里美にはいろいろなスキルが身についていた。

（あれ？　今何時だろう）

キャビネットの前にしゃがんだまま時計を見ると、いつの間にか時刻は午後九時を回っていた。

総務部は先月、部署の統廃合にともない四階から役員室のある八階に引っ越しをした。その残務処理の一環としてファイル整理をしていたのだが、集中するあまりつい時間を忘れてしまったらしい。

「ふぅ……、今日はもう帰ろう――」

ひとり呟き、頭のなかで夕食の献立を考え始める。冷蔵庫の中身を思い浮かべてみるけれど、めぼしい食材は入っていない。

（駅前のスーパーに寄ろうかな？　でも、この時間じゃ、もう特売品は残っていないだろうし。昨日の残りものと、野菜炒めですませちゃうかな）

しばらくの間キャビネットの前でぼんやりと考え込んでいた里美だったが、ふと我に返る。

（っと、帰らないと）

デスクに戻ろうと、立ち上がって思いっきり背伸びをする。その瞬間、フロア中の照明が落とされ、辺りが真っ暗になった。

「えっ……また？」

里美は、天井を見上げる。一応周りに目を向けるけれど、真っ暗でなにも見えないし、誰の気配も感じられない。ブラインドを閉めているから、外から入ってくる明かりは、ほんの僅《わず》かだ。

さっきまで何人かの同僚がいたはずだったけれど、いつの間にか退社していたらしい。きっと彼らは、里美ももう帰ったと思い、照明を落としたのだろう。ずっとキャビネットの前にしゃがんでいたのだから、無理もない。

（やれやれ、月曜日からこれ？　……ま、いっか）

実のところ、こういうことは、これが初めてではなかった。それどころか、こうして残業をしていると、結構な確率で照明を落とされてしまう。これも里美の存在感のなさがなせる業《わざ》なのか。今期、すでに二回目。入社してからだと、もう数えきれない。

だから、今のようにオフィスの暗闇のなかに取り残されても、里美は驚かなくなっている。こんなときのために、ポケットにペン形のライトを常備しているのだ。

（あわてない、あわてない――）

暗闇に目をならすために、しばらくの間じっと立ち尽くす。それから目を開けて、ライトのスイッチを入れ、足元を照らし歩きだした。けれど先月引っ越したばかりで新しいフロアに慣れておらず、なかなか目的地にたどり着けない。

いつも以上にそろそろと歩くつま先に、なにか硬いものが当たった――と思った途端、フロアに鈍い音が鳴り響いた。同時に、ごみ箱らしきものがごろごろと転がる音が聞こえてくる。

（うわっ、しまった！）

幸い中身が空っぽだったらしく、ごみが散らかった様子はない。あわてて転がったごみ箱を探し、ようやく見つけたところで、そこが自分のデスクの前であることに気づいた。

(なぁんだ。ちょうどよかった)

里美は、ほっと安堵のため息を漏らした。そして、バッグを持ち、エレベーターホールに向かってゆっくりと歩きだす。途中、何度かふらついてしまったけれど、どうにか無事にたどり着いた。

エレベーターは二台あるが、すでに稼働時間をすぎている。

里美は緑色の誘導灯が示す非常階段のほうに向かった。重い扉を開けると、すっかり慣れ親しんだ柔らかな明かりが、里美の目の前を明るくする。非常階段の照明は、二十四時間消えることはないのだ。

ここまで来れば、もう楽勝。

里美は、余裕の鼻歌を歌いながら扉を閉めた。階段を下りつつ、頭のなかで仕事のことを考える。

(そうだ――。社長も代わったことだし、今度また役職者のスケジュール管理ソフトの導入を検討してもらおう)

以前、上司を通してそれを提案したときには、まださほど必要はないだろうとリジェクトされていたのだ。

「だけど、そのうち必要になるときがくるだろうから、そのときにもう一度提案してみてくれる?」

そう言ってくれた田中部長は、やや小太りな五十代前半の男性。いつもにこにこして物腰も柔らかいが、実は社内一、肝が据わっており、ゆくゆくは役員に昇格すると目《もく》される有能な人だ。

（今がきっとそのときだよね――）

この四月に、「ブラン・ヴェリテ」の社長が代わった。その新社長の意向で、秘書の人員がだいぶ削られたのだ。そのため、今まで秘書課が担当していた業務の一部が、総務部に回ってきていた。

（そうと決まれば、予算があるうちに申請書を出さなきゃ）

頭のなかで申請の文言を思い浮かべる。一階に到着し、取り出したマスターキーでビル全体の施錠を終えた。

このマスターキーを常時持っているのは、管理会社と社長、各部の部長だ。社員が残業するときは、そこの部長が適宜キーを渡すことになっている。今日総務部のキーを渡されたのは、同僚の男性社員だった。

しかしそれとは別に、里美は特別にキーを持たされている。それは、里美が朝一番に出社するからであり、今回のようなことが何度も起きているからでもある。

「これでよし。今日も一日お疲れ様でした」

里美は小さく頷き、軽快な足取りで駅へ向かっていった。


次の週の水曜日。里美はいつものようにアパートをでて、会社に向かっていた。電車の窓ガラスに映る顔は、いつもながらあまり化粧っ気がない。

たまご形の顔を飾るパーツは、全体的にどことなく昭和を感じさせる。ヘアスタイルも、ごくシンプルなマッシュルームカットで、前髪をやや横に流した形だ。もうずいぶん長いこと、髪型を変えていない。実際、行きつけのヘアサロンでは、いつも同じオーダーばかりしていた。

（それにしても、顔、薄っ。――自分ながらほんっと、印象が薄いよね）

会社最寄駅に到着し、改札をでる。駅前の人の流れをやり過ごして、上を向いた。空が晴れているだけでなんとなく気分がいい。

自社ビルの前に到着して、マスターキーで開錠する。そしてエントランスでちらりと周りを確認してからそのまま足を進め、自動ドアの前で立ちどまった。そこで里美はおもむろに両手を上げ、バタバタと踊る。――いや、正確には踊っているわけではない。だけど、傍《はた》から見たら、ヘタな盆踊りを踊っているようにしか見えないだろう。

里美とて、なにも好き好んでこんなことをしているわけではない。機械に対しても〝幽霊さん〟である里美は、こうやって大袈裟《おおげさ》に動かないと、センサーが反応せず自動ドアが開かないのだ。

「あれっ？　開かない……」

いつもどおり動いているのに、今日に限ってドアはぴくりとも動かない。どうやら今日は、何日かに一度ある「特に開きにくい日」のようだ。こうなったら仕方がない。里美は、肩にかけたバッグを持ち直し、さらに大きく手を振ってジャンプをした。

「どうだっ！　これでもかっ！」

小声でそう呟きながら、センサーを睨《にら》みつける。

だが、自動ドアは、開かずの扉のごとく依然無反応だ。

「ん～、今日は手ごわいなぁ……」

里美は、しまいには蟹《かに》のように横歩きをしながら、掲げた掌《てのひら》をひらひらと振った。これは、里美がこの三年間に編み出した、ドアを開けるための最終兵器で――

「おはよう。なにやってんの？」

「ひゃあっ!?」

突然背後から声をかけられ、驚いて飛び上がる。振り向くと、少し離れた場所に背が高くがっしりとした体形の男性が立っていた。

「ごめん、脅《おど》かしちゃったかな？」

秀でた眉に、すっきりと高い鼻筋。ゆっくりと瞬《まばた》きをする目は、綺麗な濃褐色《のうかっしょく》だ。

「あっ、しゃ、社長！　おはようございます！」

里美は、一歩下がり、腰を折って挨拶《あいさつ》をした。その拍子にお尻が自動ドアにぶつかる。

「っとと……」

反動で少し前につんのめってしまい、あわてて踏みとどまって顔を上げた。

「大丈夫か？」

少し癖のある黒褐色の髪が、差しこんでくる朝日にきらめいている。

「はいっ！　大丈夫です」

声をかけてきたのは、「ブラン・ヴェリテ」の社長、桜井健吾《さくらいけんご》だった。自社ブランドのスーツを見事に着こなした彼は、まるでランウェイを歩くモデルよろしく、颯爽《さっそう》と里美のほうに歩いてくる。

彼は、創始者である現会長の孫であり、今年三十歳になった直系の御曹司だ。昨年の六月までロンドンの支社長を務めており、その後日本に戻ってきて営業部の部長を勤めたのち、今年四月に社長に就任している。御曹司とはいえ、血筋だけで社長になったわけではない。入社以来、その能力は各所で高く評価をされており、社長就任も当然の流れだった。

身長は、きっと百九十センチ以上あるだろう。華やかなイケメンを前に、里美は多少の気まずさを感じている。

「後ろから見てたけど、さっきからジタバタとなにをやってたんだ？」

「あ、これですか？」

尋ねられて、里美はドアに向き直った。そして、軽く身体を揺すりながらステップを踏む。

「私って、自動ドアのセンサーに感知されにくいんです。普通に前に立っても反応しなくて。だから、毎朝こうやってドアが開くようセンサーに向かってアピールをして——、あれっ、まだだめ？」

自動ドアは、あいかわらずぴくりとも動かない。

さすがに困り果て、里美はつま先立ってセンサーをまじまじと見つめた。すると、背後から健吾が近づき、里美の顔を上から覗き込んできた。

「だめみたいだな」

「うわわっ！」

驚いて仰《の》け反《ぞ》ったところ、頭が後ろにいる健吾の胸に当たった。

「おっと——」

背後から支えられ、図《はか》らずも顔が上下さかさまになった状態で見つめ合ってしまう。肩をそっと押してもらい、ようやくまっすぐに立つことができた。

「す、すみません！　ありがとうございます」

健吾が背後に来たタイミングで、自動ドアはすんなりと開いている。

「どういたしまして。ほら、開いたよ」

健吾の後をついてビルに入り、すばやくドアを振り返った。一歩踏み出し、センサーの下に立ってみる。ドアはそのままぴったりと閉じていった。

「丸山さん、なにやっているんだ？　エレベーター来たぞ」

先を行っていた健吾が、エレベーターのなかから里美に向かって手招きをする。

「あっ――、はいっ！」

急いでエレベーターに乗り込む。

「ありがとうございます。重ね重ねすみません――」

軽く会釈《えしゃく》し、健吾に代わって操作盤の前に立った。

「いや、役に立てたようでよかった。しかし、あのドアセンサー、壊れているんじゃないのか？」

後ろに流された髪が、襟足《えりあし》で緩《ゆる》く外巻になっている。額《ひたい》から顎《あご》にかけてのラインが、秀逸なギリシア彫刻のようだ。

「いえ、その点は心配はないです。自動ドアのメンテナンスは、毎回業者さんが完璧にやってくださっています。でも、なぜか私にだけは反応が鈍いんです。ちなみに、開きにくいのはここの自動ドアだけじゃありません。日本国中、どこの自動ドアも、もれなくあんな感じですから――あ、もしかして世界規模かもしれません。少なくとも、ハワイはそうでした」

大学のとき、女友だちと四人で行ったハワイで、開かない自動ドアに思いっきり額《ひたい》をぶつけたことを思い出す。

「へぇ――、丸山さんって面白いな」

無意識に額《ひたい》を指でさする里美に、健吾は軽く笑い声を上げる。電子音が、八階への到着を知らせた。フロアにでたところで、健吾が立ちどまる。

「じゃあね〝幽霊さん〟」

優雅に手を振ると、健吾は社長室へと歩いていく。

「えっ――は、はいっ、失礼します――」

たった今言われた言葉を、頭のなかで思い返してみる。

「社長、私のこと〝幽霊さん〟って言ったよね？　なんで社長がそんなこと知ってるの？」

〝幽霊さん〟というニックネームについては、別に秘密でもなんでもない。けれど、まさか社長までもが知っているとは、思ってもみなかった。

「――っていうか、私の名前まで知ってた！」

里美は、今さらながら驚き、ぱちぱちと目を瞬《またた》かせる。

入社して三年、同じビル内に勤務するようになってから一年弱になるが、これまで一度も健吾と目が合ったことはなかった。ましてや、さっきみたいにふたりきりになるなんて初めてだ。

総務部員として、会議のお茶出し等はあるから、まるで接点がないというわけではない。しかしながら、健吾が出席する会議では、関係部署の女性社員がすすんでお茶出しや資料配布をやってくれる。そのため、里美が出る幕はあまりなかったのだ。

健吾は、まだ若いにもかかわらず、すでに経済界で一目置かれる優秀な企業人だ。その上あれほどのイケメン。女性にモテるのも当然だ。だけど、里美は健吾を異性として意識したことなどないし、それは健吾だってそうだろう。というより、存在を意識したことすらないのでは？　と思っていた。なのに、その健吾が里美のことを知っていたのだ。社長というのはすごいんだなとつくづく思う。

デスクに到着しバッグを置くと、里美は早速毎朝恒例の社内巡回に向かった。

（あ、そうだ。昨日社長室の前のコピー機がトナー切れになってたっけ）

スタート地点は、里美のデスクからすぐのカフェコーナーだ。いつもどおりの経路をたどり、社長室前のコピー機の前で立ちどまる。背後にある全面ガラス張りの部屋は、まだブラインドが閉まっている。

（それにしても、社長がこんな時間に出社するなんて、珍しいな）

空になったカートリッジをコピー機から取り外し、新しいものを手に取る。それを片手に持ち、空いている手を腰に当てた。なかに入っているトナーを拡散するためには、カートリッジを何度か傾ける必要がある。

「やぁっ！　とうっ！」

ごく小さな声を出しながら、カートリッジをゆっくりと振り回す。気分は、スローモーションで敵を迎え討《う》つ女剣士だ。なんとなく、ノリで一度やってみたら楽しくて、以降、これをやるのが里美の密かな楽しみになっていた。

「はい、これでよし……っと」

交換作業を終え、ついでにコピー用紙を補充してまた巡回に戻る。ちらりと後ろを振り返ってみると、社長室は相変わらずブラインドが閉まっていた。

(よかった――。うっかりいつも通りのことしちゃってた)

さすがにさっきのを見られるのは恥ずかしすぎる。

「八階、準備オッケー」

そう呟くと、里美は鼻歌を歌いながら、七階に向けて非常階段を下りていった。


翌日の木曜日は、なにごともなく終わった。そして迎えた金曜日の朝。里美はまたしても自動ドアの前で、健吾に遭遇する。

「おはよう、丸山さん」

後ろから声をかけられ、里美は振り上げていた手をそのままに振り返った。

「あ。社長、おはようございます」

今朝の健吾は、前回よりも落ち着いた色合いのスーツに身を包んでいる。相変わらず清々《すがすが》しいほどのイケメンぶりだ。

「今朝も自動ドアと格闘してるね」

「そうなんです。最近特にしつこく開かないんですよね」

しかし、それまで開かなかったドアは、健吾が近づいてきた途端、嘘のようにすんなりと開いた。

なんだろう、この差は。身長差？　それとも、存在感の違いからくるものだろうか？

いや、そもそも開かないのは自分だけであって、誰も皆、普通に自動ドアを通り抜けていくのだ。

里美は、大股で歩く健吾の後に従い、早足でホールを歩いていく。

「そうだ、昨日総務から回ってきた、社内スケジュール管理ソフトの導入の件だけど」

先日、ようやく申請書を再作成して、田中部長の承認をもらった案件のことだ。人事部長とのすり合わせが必要だと言っていたけれど、早々に片付けてくれたみたいだ。

「担当者欄に丸山って印鑑が押してあったけど、あれって君のことか？」

エレベーターに乗り込むと、健吾は里美のほうに向き直った。

「はい、そうです」

「そうか。ふぅん、いいね、あれ。朝一で決裁するから、あとはよろしく」

思いがけない事前通告に、里美は笑顔になる。

「ほんとですか！　よかったです～。最初は役職者の方だけでも、と思ったんですが、どうせなら社員全員のスケジュールも閲覧できるようにしたいと思って。以前作っていたものを、急いで書き直したんです」

最初こそコストがかかるが、導入すれば一気に情報の共有化が図《はか》れる。それは、結果的に業務の円滑化にも繋《つな》がり、メリットも大きくなるはず。

「添付されていた資料、なかなかよくできていたと思う。あれも君が作ったのか？」

「はい」

エレベーターが八階に到着すると、健吾は里美に先に降りるよう促《うなが》す。恐縮しながら先を行く里美に、健吾が後ろから話しかけた。

「丸山さん。悪いけどコーヒーを淹《い》れてもらっていいかな？　俺と君のふたり分ね」

「あ、はい。わかりました」

デスクにバッグを置き、廊下向こうにあるカフェコーナーに向かった。そこは、健吾が社長に就任してすぐに、新たに設置されたスペースだ。

（なんだろう？　スケジュール管理ソフトの件かな）

あと一時間は誰も出社して来ないだろうから、健吾と話した後で巡回をしてもまだ時間的に余裕がある。

コーヒーを淹《い》れ終わり、社長室に向かう。部屋のブラインドは上がっていて、ドアも開け放たれていた。

「失礼します」

ぺこりと一礼して、部屋のなかに入る。モノトーンでデザイン性の高いデスクに、応接セット。窓際には背の高い丸テーブルと椅子が置かれており、健吾がそこに座ったまま里美を手招きする。

健吾の前に淹《い》れたてのブラックコーヒーを置く。総務部の一員として、各役員の飲み物の好みはきちんと把握していた。

「ありがとう。丸山さんも座って」

健吾は、ひと口コーヒーを飲み、満足そうに口元を綻《ほころ》ばせる。

「うまい」

そう言ったきり、健吾は黙ってコーヒーを飲み続ける。カップを手にしたまま、里美は部屋のなかをぐるりと見回した。

「社長室も、お引越し完了ですか？」

「ああ、もう終わったよ。会長の私物が、あと少し残ってるけど」

健吾が指さした先には、両手に抱えられるくらいの、つづらが置かれていた。蓋が開けたままになっているから、中身が見える。

「あれ、ぜんぶ会長の私物ですか？」

一番に目についたのは、色とりどりの布でできたテディベアだ。

「ああ、そうだよ。趣味でテディベアを作ったりしててね。仕事の気分転換にいいらしいよ」

「はぁ、なるほどです……」

里美は、いかにも頑固そうでしかつめらしい会長の顔を思い浮かべた。

（会長がテディベアを……。人は見かけによらないって、ほんとなんだなぁ）

「会長宛てに送っておきましょうか？」

「いや、これは俺が持っていかなきゃいけないんだ」

健吾は、里美のほうに少しだけ身を寄せ、声を潜《ひそ》めた。

「――『わしの大事なものだから、お前自ら運んで来い』って言われててね」

ごく間近に、健吾の顔がある。至近距離にまで近づいた彼からは、ほのかに石鹸《せっけん》の香りがした。

「他にも、ルービックキューブや知恵の輪とかが入ってるよ。まるでおもちゃ箱だろ？」

これまで知ることもなかった会長の素顔に、ちょっと驚いてしまう。

「ほんとですね」

里美は、これまで知ることもなかった会長の素顔に、ちょっと驚いてしまう。健吾の前は、彼の祖父である幸太郎《こうたろう》が社長職に就いていた。彼は、かつて一度社長を辞し、息子――すなわち健吾の父、正一《しょういち》にその座を譲っている。だが、病気による正一の急逝《きゅうせい》で、今年三月まで再度社長を務めていたのだ。しかし、いくら自社の社長とはいえ、一般社員である里美とのかかわりはほぼ皆無だった。そのため、里美は、幸太郎の人となりを知らなかったのだ。

「あの、お話というのは――」

「ああ、そのことだけど――。丸山さん、先週の月曜日、遅くまで残業してたでしょ？」

「はい」

「やっぱり。それで、帰る間際に照明を消された、と」

「え？　――そうですけど。でも、どうしてそれをご存じなんですか？」

「うん、実はあれ、俺の仕業なんだ」

「えっ、社長の？」

「そう、俺が消した。ごめん――でも、もちろんわざとじゃない。フロアをぐるっと見回してみて、もう全員退社したと思ったものだから」

健吾の眉尻が下がった。端整な顔に、怒られる前の子供のような表情が浮かぶ。

(あれ？　なんか、可愛い――)

里美は、思わず顔を綻《ほころ》ばせた。

「そうだったんですか。私も、フロアにはもう誰もいないと思っていました」

里美が笑うのを見て安心したのか、健吾の口元にも笑みが浮かんだ。

「それで、帰ろうとして照明を落とした。そしたら、フロアの端のほうから、音が聞こえてきたんだ。まさか人がいるとは思わないから、白いものが見えたときには我が目を疑ったよ。それから、暗闇にぼうっとした明かりがついて、それがオフィスをふらふらと動きだして――幽霊かと思って、ものすごく驚いたよ」

社長室は、里美のデスクから遠い。あの日キャビネットの前にしゃがみこんでいた里美は、健吾の位置からはまったく見えなかったのだろう。

「すみません。驚かせてしまいましたね」

「いや、丸山さんが謝ることはないよ。ほんと、ごめん。君のほうこそ驚いただろ？」

「いいえ、私なら平気です。もう慣れてますから」

「慣れてる？　残業してて照明を消されるの、初めてじゃないのか？」

「はい、もう何度目か忘れちゃうくらいに。もちろん社長と同じで、みんな私がいることに気づかずやったことですよ」

本当に、もう何度照明を消されたかわからない。

「だからいきなり真っ暗になっても、そんなに驚かなくなってるんです」

「へえ」

健吾は、感心したように里美の顔に見入っている。

「私って、普段から存在感が薄いって言われるんですけど、仕事に没頭するとよけい気配が消えちゃうみたいで。物心ついたときからそうなんです。どこへ行ってもなにをしていても」

改めてそう口にすると、自分のことながら、なんだかおかしくなる。しかも、話している相手は、存在感ありまくりのイケメン社長だ。里美は思わず小さく笑い声を上げてしまった。

「笑いごとか？　それで困ることとか、いろいろとあるだろうに」

健吾が、呆れたように眉尻を上げる。しかし言葉とは裏腹に、里美を見る彼の目は、明らかに面白がっていた。

「ああ――、自動ドアとかですか？　でも、それも含めていろいろと慣れちゃって、あまり気になりません。あ、でも、今回は引っ越したばかりだったし、ちょっと苦戦したかもです。いつもペンライトを常備しているから、足元は照らせていたんですけど、途中で田中部長のごみ箱を蹴飛ばしちゃって」

「ああ！　あのごろごろって音、ごみ箱が転がる音だったのか。急に変な音が聞こえてきたから、幽霊だけじゃなくて、妖怪まででたのかと思ったよ」

「妖怪って！　社長って、面白い方ですね」

「いや、面白いのは明らかに丸山さんのほうだ。ほら、この間だって、そこのコピー機の前でカートリッジ片手に孫悟空《そんごくう》のマネしてただろ？」

「えっ、見てたんですか!?　確か、あのとき社長室のブラインド、閉まってたのに――」

いったいどこから見ていたのだろう？　里美は、さすがに恥ずかしくなり、顔を赤らめて首をすくめた。

「ばっちり見てた。君が近づいてくるのが見えたから、脅《おど》かそうと思ってブラインドの隙間から様子を窺《うかが》ってたんだ」

「脅《おど》かそうって……」

社長ともあろう人が、そんなことを企《たくら》むとか。まるでやんちゃな小学生の男子みたいだ。

「なかなかサマになってたよ、レディ孫悟空《そんごくう》」

「違います、あれ、孫悟空《そんごくう》じゃありません！　一応、女剣士のつもりでした」

勢いよく抗議の声を上げたものの、言いながら恥ずかしくなり、里美の声がだんだんと小さくなる。健吾が横を向いて噴きだした。

そこまで笑わなくても！

そう思ったものの、健吾の笑い方は、見ていて気持ちいいほど爽《さわ》やかで、あっけらかんとしている。

「まあ、孫悟空《そんごくう》でもいいですけど。別に悪者じゃないし」

とうとう里美も、健吾につられて笑い出した。ふたりでひとしきり笑うと、健吾は口元を引き締めて里美の前でかしこまった。

「いや、失敬。女剣士——だったか。次からは、そう思いながら見させてもらうよ」

「もう見なくていいです！」

笑い飛ばしてくれたからか、恥ずかしさはすっかり消えている。

「あ、そう言えば、社長。どうして私が〝幽霊さん〟って呼ばれてるの、ご存じだったんですか？」

「ああ、あれは、たまたま田中部長と話しているときに聞いたんだよ」

「田中部長に？」

「うん、仕事の話を終えて雑談をしてたとき、たまたま俺が見た〝八階フロアの幽霊らしきもの〟の話になったんだ。話すうち、田中部長が『それ、もしかして〝総務部の幽霊さん〟かもしれません』って言いだしてね。詳しく聞かせてもらったら、いろいろと合致したんだ」

それで納得した。健吾は、田中から里美の情報を得ていたのだ。

「〝総務部の幽霊さん〟なんて聞いたら、興味をひかれるだろ？　一度会ってみたくて、朝早く出勤してみた。そしたら、君が自動ドアの前で苦戦してるのを見つけたんだ」

「そ、そうだったんですか」

あの日里美が健吾に会ったのは、彼が意図的に待ち伏せていたからだったのか。

（なるほどね〜。珍獣を見たい、って感じだったのかな。それであの朝、あそこにいたんだ）

里美がひとり頷いていると、健吾の顔がぐっと近寄ってきた。

（ち、近いっ！）

さっきよりもだいぶ近い。石鹸《せっけん》の香りどころか、健吾の息遣いまで聞こえる。間近で見ると、健吾の肌の滑《なめ》らかさがわかった。眉もきちんと整っており、凛々《りり》しいことこの上ない。

（うわ……、なにこのかっこよさ……）

思えば、こんな美男子は生まれて初めて見るんじゃないだろうか。それに、男性とこれほど近い位置にいるのも――

「俺とふたりきりになって、ここまで冷静でいられた女性って珍しいよ」

健吾の濃褐色《のうかっしょく》の目が、里美をじっと見つめてくる。

「え？　あ……そうですか？」

「ふっ、そうですか？　って――。ほんと、君って面白いな」

健吾の顔が、そのままじわじわと近づいてくる。里美は、大きく目を見開いて、迫ってくる彼の顔を見つめた。見つめ合ううち、互いの顔が少しずつ左へと傾いていく。

（あれ……、あれあれっ……？）

里美のほうは、わざとそうしているわけではない。なんというか、健吾の気迫に押されたというか、ついつられて彼と同じ動きをしてしまっているのだ。鼻先の間は、距離にしておよそ十センチ。さすがに近すぎる――！　そう思った次の瞬間、健吾の顔がすっと離れた。

「これ、渡しておく」

健吾は、里美に小さなメモ用紙を差し出した。受け取ったふたつ折りの紙を開けると、そこには十一桁の番号が書いてあった。

「それ、俺のプライベートな連絡先だ。今度また、どこかの自動ドアがどうしても開かなくて困ったら、俺に連絡するといい。自動ドアに限らず、なにか困ったことがあったら遠慮なく電話してくれていいから」

「はい――？」

「俺が、もしものときの君の『オタスケレンジャー』になるってことだよ。知らない？『オタスケレンジャー』――俺が子供のころに流行《はや》ったアニメのヒーローだよ」

「あ、知ってます。それ！　私も大好きでしたよ！」

「そうか。じゃあ話は早いな。電話してくれれば『必ず君をオタスケレンジャー！』するよ」

健吾は、アニメヒーローそのままの台詞《せりふ》を言い、同時に決めのポーズまで真似《まね》て見せた。そして、呆気にとられている里美ににんまりと笑って見せる。

「これで、丸山さんの女剣士ごっこを見たの、帳消しにしてもらえる？」

「は？　あぁ、はい。わかりました」

里美は、くりかえし頷きながら、込み上げる笑いを抑えた。イケメン社長がいきなりなにをするのかと思えば、盗み見たことへの償《つぐな》いだったらしい。

「よかった。じゃ、そういうことでよろしく。あと、コーヒーごちそうさま」

健吾は、里美に向かって軽く片目を瞑《つむ》り、席へと戻っていく。

「いえ。では、失礼します――」

里美は、社長室をでて自分のデスクに戻った。社内巡回に行く前に、手のなかのメモ用紙を見つめる。

（素直にいただいちゃったけど……。自動ドアが開かないくらいで、社長を呼んだりできないよ）

正直、これを渡される意味がわからない。

（冗談かな？　でも、これって……）

見ると、書かれている番号は、緊急用として会社に登録されている社長の電話番号ではない。だとしたら、本当にプライベートな番号なのだろう。だけど、そもそもなんで総務部の一社員に？　興味をひかれたのは、わかった。でも、それだけでここまでするだろうか。

里美の頭のなかに、たった今終えたばかりの健吾とのやり取りがよみがえる。健吾は、想像以上に親しみやすかった。話しながら、うっかり「可愛い」なんて思ったのも事実だ。

だけど、彼は「ブラン・ヴェリテ」の社長であり、里美からしたら雲の上の存在だ。どう考えても、自分がこの先、この番号に電話をかけることなどないだろう。

里美はメモを手にしたまま、すっかり困り果ててしまった。

「うーん……、せっかくいただいたんだもんね」

社長直々に渡された番号を、そのまま捨て置くこともできない。里美は、スマートフォンを取りだし、書かれた番号を「仕事関係」のフォルダーに登録した。

午後になり、里美はひとり地下倉庫に向かった。

「ブラン・ヴェリテ」は、二年後に創業五十周年を迎える。そして、先月行われた役員会議で、社史を発行することが決まった。担当部署は総務部であり、来期から本格的な作業に取りかかることが決まっている。社史編纂《へんさん》を依頼する業者はまだ未定だが、必要なデータや資料は、事前に準備しておいたほうがいい。データ化されたものはすぐに出せても、問題はそれ以外のアナログな資料だ。

何度かあった大がかりな引っ越しにともない、行方不明になっているものも多い。それを倉庫から捜しだし、取りまとめておくのが、里美の仕事のひとつに加わったのだった。

およそ六十平米《へいべい》の広さがある倉庫は、壁の全面にびっしりと資料が保管されている。

里美は、普段から割と頻繁《ひんぱん》に倉庫を訪れていた。買い置きの事務用品や備品の類《たぐい》は、すべてここに保管されているからだ。

倉庫内のものは、一応すべて段ボールに収納されている。側面にラベルが貼ってあり、中身もわかるようになっている。しかしながら、長い年月を経る間に、中身が替わっていたり、あるべきものがなくなっている場合だってあるのだ。

今日里美が捜しに来たのは、創立当初から作られている社内報だ。

「さて、取りかかるか～」

捜し始めてすぐに、比較的新しい年代のものがでてきた。

「……一九九五年からのものは、これでよし、と……」

だけど、古いものがどうしても見当たらない。引き出した箱を点検して、位置を正しながらひたすら捜し続けた。ふと時計を見ると、もうじき終業時間であることに気づく。

「うわー、もうこんな時間！　さすがに腰が痛くなっちゃったし、今日はこれで終わりにしようかな」

そう思い、ぐっと背伸びをした拍子に、ポケットに入れていたペンライトが床に落ちてしまった。

「あ――」

ころころと転がっていくライトを追いかけるうち、ラックの下段奥に見覚えのあるつづらを見つけた。

「あれ？　これって……」

しゃがみ込んで引っ張り出してみると、朝方社長室で見たつづらと、サイズ違いのものらしかった。

「わぁ、なんだか重みがあるつづらだなぁ。これって、漆塗《うるし》りかな？　さすが、会長のおもちゃ箱……じゃなくて、私物入れに使うものって感じ」

見ると、つづらの側面に「社内報在中」と書かれた紙が貼られている。なかを確認してみると、創立時から、一九九四年までのものが、きちんと整理された並びで入っていた。

「よかった。こんなところにあったんだ。もう、捜しちゃったよ――」

一番上にあったものを手に取り、ページを開く。それは、今から二十八年前のもので、当時社長職に就いていた幸太郎のインタビュー記事が掲載されている。ページの真んなかに載せられているのは、若かりしころの幸太郎の写真だ。

「会長、若っ！」

それに、厳《いか》つい面持《おもも》ちの現在に比べて、ずいぶんと柔らかな表情をしている。そして、それよりもっと驚いたのは、彼の膝の上に座っている小さな男の子の姿だ。

「これ、社長だよね？」

その子供は、小さいながらも整った顔立ちをしており、いかにも利発そうにシャンと背筋を伸ばし笑っている。

「うわぁ、社長ったら、すっごく可愛い……」

思わず目を丸くして見入る。インタビューはシリーズ化されており、その次の号では、健吾の父、正一を含む親子三代が、自宅の玄関前に勢ぞろいしていた。

記事には、会社設立に至るまでの経緯なども書いてあり、里美はいつの間にかそれを読むことにすっかり没頭していた。

「あ、社長、ここにもいた」

広げたページに、外国人スタッフに囲まれてにっこりと笑っている健吾を見つけた。彼の横には、両親が写っている。健吾は、父の正一がロンドン支社長を務めていた五歳から九歳までの間、ずっとイギリスで暮らしていた。そのため、健吾が話す英語はとても流暢《りゅうちょう》で、ネイティブと変わらないくらいだ。

「あ、さすがにもう帰らないと――」

我に返り、周囲をざっと片付ける。

入り口に向かおうと歩きだしたところで、ペンライトを落としたままであることを思い出した。

「いっけない。忘れるところだった」

少し先に落ちているペンライトを拾おうと屈みこみ、それを拾い上げた瞬間、突然目の前が真っ暗になった。

「えっ……？」

伸ばした指先どころか、一ミリ先も見えない。あわてて目を瞬《またた》かせてみるけれど、見えるのは墨《すみ》色《いろ》の闇ばかりだ。

「もしかして、また……？」

きっと、いつものようにいないと思って電源を落とされたのだろう。一日ばたついていたし、デスクの上も片付けてきたから、もう退社したと思われても無理はなかった。

いつものこと。だけど、ここは倉庫だ。窓なんかないし、当然外からの光は一切入ってこない。さすがに一ミリ先も見えない状態では、気持ちが焦ってくる。急いでペンライトを灯《とも》し、目の前の一メートルほどの範囲を明るくした。ほっと安堵のため息をついて、明かりを頼りにそろそろと入り口に向かって歩きだす。ようやくドアの前にたどり着き、ドアノブを回し、前にぐっと押しながらドアを開けて――

「あ、あれっ？　――開かない……」

ライトに照らされたノブが、がちゃがちゃと音を立てる。だけど、いくら押してもドアはびくともしない。

「鍵、かかっちゃってる？　……あ！」

地下倉庫の鍵は、大本の電源と連動している。ドアの開閉は里美が持っているマスターキーで可能だが、鍵穴はドアの外側にしかついていない。

いつもなら、倉庫で作業をするときはドアを開けっぱなしにしておくのだが、今回に限って、かけておいたはずのストッパーが外れてしまったらしい。

「や……やだ、これってかなりまずい状況だよね……」

ドアを前に、一度大きく深呼吸をしてみた。だけど、そこから導き出された答えは「倉庫に閉じ込められた」という非情なもの――

頭が今の状況を理解した途端、背筋を冷たい汗が伝い下りる。ドアには鍵がかかっており、社内にはもう誰もいない。マスターキーはここにあるけれど、ドアの内側にいる里美が持っていても、なんの役にも立たないのだ。

「そうだ、スマホ――」

スマートフォンは通常、勤務時間内であれば、電源を切ってバッグのなかにしまい込んでいる。だけど、今日のように離席することが多いときは、マナーモードにした上で緊急連絡用ということで携帯しているのだ。ボタンを押し、ディスプレイを表示させた。時間は、午後九時二十五分。

思ったよりも長く社内報に見入っていたみたいだ。

「わっ、あと五パーセントしかバッテリーがない――」

右上にある電池マークが、赤く表示されている。電源が落ちてしまう前に、助けを呼ばなければ。ビル管理を頼んでいる会社はあるけれど、時間外対応用の番号は登録していない。田中部長にかけようとも思ったが、今夜は家族で外食すると楽しそうに話していたことを思い出した。

「警察？　いや、それはさすがに……」

できれば、大ごとにしたくない。迷った挙句、何人かの同僚に電話をかけてみた。だけど、金曜の夜だからか、誰ひとり繋《つな》がらない。

バッテリーはいよいよ残り少なくなり、あと二パーセント。画面を明るくしている今、いつ電源が切れてもおかしくない状態になってしまった。

「ど……どうしよう……」

広い倉庫だから酸欠になることはないだろう。だけど、日の当たらない地下倉庫だからか、夜になってだいぶ室内の温度が下がってきたみたいだ。普段割とあっけらかんと過ごしている里美だけど、さすがに今は相当のストレスを感じている。いくらなんでも、このままここで朝になるのを待ちたくはない。ペンライトだって、朝までは持たないだろうし、もしかしてオバケが出ないとも限らないし――

そんなことを考えた途端、急に暗闇が怖くなってきた。どこかから誰かに見られているような、今にも背後から肩をポンと叩かれるような――。それに、今日は金曜日だ。明日明後日《あさって》と休日出勤する者がなければ、里美は月曜日までここに閉じ込められたままで過ごすことになるのだ。

「おっ……落ち着いて、里美……。平気……きっと、大丈夫だから……」

ゆっくりと息を吸い込み、一呼吸おいて吐き出す。

とにかく冷静にならなければ――。そうは思うものの、気がつけば身体中ガタガタと震えている。

今からでも警察に電話しようか。だけど、事情を説明しているうちにバッテリー切れになってしまうだろう。それに、結局は鍵がなければ、扉は開かないのだ。

（そうだ、社長――！）

里美は、急いで健吾のプライベート番号を画面に表示した。もうあれこれと考えている余地はない。里美は、最後の望みをかけて健吾に電話をかけた。

『はい、もしもし？』

予想外にすぐに応答があり、ややエコーがかかったような健吾の声が聞こえてくる。

「社長、助けてください！　私、地下倉庫に閉じ込められちゃって――」

そこまで言ったとき、通話が切れた。とうとう、バッテリーの残量がゼロになったようだ。画面が暗くなり、いくら電源ボタンを押しても、なんの反応もない。

「あ……」

これでスマートフォンを使っての救助依頼はできなくなった。残った光源は、ペンライトのみだ。思わずその場に座り込んだ里美は、やがて身体を近くの壁に押しつけて丸くなった。

（でてくれたのは、確かに社長だった。今のでちゃんと伝わったかな？　倉庫だって聞き取れたかな。あ、でも……）

考えてみれば、健吾は里美の番号を知らない。あわてるあまり、名乗るのを忘れてしまった。健吾は履歴を見ても、誰がかけてきたのかわからないのだ。仮にかけ直してくれていても、もはや電話にでることはできない。

「ど……うしよ……」

こんなときこそ、落ち着かなければ。里美は、以前受けた企業防災セミナーの内容を必死に思いだそうとした。けれど、まったく頭が働かない。

とりあえず落ち着こうと、ゆっくりと数を数えてみる。ペンライトの消耗を減らすために、目を閉じてスイッチを切ることにした。

（大丈夫。社長は、きっと来てくれる。だって、オタスケレンジャーだもの。『必ず君をオタスケレンジャー！』って言ってくれたんだから——）

頭のなかに、ポーズを決めた健吾の姿が思い浮かぶ。

（でも、私だってわかってなかったら？）

（大丈夫、わかってくれてるって！）

（だけど、金曜の夜だよ？　十中八九デート中だし、彼女をほっといてまで、助けにくると思う？）

頭のなかで、楽天的な自分と悲観的な自分が舌戦を繰り広げる。

電話ではなく、ＳＮＳを使ったほうがよかったかも——。今になって、もっと効果的な助けの求め方が思い浮かんだ。暗闇のなかで目を閉じていると、周りの空気がずっしりと重くなったように感じる。

そんなはずはないのに、わけのわからない圧迫感まで感じ始めた。

やけに心臓の音が大きく聞こえる。

どのくらいそうしていただろうか。突然、閉じた目蓋《まぶた》の先に、オレンジ色の明るさを感じた。目を開け、天井を見上げる。

「あっ、電気がついた！」

あわてて立ち上がろうとして、じたばたと足がもつれてしまう。それでも必死になって身を起こし、壁伝いに出口を目指す。しっかり歩きたいと思っているのに、気が焦るばかりで、足に力が入らない。

非常階段のドアが開く音が微《かす》かに聞こえてきて、誰かがなにか言う声が続いた。鍵を回す金属音がした後、ドアが開き、白いTシャツ姿の健吾が飛び込んでくる。

「うわっ！」

ドアの前に立っていた里美に、健吾がぶつかりそうになった。

「丸山さん！　大丈夫か？」

そのまま両方の腕を掴まれ、下から顔を覗き込まれる。

「まさか本当に救助要請がくるとは思わなかった。平気か？　もう大丈夫だからな」

「し、しゃちょ――、ありがとうございま――っくしゅん！　っくしゅん！」

お礼を言う途中で、くしゃみが連続で二回でてしまった。背中に回ってきた健吾の腕が、里美の身体をすっぽりと包み込む。

「お礼は後でいい。寒かったんだろ？　身体、冷え切ってるぞ。どこか痛むところとかないか？」

首を横に振ると、温かな掌《てのひら》が里美の強ばった肩をごしごしとさする。抱きしめてくる胸元から漂ってくるのは、柔らかな石鹸《せっけん》の香りだ。

「とにかく早くここをでよう。ぐずぐずしていたら風邪をひく」

健吾に寄りかかるようにしてゆっくりと歩く。肩を抱かれたまま、一階の駐車場まで連れていかれる。車の前に着くと、健吾が助手席のドアを開けてくれた。シートに座らされ、すぐさま出発する。足元から流れてくる温風が、じんわりと身体を温めていく。

「無事でよかった――」

車を走らせながら、健吾がほっとしたようにそう呟く。カーオーディオから聞こえてくる音楽が、耳に心地いい。

「寒くないか？」

「大丈夫です。あの……、社長、本当にありがとうございました。それに、申し訳ありませんでした。私ったら、ほんとどうしようもないおっちょこちょいで――くしゅん！」

「気にしなくていいよ。言ったろ？　電話してくれれば『必ず君をオタスケレンジャー！』――するって」

運転中だからさすがにジェスチャーはなかったけれど、健吾はおどけたように声を上げて、アニメヒーローを気取る。

「本当に助かりました。いくら電源を落とされるのには慣れているからって、倉庫はきつかっ――はっくゅん！」

信号が赤になり、交差点の前で車が停止する。

「くしゃみが止まらないな。丸山さん、自宅はどこだ？」

「みなみ駅から徒歩十分のアパートです」

「そうか。じゃあ、とりあえず俺のマンションに向かうぞ。ここからすぐだから。本格的に風邪をひいてはまずいだろう」

「い、いいえっ！　そんなご迷惑をかけられません！　私なら大丈夫です。このあたりで降ろしていただければ、電車で帰れますから――」

あたふたと乗りだした身体を、健吾の腕がそっと押しとどめる。

「なにを言ってるんだ。社長の俺が、大切な社員を中途半端に放り出せると思うか？」

「でも、社長――」

「いいからここは俺の言うことを聞いとけ。今の時間、電車は結構混んでるぞ」

時計を見ると、午後九時五十二分だ。ということは、真っ暗な倉庫にいたのは三十分ほどだったということになる。体感的には、もっと長い時間だったような気がしていた。

（社長、すぐ来てくれたんだ……）

運転席では、健吾がフロントガラス越しに空を見上げている。

「それに雲行きもあやしい。気温も低くなってるし、今外をうろついたら、確実に風邪をひく」

穏やかだけど有無を言わさない健吾のもの言いに、里美はとりあえずシートに身体を戻した。

「なにより、今君をひとりにしたくない。きっと、自分が思っている以上にショックを受けているはずだ。とにかく、とりあえずぜんぶ俺に任せろ。いいな？」

健吾は、念を押すように里美のほうに顔を向けた。

「はい」

強引さのなかに、優しさがある。健吾の言葉に、里美は不思議な心地よさを感じた。

「あと十五分くらいで着くから、その間ちょっと寝ててもいい。ゆっくりしてろ」

「はい。ありがとうございます」

里美は、身体をゆったりとシートに預け、目蓋《まぶた》を下ろした。さっきとは違って、目を閉じていても街の明かりが微《かす》かに感じられる。暖かいし、とても快適だ。なにも考えず、ただぼんやりと座っているだけで、安全と安心をもらえる。身体中の筋肉も、徐々にほぐれていくような気がした。

「着いたぞ」

ごく近い位置で声が聞こえた。はっとして目を開けると、健吾の身体が里美の上に覆いかぶさるように迫っている。

「えっ、えっ？」

至近距離で目が合い、驚きのあまり全身がガチガチに固まった。カチリと音がして、シートベルトが外れる。

「よし。自分で降りられるか？」

「あ——、はいっ！」

あわてて起き上がり、助手席のドアを開けた。もう足元もふらついていないし、寒さも感じない。

「じゃ、行こうか」

頷いて、歩きだす健吾の後に続く。

（びっくりした……）

健吾は、シートベルトを外してくれただけだ。それに、思い返してみれば、倉庫をでたときのほうがずっと距離が近い——というより、密着していた。

今さらながら頬が熱くなり、胸がドキドキしてくる。地下駐車場からエレベーターに乗り込み、最上階を目指す。一階で一度ドアが開き、上品そうな初老の男性が乗り込んできた。垣間見えたロビーは、床面が大理石で、まるで高級ホテルのような佇《たたず》まいだ。十五階で降りて、廊下の一番先まで進んでいく。

「はい、着いた。入って」

前を歩いていた健吾が、立ちどまってドアを開ける。

「は、はいっ……」

ここまで来て、急に落ち着かない気分になる。思えば、男性の自宅に招かれるなんて、これが初めてのことだ。

ガラス張りのドアを通り抜けると、その先は広々としたリビングだった。

「わっ……、すごいっ……」

里美は、思わず目を丸くして声を上げてしまう。

「適当にくつろいでて。今なにか飲み物を持ってくるから」

健吾がキッチンに向かうと、里美は窓際に寄って、外を眺めた。

窓の外は、ゆったりとしたバルコニーになっており、置かれている観葉植物はどれもみな手入れが行き届いている。眼下には閑静な住宅街と、その向こうに広がる都会の夜景。

（すごっ。さすが大企業の社長って感じ）

「っくしゅん！」

大きくひとつくしゃみをしたとき、健吾がトレイを持ってやってきた。

「ほら、これを飲んで。温まるから」

手招きされるまま足を進め、Ｌ字形のソファの、短いほうに座る。差し出されたカップを受け取ると、温かな湯気から、レモンの香りがした。

ゆっくり、ひと口飲む。

「おいしい……」

「ジンジャー入りホットレモネードだよ。少しブランデーを垂らしてある。風邪のひきはじめにいいんだ」

里美の斜め前に、同じカップを持った健吾が腰をかける。

「災難だったな。だけど、あんなところでいったいなにをしていたんだ？」

「社内報を捜してたんです。新しいものは割とすぐに見つかったんですけど、創立からのものがなかなか見つからなくて」

「社内報を？」

「はい。社史編纂《へんさん》をするのに、必要だって言われて」

「あぁ、二年後にでるやつか。で？　結局見つかったのか？」

「はい、ありました。それ、今朝社長室で見たのと同じタイプのつづらに入っていたんです。あれも会長の私物なんでしょうか？」

「ふぅん？　そうかもしれないな。だけど、倉庫にあったってことは、会社のもの扱いでもいいんじゃないかな。今度祖父に聞いておくよ」

「お願いします。倉庫のなか、整理されているようで実は結構散らかっているんです。だけど、そのつづらのなかはちゃんと年代別にそろっていて、創立から一九九四年のものまでが入っていました。インタビュー記事や、当時の写真がいっぱい載ってましたよ。ついそれに見入っちゃって、あの始末です」

　健吾が、軽く笑い声を上げた。そして、その後でちょっと考えるようなしぐさをする。

「そうか、一九九四年……。その年って、祖母が亡くなった年だな」

「そうなんですか――。載っていた写真のなかに、会長の奥様のものもいくつかありました。奥様、コラムのような記事も書かれていました」

　健吾は飲み終えたカップをテーブルの上に置くと、ソファの背もたれにゆったりともたれかかった。

「祖母が亡くなったのは、俺が七歳のときだ。当時俺はもうロンドンに住んでいたけど、祖母は祖父の出張に合わせたりして、遊びに来てくれたよ。祖父と祖母は、ものすごく仲がよくてね。小さかったけど、そのことはよく憶えてる。たぶん祖父は、祖母の写真や書いた記事が載った社内報を大切に思って、別に保管していたんだろうな」

「そうですか。だとしたら、尚更大切に扱わないといけませんね。あれだけ捜して他にないってことは、保管してある社内報はあれだけってことでしょうから」

今でこそ国内最大級のアパレル企業である「ブラン・ヴェリテ」だが、設立当初は何度も倒産の危機を迎えていた。

「祖父にとって、祖母は妻であると同時に、ともに苦難を乗り越えてきた戦友でもあるんだ」

そう言うと、健吾は感慨深そうに頷いた。

「会社経営の厳しさは、俺も祖父や父から嫌というほど聞かされてきたよ。――俺が五歳のとき、父がロンドンの支社長になって、家族そろってイギリスに行ったんだ。そして帰国すると同時に、父は副社長に就任した。その二年後には社長になって、祖父は会長職に退《しりぞ》いた。そのときも、ちょうど会社は傾きかけていてね」

「そうなんですか？」

「対外的には体裁を整えていたけれど、内情は火の車ってやつだったそうだ。父は立て直しに必死になり、結果会社は再建して、今まで以上に成長した。だけど、そうするなか、父は祖父と対立し、そのうえ夫婦仲まで悪くなった。両親は、俺が十六のときに離婚して、母はその後イタリアに行って再婚した」

さらりと言ってのける割には、内容がかなり重い話だ。

創業当初の「ブラン・ヴェリテ」は、主に綿素材を使った、素材重視のホームウェアを中心に展開していた。生地と製造過程にこだわりがある分、価格はやや高めではあったが、それなりに固定客がついていた。しかし、景気や流行のせいもあってか、その後経営状態が悪くなってしまう。そんな創業以来最大の危機を回避できたのは、正一が打ち出した大胆な社内改革のおかげだった。彼は、それまで主力ブランドだったホームウェアを切り捨て、時代に沿った斬新《ざんしん》かつ売れるものを作り出すことに全精力を注いだのだ。

その改革は、幸太郎と正一の間に修復不可能な深い溝を生んだ。だが、結果的に正一の改革は大成功を収め、「ブラン・ヴェリテ」は企業として飛躍的に成長し、今に至る。

健吾は、その後もぽつぽつと自分と両親との関係について話し続けた。それによると、夫婦仲が悪くなったころから、健吾自身も両親とあまり口をきかなくなったようだ。幸太郎は、そんな健吾をよく自宅に招き、夏休みなどはふたりで旅行にでかけたりしていたという。

「両親に関しては、どっちか片方が悪いってわけでもない。父は仕事人間だったし、母はそんな父に我慢できなかった。どんどんすれ違っていった結果、お互い他に目がいくようになったりしてね」

「……いろいろと、たいへんだったんですね」

「まぁ、ぜんぶ過ぎた話だ。――っと、これは、オフレコで頼む。社史には載せないでくれよ」

健吾は、軽く笑って唇の前に人差し指を立てた。

「はいっ、もちろんです！　私、口は固いですから」

「結構。さてと……もう寒くないか？」

気遣わしそうな健吾の声が、里美の耳に心地よく響く。

「はい、おかげさまで、もう平気です。それに、すっかり気持ちも落ち着きました。社長が、いろいろとお話を聞かせてくださったおかげです」

「そうか、よかった。やっぱりこういうときは、ひとりより、ふたりでいるほうがいいだろ？　気がついてなかっただろうけど、倉庫をでたときの丸山さんの顔、真っ青だったからな」

立ち上がった健吾は、里美のためにレモネードのお代わりを持ってきてくれた。

「そういえば社内報で、小さいころの社長の写真を見つけました。赤ちゃんのときや、ロンドン時代のものとか。すっごく可愛かったですよ」

「そんなのまであったのか」

「ご覧になったこと、なかったですか？」

「ない。今度、俺も倉庫に行ってみようかな」

「是非。でも、うっかり夢中になりすぎて——って、社長は私みたいなヘマはしませんよね」

二杯目のレモネードを飲みながら、そのまま話し続ける。ふと気づけば、もう電車が終わりそうな時間になっていた。

「私、そろそろ帰りますね。社長、先ほどは、助けていただいて本当にありがとうございました」

ソファから立ち上がろうとして、一瞬身体がふらつく。咄嗟《とっさ》に伸びてきた腕に助けられ、またソファの上に腰を下ろした。

「す、すみません」

「ふらついてるじゃないか。熱がでてきたんじゃないのか？　今夜はここに泊まったほうがいいな」

「は……っ？　いえっ――、熱なんかありません。今のはちょっとバランスを崩しただけです」

「そうか？　だけど、明日は休みだし、ゆっくりできるだろう？　着替えは大丈夫だ。いくつかうちの商品のサンプル品が置いてあるし、必要ならクリーニングも頼める」

「あ、でもっ……。それはさすがに――」

いくら会社の社長と存在感のない総務部員という、真逆なふたりとはいえ、一応は大人の男女なわけで――

「なんで？　明日朝一で用事でもあるのか？」

「いいえ、別になにもありませんけど――」

「だったら、なにも問題ないな」

「も、問題ないって――」

まさかのお泊まりの誘いに、里美はしどろもどろになってしまう。一方の健吾は「泊まるべきだ」と一貫して主張する。

「君は、明らかに風邪をひきかけている。そんな君を、こんな遅い時間に帰すわけにはいかない。いいから、泊まっていけ。大丈夫だ。――俺を誰だと思ってる？　君が勤務する会社の最高責任者にして、君の『オタスケレンジャー』だぞ」

「……は、はぁ――」

泊まることが当然だと言わんばかりの健吾の態度に、里美は、もしかして自分が自意識過剰なのかと心配になってしまった。

「そ、そういえば社長、デート中じゃなかったんですか？」

「いや、電話を受けたときは、帰宅してシャワーを浴びてたところだ」

あぁ、だからエコーがかかったような声だったのか。

「だけど、いくら社員でも女性を泊めるなんて、彼女さんに叱られちゃいますよ」

「そんなことを心配してたのか？　大丈夫だ。彼女なんかいないから、安心して泊まるといい」

「……え、まぁ……」

「ほら――はぁ、だの、まぁ、だの言ってる間に、終電終わっちゃったぞ。雨も降ってきたし、この辺はタクシーも通らない」

里美がどれだけ粘っても、健吾は一歩も引かない。せっかく泊まるように言ってくれているのに、これ以上辞退するのも、なんだか失礼な気もしてきた。

（そもそも、私がここに泊まったからって、社長にとっては別にどうってことないんだろうし――）

彼にとって、里美は女性の内に入らないのかもしれない。それに、健吾がせっかく里美の体調を気にしてくれているなら、その気持ちはありがたく受けるべきだとも思う。

結局彼に説き伏せられる形で、里美はこのまま健吾宅に泊まることになった。

（それにしても、着替えの準備までしてるとか、どんだけ用意周到《よういしゅうとう》なの――）

きっと、いつ女性が泊まりに来てもいいようにとの配慮なのだろう。だいたい健吾ほどの男性が、毎週末をひとりで過ごしているとは思えない。彼女ではなくても、彼女候補ならいくらでもいるのではないか。そんな女性たちのなかで、里美は明らかにイレギュラーな宿泊客だ。

「そうと決まれば、もっと遠慮なくくつろいでくれ。そうだ、お腹減ったろ？　今なにか持ってきてやるから待ってろ」

ソファから立ち上がった健吾は、大股で部屋をでていく。なんだか、口調がどんどんフランクになっているような気がする。

（もしかして、社長なりにいろいろと気を使ってくれてるのかな？）

そうであれば、うじうじと遠慮なんかしていないで、さっくりとお言葉に甘えてしまおう。

ものの十分と経たないうちに、健吾はちょっとした軽食が載った大皿を持って戻ってきた。くるくると巻かれたパスタに、グリーンサラダ。生ハムとカラフルな野菜のテリーヌ。

「わぁ、おいしそう！　これ、ぜんぶ社長が作ったんですか？」

「ああ、ぜんぶ作り置きの残りものだけどな。ロンドンに赴任中は結構自炊してたから、だいたいのものは作れる」

差し出されたワイングラスからは、フルーティな香りが立っている。グラス自体もとてもおしゃれだ。

食べて、飲んで、他愛ないおしゃべりをする。気配は薄いが、里美はもともと話好きだ。水を向けられれば、いくらでもしゃべる。しかも健吾の話は、どれをとっても興味深い。

（あれっ？　なんだか私、くつろいじゃってる……）

　ふと壁にかかっている時計を見ると、もう午前一時をさしていた。生まれてこの方、こんな風に男性とふたりきりでお酒を飲んだことなどない。不思議な感じを抱きながら、改めて部屋のなかを見回してみる。

「このお部屋、素敵ですね。天井も窓も高くて、置いてあるインテリアはぜんぶおしゃれだし。それに、すごく片付いていますね」

「そうか？　うん——天井が高いのは気に入ってる。インテリアは、デザイナーの友人に選んでもらったんだ。片付いて見えるのも、友だちのおかげだ。ごちゃごちゃしているものは、ぜんぶ壁に見える扉の向こうに隠れてるよ」

　よく見ると、リビング左手は全面収納型の壁になっている。

「すごい。いいですねぇ。これなら、いろんなものがすっきり隠れちゃいますね」

「そうだな。人ひとりくらい隠れててもわからないかもな」

「えっ⁉」

「冗談。誰もいないよ。今夜の俺は、丸山さんの貸し切りだから」

　さらりとそんなことを言われて、悪い気はしなかった。二十五年、頑張って生きてきたのだから、たまにはこんなイケメンとふたりきりで話す機会があってもいいような気がしてくる。むろん、もし仮に健吾に恋人がいたなら話は別だ。そう考えると、健吾が彼女なしであることが、なんだかありがたく思えてくる。

「あの、社長。改めてお礼を言わせてください」

里美は、ぴょこりと腰を浮かせると、健吾のほうに向き直った。

「今日は、わざわざ助けに来てくださってありがとうございました。社長が来てくださらなかったら、私、今もまだ倉庫のなかで震えていました。それに、ここに連れてきてもらってよかったです。やはり、こういうときはひとりよりもふたりでいたほうがいいみたいです」

里美は、倉庫のなかで過ごしているとき、自分がいかに心細かったかを話した。誰とも連絡がとれなかったこと、スマートフォンのバッテリーがピンチだったこと、ペンライトを消してじっとしていたとき、暗闇の圧迫感に押しつぶされそうになっていたこと——

話しているうちに、いつのまにか肩が小刻みに震えていたみたいだ。健吾が、おもむろに立ち上がって、里美のすぐそばに腰を下ろした。

「あれほど冷静に対処できたんだから、たいしたものだ——」

健吾が里美の顔を見て微笑む。

「いいえ、私、結構パニクってたんです。だって、金曜日の夜だったし、土日誰も出社してこなければ、月曜の朝まで出られないってことですよね。まるまる二日間飲まず食わずだと、人ってどうなるんでしょうね。周りは真っ暗だし、もしかして精神的に参っちゃって、助け出されたときには、すっかり白髪頭のおばあちゃんになってたりとか——」

「もういいよ——。大丈夫、もう大丈夫だから」

急にガタガタと震えだした身体を、健吾の腕が抱きしめてくる。背中をゆっくりとさすられ、もう片方の手で頭を撫でられた。

「偉かったよ。君はすごく頑張った。もう安全だし、あんなことは二度と起きないから、安心しろ」

さらにきつく抱き寄せられ、健吾の胸に顔をすり寄せる格好になる。しばらくの間、そのままじっと抱かれ、伝わってくる肌のぬくもりを感じていた。

(――こういうの、なんて言うんだっけ？　人肌効果？　……やっぱ、スキンシップって大事なんだなぁ)

ぼんやりとそんなことを思いながら、ゆっくりと深呼吸をくりかえした。耳元で、彼の心臓の音が聞こえる。そうしているうち、だんだんと落ち着きを取り戻してきた。

考えてみれば、不思議だ。今まで男性に縁がなかった自分が、こうして恋人でもない人の胸に抱かれている。その上、このまま眠ってしまいそうなほどゆったりとした気持ちになっているのだ。

これは、いったいどうしたことだろうか？　怖い目にあった後の、疲労感からくるもの？　それとも、なにか別の理由があるのか。

今感じている気持ちは、どういった言葉で表すべきものなのだろう――

「君はもう大丈夫だ。俺が保証してやる。もし万が一、君の身になにか起きそうになっても、必ず俺が助けるから。だって俺は――」

健吾が、里美を抱きしめる腕を緩《ゆる》めて、横から顔を覗き込んでくる。

「ふふっ……『君のオタスケレンジャー』ですか？」

「当たり。だから、君は俺がいる限り、なにがあっても平気だってことだ。いいな？」

「はい、ありがとうございます」

自信たっぷりにそう言われて、里美は素直に頷く。

「じゃあ、これからも一生懸命『ブラン・ヴェリテ』のために頑張ります。私の力なんか微々たるものですけど、少しでも会社のためになるように、地道に努力していきます」

「うん、よろしく頼むよ」

健吾の指先が、里美の髪の毛を緩《ゆる》くかき混ぜた。そうされるうち、なんだか自分が小動物になったような心地よさを感じる。もし自分が子猫ならば、ゴロゴロと喉を鳴らしているところだ。

（社長って、優しいな……）

アルコールが入っているせいか、あまりの心地よさに、このまま眠りこけてしまいそうだ。

背中をさすってくれていた手が、いつの間にか里美の腰にゆったりと回っている。気がつけば、身体がずいぶんと傾《かし》いでいて、ソファの角にふたりして寄りかかっていた。

（えっ……えっ？　あれれっ……？）

寄りかかっているだけではない。いつからそうしていたのか、里美は健吾の胸元のシャツを緩《ゆる》く握っていた。まるで恋人同士のような密着ぶりだ。

里美は、突然今の状況の異常さに気づき、身体を起こそうともがく。

「す、すみませんっ！　私――」

いくら普通ではない経験をした後とはいえ、さすがにこれはまずいだろう。アルコールが入っていることなんか、言い訳にならない。社長相手に、いったいなにをしてしまっているのか――

「急にどうした?」

「いえ、あの……、もう大丈夫です。おかげさまで、す、すっかり落ち着きましたから」

落ち着いたと言う割には、妙に声が上ずってしまった。里美の身体は、いまだ健吾の胸の上で斜めになっている。それをまっすぐに立て直そうとするけれど、うまく力が入らない。一気に起き上がろうとすれば、健吾の胸を強く押さえつけることになる。いくらなんでも、それはできそうもなかった。

「す、すみません、起こしてもらえますか?」

「なんで? せっかく落ち着いたんだから、このままでいたらいいだろう?」

「いや……、だって、ほら……。やっぱりまずいですよ」

「まずいって、なにが?」

「だ……だって、社長と私って、ただの上司と部下ですよ。なのに、こんなふうに、だっ……抱き……合っ……」

「抱き合ってる?」

「そ、そう、それです」

里美は、もぞもぞと動きながら首を縦に振った。起き上がろうと努力は続けているけれど、まったく結果が出せていない。

「上司と部下だって、抱き合うことはあるだろ?」

「そ、それは、ちゃんと付き合ってる人同士がやることであって。社長と私は、そういう関係にありませんし――」

動くうち、かえって体勢が崩れてきて、健吾の身体の上にのしかかるようになってしまう。

「俺は別におかしいとは思わないけど。そういう関係にないなら、なればいいだけの話だろう？」

「はいっ？」

驚いて顔を上げた拍子に、片方の膝が健吾の脚の間にはまり込んでしまった。身体がずり落ちそうになったところを、健吾の腕に腰を支えられる。

「なればいいって――。そんなのできるわけないじゃないですか」

「なんでできないんだ？　もしかして、彼氏がいるとか？」

「いいえ、いません！　彼氏とか、いません。いませんけど――」

「そっか。――だろうな」

あっさりと納得され、ちょっとだけカチンときた。むっとしたのが顔にでたのか、健吾は軽く笑い声を上げる。

「だって、いたら俺よりも先に彼氏に電話するだろ？」

「あ、あぁ、そうですね……。と、とにかくこの状況は好ましくないです。いくら恋愛感情のない上司と部下の関係とはいえ、風紀上よろしくありません」

焦るあまり、言葉遣いが微妙におかしくなってしまう。言いながら、少し身体を捻《ひね》って横にずれようとしてみた。すると、腰を抱いた健吾までその動きに追随《ついずい》して、今度は里美が下になって健吾が上から覆いかぶさるような体勢になる。

「ちょ、ちょっと、社長っ……」

上下逆になった拍子に、今度は里美の脚の間に健吾の右膝がはまり込んだ。太ももがぴったりとくっつき、およそ十センチの距離でお互いに見つめ合っている。

「好ましくないなら、好ましくなるようにすればいいだろ？　ってことで、丸山さん、俺と付き合わないか？」

「は――、はあああぁっ？」

予想もしない言葉に、里美は素《す》っ頓狂《とんきょう》な声を上げてしまった。

「冗談はやめてくださいっ！」

「俺は本気だよ――。こんなとき、冗談なんか言うと思う？」

健吾の顔に、真剣な表情が浮かんだ。

「じ……だ……、だって、冗談だとしか思えないじゃないですか」

こんなことはありえない。業界内のみならず、日本経済界きっての美男子である健吾が、地味女子の里美をつかまえてなにを血迷ったことを言っているのか。

幼少期をイギリスで過ごし、ロンドン支社長までしていた健吾だから、基本的に女性に優しいジェントルマンなのだろう。困っている里美を放っておけず、見事助け出してくれたのはありがたいことだ。上司として、部下を大切に思う気持ちもわかる。「君のオタスケレンジャー」発言だって、ひどい目にあった里美を気遣ってのことだったのだと思う。

だけど、いくらなんでも「付き合おう」はいきすぎた思いやりだ。いったい彼は、なにを思ってそんなことを口走ってしまったのか――

「どうした？　急にしゃべらなくなったな――。もしかして、怒った？」

下から見上げたことで、自動ドアの前で顔を覗き込まれたときのことを思い出した。彼の優しさや気遣いは、今に始まったことではない。

「い、いえっ、怒ってはいません。だけど、すごく困ってます。社長が私と付き合うとか、ありえません。冗談じゃなければ、なんなんですか？　社長には感謝してます。だけど、あまりからかわないでください。私、慣れてないんです、こういうのって――」

「こういうのって、こうして男と抱き合ってるってこと？　さっきまで平気でもたれかかっていたのに」

それを言われると、自分でもよくわからない。

「それはそうですけど……。正直、よくわかりません。自分がどうしてそうしたのか、どうして社長がそんなことを言うのか。ほんと、どうしていいかわからないです。私、男の人とこんなふうになったことないので……」

やたらと声が上ずる。だんだんと胸の鼓動が大きくなり、全身に振動が伝わりそうな勢いだ。

「初めてって――。もしかして、今まで誰とも付き合ったことがないとか？」

「はい、ありません」

「ふーん、そうか……」

突然突っ込んだ質問をされ、うっかり正直に答えてしまった。

いい歳をして彼氏がいたことがないとか、健吾からしたら考えられないことに違いない。

(引かれた……。今、絶対ドン引きされたよね)

今さらながら口をつぐんで下を向くけれど、もう後の祭り。どうして適当に誤魔化すことができなかったのだろう。そろそろと顔を上げてみると、健吾の顔に抑えたような笑みが浮かんでいる。

(やっぱり、社長からしたら笑っちゃうような話だよね――)

だけど、事実なのだから仕方がない。嘘をつくようなことでもないし、隠してもどうせすぐにばれてしまう。

「よかった――」

里美ががっくりとうなだれていると、健吾がくぐもった声でそう呟くのが聞こえた。

「え？　よかったって……なにがですか」

意味がわからず、顔を上げる。再びごく近い距離で目が合い、にっこりと微笑まれた。

「そのままの意味だよ。だって、君はまだ誰とも付き合ったことがないんだろ？　ってことは、俺が君の初めての男になるってことだ」

口元に浮かんでいた微笑みが、満面の笑みに変わった。

「は……あぁ？」

初めての男？　誰が、誰に対して？

いったいなにを言っているんだ、このイケメン社長は。

「なんて顔してるんだ。まだ俺が冗談を言ってると思ってるんだろ。どうしてそう思うんだ？」

「どうしてって――。誰が聞いてもそう思いますよ」

「そうかな……。俺はそう思わないけどな。それに、君も俺もフリーだ。別に付き合っても不都合はないし、誰も文句は言わないだろ？」

「それはそうですけど――」

「だったら、俺と付き合おう。せっかくこうしてふたりきりになる機会を持てたんだ。俺が君を幽霊と見間違ったのも、今夜ここでこうしているのも、なるべくしてなったことだと思わないか？俺はそう思うよ」

里美の腰を抱く健吾の腕に、力がこもる。

「ちょ、ちょっと待ってください！」

目の前にいる美男が、異星人のように思えてきた。どうしてこうも話が通じないのか。どうして幽霊と見間違ったからといって、付き合おうという発想になるのか――

「なんだ？　また冗談だろうとかなんだとか言うつもりか？」

しゃべる前に先回りされてしまった。さっきまであんなに居心地がよかったのに、今は一変してものすごく居心地が悪い。

「つ――付き合うにしても、順序というものがあるはずです。それに、困ります！　私、社長のことなにも知りませんし」

「知ってるだろ。もうずいぶん話したし、社内報も見ただろう」

「そういうんじゃなくって――」

だめだ。まるで話が噛み合っていない。

「俺が嫌いか？」

「まさか――」

「じゃあ、好きなんだな？」

「そんな――」

「どっちなんだ？」

まるで子供みたいなことを言われて、心底困り果ててしまう。もぞもぞと肩を揺すり、再度の脱出を試《こころ》みる。

「だめ。逃がさないよ。さっき、ふたりでいたほうがいいって言ったろ。あれ、嘘だったのか？」

上からじっと見つめられて、よけい身動きがとれなくなる。

「嘘じゃありません。本気でそう思いました。私、嘘なんかつきません」

「俺だって嘘はつかない。俺は君の言うことを信じるのに、君は俺の言うことが信じられない？」

言葉と身体、両方でじわじわと追い詰められ、だんだんと息をするのが苦しくなってきた。里美を抱く健吾の腕は、一向に緩《ゆる》む気配がない。

今起きている出来事が突飛すぎて、頭のなかがハレーションを起こしてしまっている。なにがなんだかわからないし、どう対処するのが正解なのか見当もつかない。

「丸山さん、もう一度ちゃんと言うから、よく聞いてくれ」

「はい――」

急に真顔になる健吾に、里美もつられて唇を結ぶ。

「丸山里美さん、俺は君が好きだ。だから君と付き合いたい。どうか俺と付き合ってください」

目の前の彼の顔は、いたく真面目だ。もしかして本気？　だとしたら、どんな理由があってそんなことを――

「なんなら、中世の騎士みたいに、君の前で跪《ひざまず》いてお願いしてもいいよ。念書を書けと言うなら書いてもいい。だから、もうそろそろわかってくれないかな？」

里美は、健吾の目をまじまじと見つめた。そして、たっぷり二分ほど考え込み、ついにひとつの結論を導き出した。

「――あぁ、わかりました。あれですよね、ほら、おいしいスイーツを食べすぎちゃって、たまには塩豆《しおまめ》を食べたくなっちゃったっていう、あれです」

「塩豆？」

健吾が、いぶかしげに首を傾《かし》げる。

「そう、塩豆です。うっすら塩味のする――知りませんか？」

里美は、自身の好物でもある塩豆について、簡単に解説をした。

「社長は、普段美しくて華やかな美女ばかり相手にされてますよね。それで、たまにはそうじゃない、ごく普通の、地味で目立たない私みたいなのを相手にしてみたくなった、っていうか――」

里美は、ひとり納得して頷いた。それに対抗するように、健吾がゆっくりと首を横に振って見せる。

「面白いたとえだけど、残念ながら違うな。それに、俺は君が思ってるほど、美女ばかりを相手にしてるわけじゃない」

思ってるほどって、やっぱり相手にしてるじゃない――。そう頭のなかで突っ込みを入れる。少なくとも、美女と関係があったことの裏は取れた。

「じゃあ、なんなんですか？　なんで私なんですか。どう考えても変です！」

里美がきっぱりとそう言い放つと、健吾はやれやれといったふうに片眉を上げる。

「丸山さん――。君って結構頑固なんだな」

「頑固、ですか？」

「そう、言われたことない？」

「ありません！」

「あれ？　今度こそ怒った？」

「怒ってなんかいませんっ！」

気がつけば、眉間に皺《しわ》が寄り、口がへの字になっていた。そんな里美を見て、健吾はにやりと眉尻を下げる。

「ほっぺた、膨らんでるぞ。――丸山さん。君は、自分が理解できないからといって、俺の言うことが冗談だと頑《かたく》なに思ってる。どうして素直に信じないんだ？」

そう言われると、言葉に詰まってしまう。

「もっと気楽に考えてみたらどうだ？　お互いにフリーで、俺は君と付き合いたいと思ってるし、君は俺が嫌いじゃない。なにがいけないんだ？」

「いけなくはないですけど……。わからないものは、わからないです」

それからしばらくの間、同じような押し問答が続いた。困ったことに、里美が否定的なことを言えば言うほど、健吾は真顔になって本気だと言い張り、一歩も引く気配がない。

「もうっ、頑固なのは私じゃなくて、社長です」

里美は、ついに根負けした。なにを言っても暖簾《のれん》に腕押しなら、いったん引くしかない。そもそも、こんな事態を招いたのは、自分自身だ。

それに、健吾のことを好きか嫌いかと二択で迫られれば、好きを選ばざるを得ない。

「観念した？」

「観念……っていうのとは違いますけど——降参します」

「うん、じゃあオッケーだな」

健吾は嬉しそうに破顔し、ソファに埋もれそうになっている里美の身体を、腕のなかに抱え込んだ。

そして、いきなりキスをしかけてきた。

「んっ……ん……んんっ……!?」

目が思いっきり見開き、身体が石のように固まる。健吾の手が、里美の腰に回った。

軽く引き寄せられ、思わずふっと力が抜ける。ふにゃふにゃと腑《ふ》抜《ぬ》けたようになった里美の身体が、ソファの上にあおむけに横たわった。頭の上にある柔らかなクッション、横たわるときに垣間見えた天井のペンダントライト。いつの間にか、部屋のなかはごく薄い飴色《あめいろ》の光に包まれている。

「……ぷわっ、し、しゃ……しゃっ……ん、んっ⁉」

もう一度キス。脳天がじぃんと痺《しび》れてきて、それが全身に広がる。身体が浮いたようになって、お臍《へそ》の下に熱の種が宿った。

「ふ……ぁっ、は……」

息継ぎができないから、唇を解放されるたびに、肩で息をする羽目に陥《おちい》っている。

「もしかして、キスも初めて？」

正直に首を縦に振ると、微笑んだ顔でまたキスをされた。

（キス……、してる。私、社長と、キスしてる）

閉じた唇の隙間から、健吾の舌が入ってくる。どうしていいかわからないでいると、あっという間に舌を絡め取られた。背筋にぞくぞくするような戦慄《せんりつ》がわき起こり、身体のあちこちが熱く火《ほ》照《て》ってくる。キスが立てる水音を聞くうち、いつの間にか目蓋《まぶた》を閉じていた。

なんの魔法――？　こんなドラマみたいなことが、自分の身に起こるなんて。

自分のものではないものを口に含んでいる違和感が、ハンパない。けれど、キスをやめたいなんて、少しも思わなかった。それほど、初めてのキスに酔いしれ、気がついたときにはもうすっかり夢心地になって――

「――里美、って呼んでいいか？」

唇の先を触れさせたまま、健吾が囁《ささや》いてくる。微《かす》かに頷くと、キスをする彼の唇が微笑んだのがわかった。

「里美……。さとみ――、サトミ……」

調子を変えて名前を呼ぶたびに唇が離れるけれど、健吾の声はキスと同じくらい甘美だった。里美の腰を抱いていた掌《てのひら》が、少しずつ上を目指している。シャツブラウスの脇腹から、あばら骨を通って胸元のポケットのほうへと。里美の左胸の上に、健吾の掌《てのひら》が触れた。やんわりと揉み込み、指先が先端を求めてさまよい始める。

「ん――っ、んんっ……？　きゃあああぁっ！」

大声で叫び、腕をクロスして健吾の手を払いのけた。普段細かいことは気にせず、割とおおらかな里美だけれど、胸だけはいけない。そこだけは別物であり、侵入不可の禁止区域だ。身体を思い切り捩《ねじ》る。唖然としている健吾から一歩退《しりぞ》いた里美は、無意識のうちに彼の頬を思い切りひっぱたいていた。


週明けの月曜日。里美はやり残していた仕事をするために、倉庫に向かった。金曜の夜に起きた出来事については、誰ひとり気づいていない様子だ。倉庫のことも、むろんその後に起きたことも――

非常階段で地下へと向かいながら、里美は健吾の部屋であったことを思い浮かべた。

「あ～もう、ぜんぶなかったことにしたいっ！」

階段の途中で立ちどまり、ぶるぶると頭を振る。いくらなんでも、あれはなかった。まさか、自分が社長にビンタをするなんて。

「ほんと、私ったら最低、最悪……」

いきなり胸を触られたからといって、なにも頬を叩くことはなかったのに。あのときの健吾の驚いた顔を、今でもはっきりと思い出せる。

「私の馬鹿っ……！」

健吾にビンタした後、里美はすぐに自分のしでかしたことに気づいた。そして、ソファから転げ落ちる勢いでラグの上に正座をする。

「すみません！」

そう連呼する里美に対して、健吾は「俺が悪かった」と、潔《いさぎよ》く謝ってくれた。

その後の気まずさったらなかった。もとはといえば、里美が倉庫に閉じ込められたのが発端《ほったん》なのに。それを助け出してくれた、恩人を叩くなんて——

謝罪後の健吾はやたらと紳士的で、執事よろしく里美のことを気遣ってくれた。そして最後には、ひとつしかないベッドまで里美に提供して、自分はソファで寝ると言って寝室からでていってしまったのだ。

里美は、大いに恐縮しつつも、結局は健吾の申し出をありがたく受け入れさせてもらった。心身ともに疲れ果てていたのか、ベッドに入るなり眠りに落ちる。そのまま朝まで爆睡して、飛び起きたときにはすでに健吾はでかけた後だった。

リビングのテーブルには朝食が用意されており、横には白いメッセージカードが添えられている。

『おはよう。よく眠っているようだから、起こさずにでかける。日曜の夜まで帰らないから、好きなだけゆっくりしていってくれ』

着ていたものは、すべてがクリーニングされてソファの上に置かれていた。まさに至れり尽くせりのもてなしを受けたのに、里美のやったことは、ビンタ――

里美は、ありがたく朝食をいただいた後、部屋を片付けた上で健吾宅をでる。ドアが閉まり、オートロックの鍵が施錠する音を聞きながら、足早に立ち去った。そして帰宅後、お礼と謝罪のメッセージを送るべく、一日中頭を悩ませ続ける。

『いろいろとありがとうございます。お礼はまた改めてさせていただきます』

さんざん悩み抜いたあげく、送ったのは簡潔極まりない文章だった。

もちろん、今度会ったときには、誠心誠意お礼を言い、改めて謝罪をするつもりだ。

(そして、キスと胸タッチの真意を確認する――)

倉庫に到着し、ドアを開けてストッパーをがっちりとはめる。

「これで大丈夫、っと」

まだ午前中だから、間違ってもいきなり電源を落とされるようなことはない。だけど、金曜日のことを踏まえて、きちんと対策を講じてきた。自宅からホワイトボードを持ちこみ、「地下倉庫にいます」と書いて、デスクの上に立てかけてある。

途中だった社内報の整理を着々と進めながら、天井の蛍光灯を見上げた。あれだけのことがあった後なのに、不思議なほど倉庫に対しての恐怖心は残っていない。これもきっと健吾のおかげだ。

つまり、健吾とのキスのインパクトが、暗闇の恐怖を凌駕《りょうが》したということ。

（それにしても、いったいどういうつもりだったんだろう……）

倉庫から助け出され、突然付き合おうと言われた。押し問答の後でキスをされ、胸をタッチされて――

「やっぱ無理っ！」

そう呟いた里美は、触られた左胸の前で拳を固めた。

実を言えば、里美は昔から胸が小さいことがコンプレックスなのだ。それ故《ゆえ》、健吾の行為に過剰に反応してしまった――と、自らの行動を分析している。

「あ〜あ……、でもだからといって、あそこまで過剰反応しちゃうとは」

健吾からは『当然の反応だから、気にしないように』と、里美の上をいく短い返信が届いていた。

「男の人って、謎。わかんない……」

（助けてもらった恩と、胸タッチ……。天秤《てんびん》にかけたら、どっちが重いんだろう）

比べるものが違いすぎて、どう比較していいかわからなかった。健吾に確認すると心に決めて出社してきたけれど、内容がデリケートすぎて、切りだし方に迷う。もしかして、わざわざ確認なんかしないほうがいいのではないか。

そもそも、健吾にしてみれば、ほんの軽い気持ちでやったことかもしれない。

――週末、仕事を終えてシャワーを浴びていると、間抜けなヒロインから「倉庫に閉じ込められた」と電話が入った。行きがかり上、里美のオタスケレンジャーになると言ってしまった彼は、ただちに出動して、へっぽこヒロインを助け出した。ヒロインは風邪をひきかけている。正義感を発揮した彼は、彼女を家に連れ帰り、最高級のもてなしをした締めくくりに、キスと胸タッチをしました。

おしまい――

「やっぱ、そうかな。そうだよね……、『付き合いたい』と言ったのは、その場のノリ。そうじゃない？　それが一番しっくりくるし」

健吾は冗談ではないと言ったけれど、きっと彼もそのときのシチュエーションに乗っかり、役割をまっとうしただけの話なのだろう。

確かに、雰囲気は最高だったし、だからこそ里美もうっかりそれに流されてしまったのだ。

あれほどの地位と容姿を持った美男が、本当の本気で里美にキスなんかするわけがなかった。考えてみても、彼にとってのメリットがひとつも思い浮かばない。おそらく、あのとき里美が言ったように、たまには美女ではない女性に接してみたくなったのだろう。キスをしたときの健吾の言葉が、里美の記憶のなかからよみがえってくる。

『もしかして、キスも初めて？』

うっかり二十五年間彼氏なしで、もちろんキスも初めてだとバラしてしまった。

そこまで言えば、里美が性的な意味でも男性経験ゼロなのは、容易に想像できるだろう。

(もしかして、処女に興味を持った――とか？　いや、それはないか)

むしろ里美が処女だと知って、彼はドン引きしたはずだ。

数々の恋愛を経験してきたであろう健吾が、わざわざ面倒くさい処女を相手にしようなんて思うわけがない。

（あの短文返信は、もうこれ以上関わりたくないって意思表示かも――）

だとしたら、このままフェイドアウトしたほうがいいのかもしれない。健吾にとって、里美とのことがすでに過去のものなら、ヘタにつきまとうような行動はしてはいけない。

「よし、決めたっ！　もう終わりにしよう！」

昼前になって、必要書類を抱え、倉庫をでた。ドアを閉めて、少しの間鉄製のそれをまじまじと見つめる。そして、自分のなかにある感情を、ざっと総ざらいした。

やはり、倉庫に対するトラウマなど残っていない。やるべき仕事は終わったし、考えもひと通りまとめることができた。

今度健吾に会ったら、きちんとお礼を言い、速《すみ》やかにその場を離れよう。キスのことなんかおくびにも出さず、胸タッチの件も頬をひっぱたいたことも、なかったかのように振る舞うのだ。

それが一番いい。

里美は、倉庫の鍵を締め、ひとり納得する。そして、その考えを自分のなかで踏み固めるように、非常階段を一歩一歩上っていった。

金曜日。里美はその週に予定していた仕事を完遂した。急に割り振られた業務も滞《とどこお》りなくやり遂げ、今週は一日も残業をしていない。

なるべく空いている車両に乗り込み、アパートに帰る。

「ただいま、サボ子。お留守番ご苦労様」

ウサギの形になった「サボ子」は、部屋の真んなかのテーブルの上に鎮座している。

結局、今週、健吾に会うことは一度もなかった。急に健吾の関西支社への出張が決まったのだ。

健吾は日頃からそうやって、全国に五つある支社を回っている。

結構な頻度で行われている健吾の地方行脚《あんぎゃ》は、日本全国に散らばるショップ社員に多大なる影響を及ぼしていた。普段直接会うことのない会社トップが、気軽に店頭に現れて、ランチなどをともにしていく。里美は、総務として日頃から社員の要望や意見を耳にすることが多い。健吾の訪問は、間違いなく社員の仕事に対するモチベーションをアップさせている。それは、人事と共同で定期的にとっているアンケートからも窺《うかが》い知ることができた。

さすが、里美のような一社員に対しても、あれほど丁寧に接するだけはある。そう考えると、あのキスと胸タッチは、社員思いの健吾の、ちょっとした暴走といったところだろうか。

(……えっ？　もしかして、あんなことがあったのは、私とだけじゃなかったりして？)

この一週間、里美はそれとなく周囲の噂話に注意を払っていた。これまでまったく気にしていなかったのに、ここにきてにわかに健吾に関する情報が気になっている。

そんなとき、ランチを一緒にした営業部の同期から、タイミングよく健吾についての噂話を聞かされた。以前なら右から左に流していた里美だけれど、そのときばかりは、やや食い気味に話を聞いてしまった。

らしい。

「社長の人気、ここんとこ、うなぎのぼりみたいよ。最近、頻繁《ひんぱん》に地方出張に行ってるもんね」

彼女曰《いわ》く、健吾は行く先々で女性社員を魅了し、結果、あちこちでファンクラブが発足している

「なかには、本気で社長にアプローチしようとした販売員もいたらしいよ。アルバイトの大学生とか、もうノリノリで社長との懇親会にでるんだって」

「へえ、そうなんだ――」

「だけど、社長って付き合ってる女性が本気モードになると、逃げだしたくなるタイプみたいよ。これ、うちの課長から聞いたんだけど、社長って、以前イギリス人の女優さんと付き合ってたことがあるんだって」

「イギリスの、女優さん？」

「そう。それでね、その女優さんから、ある日いきなり逆プロポーズされちゃって、それが原因で破局したらしいの。それに、社長の交際期間って、最長で二か月なんだって。短いと、一日で終わっちゃうらしいよ。ま、別れてもすぐに次が見つかるんだろうね」

この話は、里美の脳内にばっちり記憶された。自宅に帰ってからも、そのことが頭から離れない。

「やっぱ、ありえない……。絶対的にないったら、ないよね、サボ子」

もう何度も同じようなことを考え、そのたびに「ありえない」という結論がでる。なのに、性懲《しょうこ》りもなく健吾のことを思い浮かべ、ひとり脳内で堂々巡りをしているのだ。

「私ったら、なにやってんだろ……」

自分でも、なにがしたいのかわからない。

たまたまつけていたテレビのバラエティ番組で、視聴者の恋愛相談のコーナーが始まる。なんの気なしに見ていると、人気司会者が相談者の悩みに対して、ひと言言い放った。

「それが『恋』ってもんでしょう！」

「へっ？」

それを聞いた里美は、あわててテレビの電源を落とす。暗くなった画面に、ぽかんと口を開けた自分の顔が映っていた。

「ま、まさか！　違うし！」

自分が言われたわけではないのに、その言葉は里美の胸につき刺さった。

絶対に違う――。だって、仮にもしこれが恋であるなら、里美の人生初の恋は、すでに終わっていることになる。テレビの前から逃げ出し、意味もなく部屋のなかを歩き回る。

頭に浮かびそうになる恋という文字を、首をぶんぶんと振って消そうとした。

「やだ、勘弁してよ」

さんざん抵抗を試《こころ》み、いい加減疲れ切ってベッドに倒れ込んだ。そのときの里美の頭のなかは、すでに恋という文字でいっぱいになっていた。

なんの予定もない土曜日。里美は、朝食用に買っておいたコンビニのパンをかじった。生地にごまが練り込んであり、とても風味がいい。ふたつに割ってなかになにか挟んでもいいし、そのまま食べても十分おいしいパンだ。それを食べながら、ふと健吾が用意してくれていた朝食のメニューを思い出した。

「あれ、おいしかったなぁ。サクサクのクロワッサンに、野菜や豆がいっぱいのサラダ。オレンジジュースに、食べたことないもっちもちのチーズ。それと、マフィン形のキッシュ――」

ベランダにいる「サボ子」に、霧吹きで水分を与えながら、里美は大きく背伸びをした。

窓の外にあるスペース、といっても、ここと健吾の家のバルコニーでは全然違う。健吾の家は本当にすごかった。けれど里美にとっては、ここだって十分快適な住まいだ。

里美の住むアパート「みなみ野ともしび荘」は、築四十年で一階には大家さんが住んでいる。間取りはといえば、キッチンに和室二部屋という、ひとり暮らしにはなかなかゆとりある広さ。かなり古い造りだけれど、至って住み心地のいい優良物件だ。大学入学と同時に入居し、もう二回契約を更新している。

「ねぇ、サボ子、聞いてよ。社長のマンションって、まるでモデルルームみたいに綺麗だったんだよ。ぜんぜん散らかってないし、なんだかいい匂いまでしてたし。もしかして、お手伝いさんでも入ってるのかな?」

「サボ子」は、サボテンだから育てるのにさほど手間がかからない。日向ぼっこをさせつつ、たまに水をやる程度だ。それだけしかしていないのに、「サボ子」は外から帰ってくる里美を、いつだって優しく迎えてくれる。言ってみれば、彼女は里美にとって一番の相談相手だった。

「ねぇ、サボ子。ぶっちゃけ、どう思う?」

昨夜は、結局ベッドに入ってから二時間近く眠れずにいた。

恋なのかそうでないのか。そんなことを考えながら、何度寝返りを打っただろうか。

「恋かも……」と言った次の瞬間には「間違っても恋じゃないし！」と心のなかで叫んでいる。

ひと晩のた打ち回っても、気持ちも考えもぶれたままだ。

「そもそも、イケメンと〝幽霊さん〟のカップルなんて、ありえないでしょ。ね、サボ子？」

話しかけ、鉢をほんの少し前に傾けて元に戻す。

「だよね～。サボ子もそう思うよね。うん。——さて、と。今日はなにをしようかな」

サボ子に無理やり頷かせた里美は、朝食を食べ終え、キッチンで洗い物をする。今日も明日も、特に予定はない。とりあえず、後で駅前の商店街にでも買い物にでかけようか。

テーブルに戻り、毎週買っている情報雑誌を開いた。今回の特集は「家族で行くおすすめのおでかけスポット」だ。人気テーマパークはもちろん、キャンプ場や体験型の野外施設まで載っている。

里美は、人混みが苦手だ。ひとりならまだしも、誰かと一緒にいるときは、よほど注意しなければ確実にはぐれてしまう。だけど、こうして雑誌からいろいろと情報を得るのは楽しいし、アパレルメーカーに勤務しているのだから、常に多方面にアンテナを張っていたいとも思っている。

（といっても、私って結局はインドア派だよね。そもそも、一緒に行ってくれる恋人も、暇な友だちもいないし。みんなリア充ばっかりだもんね～）

ぱらぱらとページをめくりながら、頬杖をつく。

「私、いつまでひとりぼっちでいるんだろう……」

珍しくそんな弱気な発言をしたところに、テーブルの上のスマートフォンがメッセージの到着を知らせた。

「あ、社長——」

まさかの差出人に、あわてて内容を確認する。

『倉庫の件のお礼、今からしてもらう。一時間後にみなみ駅前大通りの花屋の横で待ち合わせってことでよろしく』

「い、今からっ？」

確かにお礼はするとメッセージを送った。だけど、いきなり一時間後に待ち合わせなんて、いくらなんでも急すぎる。

「え、えっと……、まずは着替えなきゃ——」

とりあえず『わかりました』の返信を送り、立ち上がって押入れ兼クローゼットを開けた。状況はどうあれ、今の里美にことわるという選択肢はない。突っ張り棒にかかっているのは、ほぼ自社ブランドのものだ。どれも選《え》りすぐりの地味でシンプルなものばかりで、華やかな色合いのものなど一着もない。

待ち合わせて、それからどこかに連れていかれる？

それとも、お礼をしてすぐに解散？

いずれにしろ、どんな服装で行けば正解なのだろうか。相手が相手だけに、皆目見当がつかない。

結局、一応きちんとして見えるよう、白いブラウスにソフトベージュのスカートを合わせた。

ばたばたと準備をして、アパートから歩いて十五分かかる待ち合わせ場所に向かう。

(あ、社長、もう来てる!)

信号が青に変わったので、大急ぎで横断歩道を渡り始めた。けれど、前を行くグループに遮《さえぎ》られ、なかなか進むことができない。苦労して渡り切り、目の前にようやく人がいなくなったところで花屋までダッシュする。そのままの勢いで健吾の前にたどり着き、ペコリと頭を下げて挨拶《あいさつ》をした。

「お……はようございます! お待たせしてすみませんっ!」

「うお! びっくりした!」

里美の目の前で、健吾が驚いたように声を上げる。

「おはよう。いきなり呼び出して悪かったな。しかし、そんなに息を切らすほど急がなくてもよかったのに」

朗《ほが》らかに笑う健吾。どうやら怒ってはいないみたいだ。息を整え、乱れた髪を直しながら健吾を見る。

「あの……、その節はお世話になりました」

どう切りだしていいかわからず、思いっきりかしこまった言い方になってしまった。

「それで、あの……お礼っていうことですけど、私はなにをしたらいいんでしょうか」

恐る恐るそう尋ねると、健吾が意外そうな表情を浮かべる。

「なにをしたらいいって? なにを今さら。そんなの、デートに決まってるだろ」

「はっ?」

さらりと言われて、一瞬思考が停止してしまった。

「デ、デートですか？」

「そうだ。言っとくけど、ただのデートじゃないぞ。恋人同士のラブラブデートだ」

「ラ、ラブラブ？」

「なにか問題でもあるか？　俺たち、もうキスもしたし、身体をまさぐり合った仲だろ？　里美も俺を好きだと認めたし、晴れて恋人同士になったわけだ。——さぁ、とりあえず移動しよう」

「ち、ちょっ……！」

軽く背中を押され、あわてて前に進む。

（まさぐり合ってなんかないし！　だいたい、なんでもう恋人同士になっちゃってるの!?　まさか『付き合う』って言ったの、本気だった？　それに、私、社長のこと好きだなんて言ってない——）

「なかなか連絡できなくて悪かったな。急な出張がなければ、もっと早く会えてたんだけど」

歩きながら顔を覗き込まれ、目が合った途端、魅惑的に微笑まれた。改めて間近に見る健吾は、隣にいるのが恥ずかしくなるほどのイケメンぶりだ。おかげで、反論するタイミングを完全に逃してしまう。

今日の健吾のいでたちは、インディゴブルーのジャケットに白シャツ。それに、薄いカーキ色のボトムスをさらりと合わせている。いつも見事に自社ブランドの服を着こなし、歩く広告塔の役割を果たしている健吾だ。通常彼が選ぶアイテムは、デザイン性が高く個性的なものが多い。けれど、今日の彼はいつもと違って、定番で色もデザインも抑え気味のものを選んでいた。

それは、自社ブランドのなかでもいつも里美が好んで着ているレーベルのもので、今日の里美の服装ともぴったりとマッチしている。

（もしかして、私に合わせてくれたのかな？）

駅に向かう道すがら、いつの間にか手を引かれていた。

「あ……あれっ？　あれれ……」

なんだかいつもと違う。

男性と手を繋《つな》ぐという、里美にとって非常にレアな状態になっていることはさておき――。さっきあれほど歩きづらかった交差点なのに、今はまるで違っている。

健吾と一緒だと、ここはまるで人のほとんどいない一本道だ。

人混みのなかなのに、スイスイと泳ぐように歩いて、もうじき歩道に到着する。

人にぶつかることもなければ、いきなり人の背中に行く手を阻まれることもない。

歩きながら目を丸くしている里美に、健吾が笑いかける。

「どうした？」

「はい……あの、こんなスムーズに人混みを歩いたことってなかったから――」

「くくっ……、そっちか。俺と手を繋《つな》いでいることは気にしてもらってない？」

言った途端、健吾は繋《つな》いでいる里美の手をぎゅっと握った。

「いいえっ！　これはこれで、ものすごく気になってます――」

「そうか。ならいいけど」

健吾が、嬉しそうな表情を浮かべた。そんな顔を見せられると、せっかく気をそらしていた努力が、水泡に帰してしまいそうだ。にわかに頬が火照《ほて》ってきて、表情の管理が難しくなってくる。うつむき加減に歩いていると、健吾にそれを見咎《みとが》められてしまった。

「よそ見してると、置いてくぞ」

「あ――、すみません！」

置いていくという割には、健吾は握っている手を緩《ゆる》めようとはしない。交差点を渡り終え、駅の構内に入った。手を繋《つな》いだまま改札をとおり、電車に乗る。

里美がどこへ行くのかと聞いても、健吾は秘密だと言って教えてくれない。

「行けばわかる。もうじき着くよ」

到着した先は、思いっきり人の多い都心の街中だった。

最初に連れていかれたのは、大通りの中心にある有名なセレクトショップ。店に入るなり、奥からオーナーらしき男性が近づいてきた。繋《つな》いでいた手は、店のドアを入るときに、ごく自然に離れている。

「いらっしゃい。今日もショップ巡りか？」

「ああ。なにか目新しいもの仕入れたころだと思ってね」

気軽に話しているところを見ると、かなり親しい間柄らしい。店のなかを見回してみると、今季流行すると言われているものが、きっちり並んでいた。むろん「ブラン・ヴェリテ」の商品も取り扱ってくれている。しかも、店の一番目立つ場所に陳列してもらっていた。

「こちら、丸山里美さん。うちの社の総務部に勤務している。里美、この店のオーナーの安藤《あんどう》さん。結構古い付き合いなんだ」

紹介され、里美は挨拶《あいさつ》を交わした。

「よろしく、丸山さん。こいつ、女たらしだから気をつけてね」

彼は里美を興味深げに見つめ、満面の笑みを浮かべる。

「おい、でたらめを言うな！」

健吾に肘《ひじ》で脇腹を小突かれ、安藤は大袈裟《おおげさ》に腰を折って喘《あえ》ぐ。

「乱暴だなぁ。だけど、こいつ女性には優しいから――」

「冗談もそのくらいにしとけ。――里美、今こいつが言ったのって、ぜんぶ自己紹介だから」

「は、ははっ……。おふたりとも仲がいいんですね」

どちらの味方につくわけにもいかず、里美は曖昧《あいまい》に笑いお茶を濁《にご》した。健吾に促《うなが》され、安藤の案内のもと、壁伝いに店を見て回る。

（女たらし……。女性には優しい……）

健吾が、立ちどまって商品についてあれこれと質問を始めた。どちらも背が高いから、並んでいるだけで見栄えがする。美男の友だちも、また美男だ。置いてある商品は、彼が選び抜いたものなのだろう。どれをとっても個性的だし、手に取って見たくなるアイテムが揃っている。

「里美――」

ディスプレイに見入っているうち、ふたりからはぐれてしまっていた。その後も、健吾は時折背後にいる里美のほうを振り返って、声をかけてくれる。そうやって気にかけてもらっている安心感からか、気づけば健吾らに後《おく》れをとっていた。

「里美、こっちおいで――」

健吾が、少し遠くから手招きをする。ほとんど聞き取れないほど小さな声だけど、唇の動きだけでも、名前を呼ばれていることがわかった。

いきなり始まった健吾との時間だけど、すごく楽しい。いつの間にか健吾とこうしていることにすっかりなじんでいる。

「ここ、ディスプレイの仕方とか、いつも変わってて面白いんだ」

健吾がさすほうを見ると、男女ペアのマネキンが、コーディネートされた服を着て社交ダンスのようなポーズをとっている。そのほかにも、ヘッドスピンや、ボルダリングをしているものまであった。

「確かにすごく面白いですね。今にも動きだしそうな躍動感があります」

「そうだな。これだと、動いているときにどんな感じになるのかがわかりやすい」

安藤に礼を言い、店をでた。また手を繋《つな》がれて歩く。健吾は、里美のために歩幅を狭くしてくれている。

大勢の人がいる道を泳ぐように歩いた。ほかにも何軒か店を回り、健吾はその都度《つど》、なにげなく前を歩きドアを開けてくれる。まるで「桜井健吾」というバリアをまとっているみたいに、里美はなんのストレスもなく街中を歩いていた。

しかしながら、里美の〝幽霊さん〟はどの店でも健在だった。健吾のそばにいて紹介をされれば、ちゃんと認識してもらえる。けれど、その後はもれなく存在を忘れられてしまうのだ。ただ、そんな調子だから、店員たちからまったく気にされることもなく、じっくりと店内を見ることができた。

普段ひとりでは到底入れないような高級店や、ちょっと躊躇《ちゅうちょ》してしまうほど強面《こわもて》の店員がいる店も、健吾と一緒ならなんの問題もなく入ることができる。

うっかりはぐれそうになっても、健吾がちゃんと里美を見つけて呼び戻してくれる。健吾だけは、常に里美の存在に気づいていていた。

(不思議。こんなのって、初めて)

ひとしきりショップ巡りをした後、ふたりで手を繋《つな》いだまま、比較的広い歩道を歩いていた。すれ違う人々の視線が、健吾に集中する。彼の容姿に見惚れ、あからさまに歩調を緩《ゆる》める人だっていた。

「もう昼だ。あの店でランチにしよう」

健吾が、里美を振り返った。彼の視線が示す先には、ガラス張りのビルが建っている。そこの二階は、以前見た情報誌に載っていたシックなイタリアンレストランだ。

「あ、私そんなに手持ちがないんですけど……」

「心配しなくても大丈夫だ。デートの費用は、ぜんぶ俺に持たせてくれ」

恐縮する里美の手を引き、健吾はさっさと階段を上る。入り口に近づくと、店から係の男性がでてきた。どうやら予約を入れてくれていたようで、案内されたのは窓際の特等席だ。

「このお店、ずっと気になってたんです。まさか入れるとは思ってもいませんでした」

やや興奮気味に話す里美に、健吾はにっこりと微笑みかける。

「普段あまり街中にはでないのか？」

「会社帰りに寄り道したりしますけど、週末はたいてい家にいます」

「人混みが苦手だから？」

「はい。でかけると、それだけで疲れちゃって」

「今日は平気？」

「もう、ぜんっぜん平気です。社長と一緒だと、無敵って感じです。あれだけ人がいるのに、誰もぶつかってこないなんて、私にとっては奇跡ですよ」

「そうか。それはよかった」

実際、健吾といるとなにもかもが違っていた。

「ほら、料理がきたぞ」

健吾が頼んでくれたメニューは、どれも皆おいしい上に、普段食べられないような食材を使ったものもたくさんあった。おいしいものを食べると、自然と饒舌《じょうぜつ》になってしまう。

「社長は街中にいて、困ったことってありませんか？」

「ないな」

「――ですよね」

即答する健吾に、すんなり納得する里美。

「強いて言えば、あんまりゆっくりできないことかな。時間的にも気分的にも、な。どこへ行っても人目があるし、落ち着いて考えごともできない」

「社長って、よく人と目が合いませんか？」

「そういえば、合うな」

「やっぱり。だって、社長って目立ちますから。すれ違いざまに二度見されちゃうし、立ちどまってじーっと見てる人だっていますよね。さっきも、お店に近づいただけで、係の人が飛んできちゃうし。なんていうか、オーラがすごいです。いるだけで目を引くというか。私と正反対ですよね。ちょっと、うらやましいです」

存在自体が華やかな人にとって、生きることは常にスポットライトを浴びているようなものなのだろう。一方、地味で目立たない性質の人が生きる場は、いつだってそれを支える裏方であるような気がする。

そのことを伝えると、健吾は少し考えるそぶりをしながら里美を見た。

「どうかな。目立つってことは、良くも悪くも常に人に注目されてるってことだ。常にでしゃばってる印象を持たれて、妙に叩かれたり対抗意識を燃やされたり。俺にしてみれば、周囲に埋没できる里美が、うらやましくもあるよ」

「私が、ですか……。初めてそんなこと言われました」

ある意味正反対のふたりは、それからしばらくの間お互いに関する話をした。

人にライバル視されやすい健吾に、人の噂にも上らない里美。ふたりは、同じ社会にいながら違う世界に住んでいるみたいだった。話し終えると、健吾が里美を見て軽く笑う。

「さっき、街中だとゆっくりできないって言ったけど、里美と一緒だと違うな。今現在、ゆっくりしてるし、周りの目も気にならない」

レストランをでた後も、ショップ巡りは続く。

電車で移動もした。休日の車内は、結構な混み具合だ。そんななか、健吾は終始里美の手をとり、迷子にならないよう気を配ってくれている。

目的の駅に着いて、ホームに降り立つ。いつもなら、気を張って出口を目指すばかりだけれど、今日は周りを見る余裕すらあった。

街中にでれば、健吾が歩きやすいように誘導してくれる。彼は背が高いから、人混みでも頭ひとつ飛びでているし、あいかわらず立っているだけで周りの視線を集めていた。健吾が道を行けば、まるで魔法のように街を通り抜けられる。それでいて、彼は注目を浴びまくっているのだ。

(これがデートっていうものなの？　こうして手を引いてもらって、前に進みながらよそ見もできちゃうとか……すごいっ！)

そんな些細《ささい》なことにいちいち感動しながら、なんでもない雑踏を満喫《まんきつ》する。混雑する街中が、こんなにも楽しいものだったなんて知らなかった。

健吾とともに、うきうきと街を散策して、気がついたら結構な距離を歩いていた。時刻も、夕飯どきだ。

「さてと。そろそろお腹空いたろ？　夕飯にしよう。店までちょっと距離があるから、ここからはタクシーで行こうか。さすがに疲れただろ？」

「全然疲れてないです。なんだかとても新鮮でした。いろいろなお店を見られて、すごく勉強になりましたし。私、普段雑誌やネットで情報収集しているんですけど、やっぱり実際に行ってみるのとは違いますね。人混みが苦手だなんて、言っていられないかも」

「そうか。じゃあまたショップ巡りに連れていってやる」

「はい、ぜひお願いします！」

普通に言っているつもりかもしれないが、そんな台詞《せりふ》がやけに上から目線っぽく聞こえる。けれど、それが決して嫌ではない。むしろ、嬉しい。整った顔で見据えられると、なんだか服従を強いられているようでドキドキする。

（――え？　もしかして私って、Mなの――？）

いや、違う。他の人に言われたら、これほど素直には受け止められない。

健吾になら、掌《てのひら》の上で転がされてもいい――。そんなことを考えている自分に、こっそり赤面する。

「なに照れてんの？」

タクシーに乗り込み座るなりそう言われる。心のなかを見透かされたような気がして、いっそう頬が火照《ほて》った。

「な、なんでもありませんっ！　――あの、社長って普段あんなふうに電車に乗ったり歩いたりするんですか？」

思いついたことを口にして、なんとか今ある危機から逃れようとする。

「そうだな。都心だと、普段は車で移動することが多いな。だけど、渋滞状況によっては電車やバスに乗ったりする。地方に行ったときは、特にそうだな」

「そうなんですか？」

ひとまず、話題がすり替わったことにほっと胸を撫で下ろす。

「ショップを回るとき、場所によってはタクシーを利用することもあるけど、やはり実際に顧客目線で歩いてみないとな。あと地方だと、夜に必ずといっていいほど飲み会が入るから、車だと逆に不便ってこともある」

「ああ、お話は伺ってます」

この間営業部の同僚が言っていたのがこれだ。ショップの販売員やアルバイトの若い子に、ターゲットにされている健吾。

「だから、出張に行っても寝る寸前まで忙しいんだ。本当は、ご当地グルメとかゆっくり味わいたいんだけど、なかなか難しくて」

タクシーは、繁華街から少し離れた小さな店の前で止まった。入り口に赤い提灯《ちょうちん》がぶら下がっており、筆文字で「おでん」と書いてある。

「ここ、俺の秘密の隠れ家なんだ」

萌木色《もえぎいろ》の暖簾《のれん》をくぐり、店のなかに入る。カウンター席しかなく、常連客らしい夫婦と、サンダル履きのおじさんふたり組がいた。

「いらっしゃい」

白髪の店主が、健吾に声をかける。健吾は軽く挨拶《あいさつ》を交わしながら、里美を店の一番奥の席に案内した。

「ここの料理はぜんぶおすすめだよ。好き嫌いがないなら、おまかせで頼むけどいいか？」

厨房《ちゅうぼう》にはおでん鍋がふたつ並んでおり、壁にはところ狭しとお品書きが貼られている。

「はい、お願いします」

「了解。じゃあ、おやじさん。ぜんぶおまかせでよろしく」

慣れた感じで注文をすませると、健吾は里美に向き直った。

「だいぶ連れ回しちゃったけど、足、大丈夫か？」

「はい、ぜんぜん平気です。もう、びっくりですよ。あれだけ歩いたのに、一度も足を踏まれなかったんですから」

健吾が笑い声を漏らす。

「それはよかった。――でも、そんなにしょっちゅう足を踏まれるのか？」

「そうですねぇ……。踏まれなくてもぶつかったり、人の波に揉まれてるうちに迷子になったり……。街中って、私にとっては結構なサバイバルフィールドなんです」

里美は、自分にとって街中を歩くのがいかに大変なことか、力説する。

「なるほどな。じゃあ、俺は今日上手く里美をエスコートできたってことだな――。あ、ほら、きたぞ」

健吾が、備前焼《びぜんやき》の大皿を受け取る。なかには、味のしみた大根など、おでんでは外せない具のほかに、海老芋《えびいも》やみょうがなどの変わり種も入っていた。

「わ、これ、おいしいっ！」

思わず声を上げると、健吾が得意げな表情を浮かべる。店主も嬉しそうな顔で里美を見て頷いていた。

「だろ？」

箸《はし》が進むなか、店主おすすめの日本酒がでてきた。少し辛口の冷酒が、驚くほどおでんに合う。思ったより飲みやすく、まるで水のようにするすると飲めてしまいそうだ。

「社長って、いろんなお店を知ってるんですね。今日は一日で雑誌一年分の情報をゲットできた気分です」

「一年分はさすがに大袈裟《おおげさ》だな。だけど、喜んでくれたようでよかった」

カウンターに肘《ひじ》を軽くついた健吾が、身体ごと向き直った。いつもはきっちりと後ろに流してある髪が、少しだけ乱れている。

「はい、今日行ったお店は、ぜんぶ初めて入りました。前から行きたいと思っていたところもあったりして。すごく嬉しかったです」

「そうか。そこまで言ってくれると、連れていったかいがあったな」

「特にここのおでんは最高です。私、実はおでん大好きなんですよね。自分でも作ったりするんですけど、やっぱりお店のおでんは違いますね」

気がつけば、だいぶ口調が砕けた感じになっていた。

「この店は、最初俺の祖父に連れてきてもらったんだ」

「祖父って、会長のことですか？」

「そうだ」

聞けば、会長の幸太郎と店主は、昔同じ会社に勤務していたという。社内報のインタビューにも書かれていたが「ブラン・ヴェリテ」を立ち上げる前の幸太郎は、東京近郊の洋装店に勤務していたのだ。

「そういえば、社史編纂《へんさん》の仕事、大丈夫か？　もし倉庫が苦手なら、人員を増やすなりなんなり、対処するけど」

「いいえ、ぜんぜん大丈夫です。さすがにもうあんな目には遭いたくありませんけど」

「よかった」

健吾は、ほっとしたような表情を浮かべて、持っていた牛すじの串を頬張る。大口を開けていてもハンサムな顔に、ついうっとり見入っていた。

(それにしても、社長、私のこと心配してくれてたんだ……)

ちょっとだけ頬が熱くなった。

「今、『私のこと、心配してくれたんだ』――とか、思っただろ」

健吾がにやりと笑う。

「え！　なんでわかったんですか？」

「なんでって、やっぱり図星か」

健吾が噴きだす。

「思ってることがぜんぶ顔にでてたぞ。『丸山さんって、わかりやすい』って、言われないか？」

「いいえ、そんなの言われたことありません」

顔を見られないよう、両方の掌《てのひら》で頬を覆った。

「〝総務部の幽霊さん〟だもんな。——でも、実は心の動きが表情にでまくってるから、その点は気をつけたほうがいいぞ」

健吾のにやにや笑いは止まらない。里美の頬は、赤くなる一方だ。

「いや、ごめん。悪く言ってるんじゃないぞ。ほめてるんだ。裏の顔がないって、まっすぐで嘘がないってことだろ。採《と》れたてでまっさらのコットンボールみたいに」

コットンボールとは、綿の花が咲いた後に残る、白く柔らかな繊維のことだ。これを収穫して加工されたものから、様々な綿製品が作り出される。たまにフラワーショップで見かけたりするし、見ればつい触ってみたくなるほど可愛らしい。

「あ、今のもほめ言葉だぞ。俺は生地のなかで綿が一番好きだし」

「はい」

返事をする声が、思いのほか小さくなってしまった。

「——照れてるだろ」

「てっ……照れてなんかいませんっ！」

今度は、声が大きすぎる。あわてて口をつぐみ、お猪口《ちょこ》に入った日本酒を呷《あお》る。

「顔、赤いけど？　もう酔ってる？」

「酔ってなんか――いません」

声を張り上げそうになるのを抑えて、そっぽを向く。

「前もそうやってむきになって、ほっぺた膨らましたよな」

「そ……そうでしたっけ？」

横を向いたまま、ほかほかのはんぺんを口に入れる。

「熱っ！」

はふはふと口のなかで冷ましながら食べていると、健吾が空になったお猪口《ちょこ》に日本酒を注ぎ足してくれた。

「あわてて食べるとやけどするぞ」

里美はなんとかはんぺんを呑み込み、会話のなかでの劣勢を立て直すべく、話を綿に戻した。

「さっきの話ですけど――、私も生地のなかで、一番綿が好きです。麻や絹もいいですけど、一番はやっぱり綿です。私、小さいころずっと『ブラン・ヴェリテ』の綿パジャマを着て寝ていたんです。今はもうなくなっちゃったホームウェアシリーズ。あれ、大好きでした。綿百パーセントで、洗えば洗うほど生地が柔らかくなって……。懐かしいなぁ、お誕生日に祖母からプレゼントされたウサギ模様のパジャマ。あれがサイズアウトしたときは悲しかったな……」

話すうち、七年前に亡くなった祖母のことを思い出す。小さいころ、同居していたこともある母方の祖母は、里美をことのほか可愛がってくれた。

「それ、どんな柄のやつだった？」

健吾に促《うなが》され、差し出された紙にパジャマの絵柄を描いてみせた。

「こんな感じです。このウサギ、まるで子供が描いたらくがきみたいですよね。私、これをデパートの店先で見たとき、妙に気に入っちゃって。それで、誕生日プレゼントはこれがいい、って祖母にねだって買ってもらったんですよ」

それまでじっと話を聞いていた健吾だったが、いきなりにんまりと笑い、里美が描いたウサギの上に花丸をつけた。そして、その横にパジャマのウサギ柄を、そっくりそのまま完璧に描いてみせる。

「うわぁ、社長、すごいですね！　これ、パジャマの絵柄そのものですよ」

いくら自社ブランドの製品とはいえ、もう二十年近く前のものだ。その柄をここまで正確に再現してみせるなんて、すごい。里美がパチパチと小さく拍手をすると、健吾は得意そうな表情を浮かべた。

「そりゃそうだ。これ、俺が五歳のときに描いたやつだからな」

「ええっ？　これ、社長が描いたウサギだったんですか？」

「そうだ。当時、祖父は新しくだす子供用のパジャマの柄について悩んでてね。ありきたりじゃない、なにか目新しいもの――。それでいて、子供が喜んで着てくれそうな、可愛さもあって――。

そう考えているとき、俺が昔描いた絵のことを思い出したそうだ」

幸太郎は、健吾の古いスケッチブックを押入れから探しだし、そこからいくつかの絵を選んだ。

「俺の意見も聞いてくれたよ。女の子向けの柄にウサギがいいっていうのは一致したんだけど、男の子用のをカメかトラかで揉めてね。俺はトラがいいって言うのに、祖父はウサギにはカメだろうって譲らないんだ。最終的に、じゃんけんで決めることにして、俺が勝った」

「へえ……」

パジャマの絵柄にそんなエピソードがあったとは知らなかった。

健吾の描いたふたつの絵は、パジャマの柄になり、無事販売される。そして、そのウサギ柄のものを、里美が祖母にねだって買ってもらったというわけだ。

「なんだか、びっくり。これも縁なのかな……」

思いもよらなかった事実に、里美は驚いて目を瞬《またた》かせた。

「私が『ブラン・ヴェリテ』に就職したのも、もとはといえば、あのパジャマがきっかけだったんです。着心地が抜群によくって、洗濯するごとに生地が肌になじんで。——すごいですよね。『ブラン・ヴェリテ』のパジャマと出会ってなかったら、私の人生、変わっちゃってたんですから」

「そうだな。そう考えると、商品ひとつ作るにも、心してかからないと、って気持ちになる」

「あのホームウェアのブランドがなくなるって知ったとき、私大泣きしちゃったんですよ。当時まだ五歳でしたけど、そのときのことはよく覚えてます。祖母は、急いでウサギ柄のパジャマを買い足そうとしてくれたんですけど、もうお店には一枚も残っていなかったみたいです」

その代わり、里美の祖母は同じブランドの、違う商品を里美のために買い置いてくれた。将来的に大きくなったときに着られるよう、子供サイズだけではなく、大人サイズのものまで。そして、それを今、里美は大事に着ているのだ。

「祖母が言ってました。着心地がいいものが一番だって。それに、いいものは長持ちするんだよ、って」

「それは言えてる」

健吾は頷き、昔を懐かしむような表情をして微笑んだ。

「残念ながら、祖母は私が大学に入ってすぐに亡くなってしまいました。私って、祖母に似てるってよく言われるんですよ。性格もですけど、外見も。祖母が若いころとそっくりなんだそうです」

里美は、健吾の顔をまじまじと見つめた。

「社内報に、社長のご家族の写真も載っていました。社長も、どちらかと言えばおばあ様に似ていらっしゃいますよね」

「俺？　――そうだな。そういえば、昔はよくそんなふうに言われてたな」

健吾は切り分けた厚揚げを口に入れ、そのまま黙り込む。

（あっ！　社長にプライベートな話、ふっちゃった――）

実は、社内でなんとなく、社長の家族の話はタブー視されているのだ。決まり、というものではないが、里美のような末端社員でも知っているくらい、公然のことだった。

以前健吾が話してくれた内容が思い浮かぶ。

仕事を発端《ほったん》とした祖父と父親の対立。幼少期を海外で過ごし、思春期をむかえたころ、今度は両親の不仲を知る。

健吾は、これまでにいろいろと家族のことを話してくれた。だからといって、里美からそんな話題を持ちだしていいというわけではない。黙り込んでしまったということは、やはり余計なことを言ったのだろう。

里美は、どうしていいかわからず、口をきつく閉じて下を向いた。

(せっかく楽しい雰囲気だったのに、私ったら――)

「あぁ、うまい」

そんな気まずい雰囲気のなか、健吾が、ふいにため息まじりの声を上げた。

「最近忙しくて、ずっとここに来られなくてね。久しぶりに食べたけど、やっぱうまいな」

「……はいっ?」

気を悪くしていたはずの健吾が、隣でにこにこと笑っている。里美は、首を傾《かし》げて健吾の顔に見入った。

「どうした? ……あ、もしかして、よけいなこと言ったとか思ってる? あれだろ、ほら、社長の前で家族のことは話題にするな、ってやつ」

「はい……あの、――すみませんでした」

「気にするな。うちの家族のゴタゴタの件なんて、もうだいぶ昔のことだ。俺は気にしてない。――っていうか、そんな取り決め、いつできたんだ? 俺は聞いてないし、頼んでもいないぞ。そもそも里美は、俺の顔について話しただけだろ? 誰に似てるかとか、そんな話は誰だってするし、俺の顔が祖母に似ているのも事実だ。ほら、そんなしょぼくれた顔するな」

ふいに両方の頬を指で摘《つま》まれ、親指で口角をぐっと上に引っ張られる。ぎこちなく笑う顔が、次第に本当の微笑みに変わっていく。

「ふぁい」

里美が頷くと、健吾はようやく手を離し、横を向いてぷっと噴きだした。

「うん、いい。いいよ、里美は。面白い——俺の周りにはいなかったタイプだ」

一気に和《なご》やかな感じになり、その後はひと口食べて飲むごとに、ますます話が弾んだ。

「さっき里美のことをいいって言ったのは、そのまんまの意味だ。人よりも存在感はないかもしれないけど、それはそれですごくいい個性だと思う」

存在感のなさを、ほめられている。普通に受け取れば、微妙なほめられ方だと思うかもしれない。けれど、なぜか心に響いたし、素直に嬉しいと思った。こんなふうに性格を称賛されることなど、今までに一度も経験したことがない。

「社長は個性の塊《かたまり》というか、唯一無二《ゆいいつむに》って感じですね。オーラがあって、かっこよくて。他の追随《ついずい》を許さない孤高の存在というか、そこにいるだけでものすごく存在感があるって感じで」

「それ、ほめてる？」

「もちろんです。——どうしてですか？」

里美にしたら、明らかにほめ言葉だけを口にしたつもりだった。もちろんそれは、心からそう思ってのことだ。

「俺を含め、俺の周りにはどぎついほどの個性と存在感を持った人間が多い。さっきも少し話したけど、そういうやつは、なにをするにも人目を引くし、良くも悪くもしょっちゅう人の口に上る。簡単に敵ができるし、いわれのない攻撃を受けることも多い。むろん、そのなかには、ただのやっかみも多いけどな」

健吾のビジネスセンスと秀麗な容姿は、彼が「ブラン・ヴェリテ」のロンドン支社長になったころから注目を集めていた。ビジネス関連の雑誌はもちろん、時折国内の男性向けのファッション誌からもインタビューを受けるようになる。自社ブランドに身を包みポーズを取る彼は、並みいる本業のモデルたちと並んでも、一歩も引けを取らない存在感を放っていた。

「あまりありがたくない連中がすり寄ってくるし、好むと好まざるとにかかわらず、いろいろなことに巻き込まれもする。たまには、そんな煩《わずら》わしさから解放されたいと思うよ。だからこそ、里美のような人は、俺にとって貴重なんだ」

「私が、ですか」

「そう。一緒にいて、気を使わないっていうか、楽なんだよな。里美はまっさらでふわふわのコットンボールだから、俺を攻撃したり、騙したり、陥《おとし》れようとしたりしないだろ？」

「当たり前です」

健吾の言葉の裏には、過去に起きたさまざまなトラブルが隠れているのだろう。自分の存在が、彼にとって役に立つなら、喜んで健吾に付き合おうと思う。

（そっか。こういう意味の、付き合おうって感じなのかな）

健吾とのキスの一件があってからというもの、里美はずっともやもやを抱えていた。

健吾が自分を好きだと言い、付き合おうと言った。その真意がわからず、悩みに悩み抜いたあげく、今度は自分の健吾に対する気持ちに向き合う羽目に陥《おちい》ったりして。

里美は、すっかりくつろいだ様子の健吾を見る。そして、今一度自分の気持ちを確かめるべく、彼に向けた視線を、じっと据《す》え置いたまま動かさずにいた。

(好きなのかな？　恋なのかな……。どっちにしろ、今のままでも十分だよね？　社長が私といることでほっとしてくれるなら、もうそれで十分)

「うん？　どうした、人の顔を見つめて」

「ひゃっ？　あ、ああ――社長って、ほんと男前だなぁって思って」

「それはありがとう」

健吾が、おかしそうに笑う。里美は、その笑顔を見て、自分もまた笑っていることに気づいた。

(うん、これでいい。この感じ、すごくいい感じだもの)

こういうのがずっと続けば、それで満足。

里美はそう心に決め、ある意味開き直り、悟りを得る。

「じゃあ、そろそろ帰るか」

店でたっぷり二時間ほど過ごし、帰りはタクシーで送ってもらうことになった。

「本当は一緒に乗っていきたいんだが、これからちょっと行くところがあるんだ」

健吾が立ち寄る場所は、里美のアパートに向かう途中にあるという。時間的なこともあり、タクシー料金を里美に託し、健吾は先に降りることになった。

車内で、里美は健吾に改めて、今日一日のお礼を言う。

「今日はいろいろとありがとうございました。本当にいい勉強になりました。それに、なんだか夢のような一日でした」

軽く頭を下げ、一呼吸おいて顔を上げる。すると、伸びてきた健吾の手に、うなじをやんわりと掴まれた。

「え――？」

顔を引き寄せられ、唇が重なる。キス自体はすぐに終わったけれど、驚きのあまり目の前にチカチカと星が舞った。

「俺のほうこそありがとう。今日は楽しかった。里美は、明日なにか予定がある？」

「――いえ、特になにもありません」

答え方が、ぎくしゃくとした一昔前のロボットの受け答えみたいになってしまった。

「よかった。じゃあ、朝八時に車で迎えに行くから」

健吾は、里美の住所を確認し、待ち合わせ場所を近所の公園に決めた。そしてタクシーを降りると、外からなかを覗き込むようにして手を振る。声は届かないけれど、唇が「おやすみ」を言っているのがわかった。

「お、おやすみなさい――」

返事を返す前に、車が動き始めた。あわてて後ろを振り返ると、健吾はまだ立ちどまったまま手を振っている。

遠ざかる健吾の姿を眺め続けていると、誰かが彼の横に寄り添うのがわかった。

（あれ……？）

誰だろう。あまりに遠くて、性別すらわからない。里美が懸命に目を瞬《またた》かせるうち、豆粒ほどになったふたりの姿は、曲がり角の向こうに消えてしまった。


翌朝、目覚ましをセットした時間よりも三十分も早く目覚めた。

「おはよう。サボ子」

テーブルの上に置いた「サボ子」に挨拶《あいさつ》をする。昨夜寝る前も、こうして横になったまま「サボ子」相手に話をしていた。そして、いつの間にか眠りに落ちていたのだ。

昨日アパートに帰る道すがら、ずっと別れ際に見た健吾の姿を思い浮かべていた。手を振って、おやすみを言った後、車が動きだしても、手を振り続けて――。そして、誰かが現れて、連れだってどこかに行ってしまった。

「あんな時間から、どこに――。それに、あれっていったい誰だったんだろう……」

一緒にいて楽だと思ってくれるだけで十分と思ったはずだったのに、また以前のようなもやもやが胸を覆い始めている。

だいたい、どうしてまたキスなんかしたんだろう？

楽しかったお礼？

だとしたら、もうやめてほしい――

そう思うと同時に、健吾の唇の感触がありありとよみがえってきた。

「……嘘です。本当は、やめてほしいとか、思ってない」

里美は「サボ子」に向かって、そう白状した。「サボ子」のちくちくとした小さな棘《とげ》は、里美の小さな嘘をあぶりだす力を持っているのだ。

「社長ったら、なんだかずるいな。いや、別にずるくなんかないよね。だって、私が勝手にこんなになってるだけなんだから……」

里美にとって、健吾と経験するすべてが驚きの連続だ。雲の上にいた人が、いきなり目の前に降りてきて、手を繋《つな》ぎ、街でデートをする相手になっている。そして今日も、これから会うことになっているのだ。

「ねぇ、サボ子。なんで私だったんだろう？　社長は、なんでたまにおかしなことを言ったりしたりするんだろう。恋人同士のラブラブデートって言っても、社長と私、そんな関係じゃないのに」

「好き」とか「付き合おう」とかいう言葉の意味が、里美の頭のなかで空回りしている。そこへ「キス」という糸が絡んできて、もつれてこんがらがって、またもんもんとした状態に逆戻りだ。

「せめて、紛らわしい言葉を使うのやめてくれたらいいのに。昨夜タクシーから降りた後に会ったのだって、きっと女の人に決まってる……」

『こいつ、女たらしだから』

セレクトショップのオーナーが言った言葉が、今になって里美の心のなかで存在感を発揮する。

健吾が降りた場所は、とあるシティホテルの近くだった。きっと、そこでその女性とめくるめくひとときを過ごして――

「わっ！　わわわわっ！」

そこまで考えたところで、里美は指で髪の毛をぐしゃぐしゃとかき回した。

「余計なこと考えないの！　私には私の役割があるんだから」

健吾ほどの男だ。結婚をしているわけでもないし、彼がどこで誰と会おうと、咎《とが》められることなどひとつもない。

「……そうだよね。なに勘違いしちゃってるの。私は、塩豆だよ？　たまたま近くにいた部下で、見てて面白い珍獣で、言ってみればペットみたいなもので――」

自分で言ったくせに、人間の女性ですらない立ち位置に、ほんの少しだけ傷ついてしまう。

「いいの、それで！　私だって、社長と一緒にいて楽しいし、勉強になってるんだから」

里美だって、イケメンは普通にいいなと思う。そして、別にイケメンでなくていいから、いつかは普通に恋をして幸せな結婚をしたいと思う。できれば子供もほしい。けれど、それは将来的な願望であって、今すぐに恋人がほしいわけではなかった。仕事だってそれなりに充実しているし、私生活だって――

里美は「サボ子」の棘《とげ》を、そっと指先でつついた。その上で、自分の心のなかを今一度覗いてみる。

「うん……今は、このままでいいかな」

突然降って湧いたような健吾との個人的な出会いだったけれど、間違いなく里美の人生において最大の出来事に違いなかった。

健吾はいい人だ。思ったより気さくだし、優しい。ちょっと強引すぎるときもあるけれど、ちっとも驕《おご》らないし、意外と庶民的だ。

本人にも言ったとおり、彼のことは嫌いではない。好きか嫌いかと問われて口ごもってしまったけれど、今なら「好き」と即答してしまうだろう。

だけど、だからといって健吾に恋人になってほしいなんて、大それたことは思わない。そんなハイスペックな男性を望むべくもないし、むしろそんな人だと困るくらいだ。

健吾のことは上司として尊敬している。昨日一日一緒に過ごしてみて、その気持ちがさらに強くなったのは事実だ。社長として、彼がどんなに会社のことを考えているのかがわかったし、彼の人となりも垣間見ることができた。けれど、それと恋愛とは別の話だ。

「つまり、そういうこと——」

ありとあらゆる方向から考えてみても、自分では桜井健吾の相手など務めきれない。健吾自身、里美と本気で恋をしようなんて思ってもいないだろう。きっとごく気楽な感じで、里美に興味を持っただけだ。

ふと、以前同期に聞いた、健吾の恋愛についての話を思い出した。

彼がする恋愛がいつも短いのは、彼が女性に対してフランクであることに加えて、たくさんの女性と知り合えている今、なにも急いでひとりの人に決める必要がないから——。たぶん、そんなところではないだろうか。

(付き合っても最長二か月、か――)

恋愛ではないにしろ、里美との付き合いも二か月もたないかもしれない。彼は忙しい人だし、物珍しさがなくなれば、すぐに飽《あ》きて次の人を探すだろう。けれどそれならそれで構わない。里美のほうは、貴重な経験をさせてもらっていると感謝しながら、誘いに応じればいいのだ。それに、同期はこうも言っていた。

『社長って、付き合ってる女性が本気モードになると、逃げだしたくなるタイプみたい』

ここまでわかっているのなら、自分のとるべき行動は、おのずと決まる。すなわち、健吾との付き合いを期間限定のものだと正しく認識して、変に勘違いすることなく、彼が望んでいるであろう役割を果たすことだ。

「だけどね、サボ子。やっぱり、キスはやめてほしいな……。って、また嘘ついてるって顔しないでよ。だってほら、さすがにちょっとまずいと思わない? それに『好き』って言葉も。うっかり勘違いしちゃって、本気になったりしたら――。う、ううん、ないよ? 絶対本気になんかならないんだけど――」

「サボ子」相手に長々としゃべり続けて、大きくため息をつく。「サボ子」は、ウサギの耳のような葉を広げて、一生懸命聞いてくれている。

とにかく、今日はもうでかける約束をしてしまった。とりあえず準備をしよう。時計を見ると、約束した八時まで、あと二十分しかなかった。

待ち合わせた公園前に行くと、ほどなくして健吾の車がやってきて、助手席に座らされる。

「昨日はありがとうございました。――あの、あれから予定があったんですよね？　時間とか、大丈夫でしたか？」

「ああ、仕事絡みのヤボ用だったんだけど、十分間に合ったよ。ただ、タクシーを見送るなり、酔っぱらいの女性に絡まれちゃって、その対応に少々手間取ったけどね」

「そ、そうだったんですか」

実のところ、昨夜健吾と別れた後、彼が誰となにをしているのか、気になって仕方がなかった。だけど、健吾の言葉を聞いて、一気に胸のつかえが取れたような気がする。

「さて、今日は里美の行きたいところに連れていくよ。どこがいい？」

「えっ、私が行きたいところですか？」

「ああ、どこでもいいよ。なんなら、日帰りで行ける海外でもいいし――」

「い、いえっ！　私、パスポート家に置いてきましたから！」

里美のあわてぶりを見て、健吾が明るく笑った。今日の彼は、空色のシャツとブルージーンズを無造作に着こなしていて、このままピクニックにでも行けそうなラフな感じだ。

一方里美は、白いシャツに薄いブルーデニムのスカートを合わせていた。決しておしゃれ度は高くはない。けれど、色的にはなんとなく健吾とマッチしていると言えなくもなかった。

「えっと、じゃあ――」

里美は、東京近郊にある観光施設の名前を言う。そこは、この間買った雑誌に載っていた、ファミリー向けのファームパークだ。記事によると、今の時期はたくさんの花が咲き乱れているらしい。

「いいよ」

健吾は、ふたつ返事で了承してくれる。

「よかった！　私、まだそこに行ったことがなくって、前から行きたいと思ってたんです。なかにある牧場には、牛やヒツジの他にも、アルパカやカピバラもいるんですすよ。ウサギやモルモットに触れるふれあいコーナーもあります。あ……、もしかしてもう行ったことありましたか？」

ファミリー向けとはいえ、パークはとても広々としており、カップルがデートするのに最適な場所だ。

「いや、俺も行ったことない。ふれあいコーナーか。楽しみだな」

健吾は、機嫌よくカーナビを操作し、目的地設定をしている。

（そっか……行ったことないんだ）

なんとなく、嬉しい。まあ、ちょっと考えれば、健吾ほどおしゃれな人とデートするのに、わざわざ土の匂いがする場所を選ぶ女性もいないだろう。

（ま、いいよね。社長も楽しみだって言ってくれたし）

「ちょうど天気いいし、今日みたいな日に行くにはぴったりの場所だな。その後は、おまかせでいいか？」

「はい」

「よし。じゃ、出発」

走り出した車のなかに、軽快な音楽が流れ始める。思ったより道は混んでおらず、自然と気分が上がる。ごちゃごちゃ考えずに、今日は楽しもう。そう決めた途端、気持ちが一気に行楽モードになった。

途中休憩を挟むことなく、出発して一時間半ほどでパークに到着する。

なかは、家族連れはもちろん、グループやカップルも多く、にぎわっていた。

「じゃ、入ろうか」

何気なく手を握られ、そのまま歩き始める。ふたり分の入場券は、健吾が支払ってくれた。

「あの、お金――」

「そんなの、気にするな。さ、行くぞ」

最初に向かったのは、山の斜面いっぱいに咲くペチュニアの畑だ。一面に広がるピンク色の花に、
自然とテンションが上がる。

「わぁ……すごいですね。こんなに綺麗に咲かせるには、相当苦労するでしょうね」

素直に感動しながらも、ついいつもの癖で裏方の存在が気になってしまう。

「そうだな。これだけのものを造りあげるのには、相当の準備と労力が必要だと思う」

健吾が、不意に道の途中で立ちどまった。

「写真撮ろうか」

スマートフォンを取りだし、設定をセルフカメラモードにしている。

「えっ！　写真ですか？」

あたふたと髪の毛に手をやり、シャツの皺《しわ》を伸ばす。まさかのツーショット撮影に、戸惑いを隠せない。周りにはちょうど誰もいないし、撮るにはいいタイミングではあるけれど。

「じゃ、いいか？　定番の、はい、チーズ――で撮るぞ。はい――」

肩を引き寄せられた拍子に、顔が近づく。

「チーズ……っん、っ⁉」

連写音が鳴るなか顔を横向きにされ、気づけば、お互いが唇を突きだした状態でキスをしていた。

「ひぃっ！」

思わず仰《の》け反《ぞ》って唇を離したのに、健吾は改めて唇を重ねてくる。花畑のなかでキスをするとか、一生縁がないと思っていたのに――

うっかりそのままキスを許すうち、自然と唇が離れた。

「ちょっとやり方がベタだったけど、いいキスシーンが撮れたな。ほら」

目の前でスクロールされる画面を見ると、ふたりが唇を合わせている様子がすべて撮られている。

「わっ、わわ……連写されてるっ！」

「ほら、バスがきたぞ。あれに乗って、牧場コーナーに移動しよう」

手を取られ、牛の顔をモチーフにした「スマイル牧場モーモーバス」に乗り込む。キスの衝撃に思考を奪われたまま、ヒツジの毛刈りショーの会場に入った。ショーが始まり、ステージの上に八匹のまるまるとしたヒツジがでてくる。そのうちの一匹がみるみるバリカンで毛を刈られていく。

里美は、あんぐりと口が開いたままになってしまった。

「社長、見ました？　あっという間に丸裸ですよ！　ヒツジ、あんなにやせっぽちになっちゃいましたよ！」

「うん、すごかったな」

健吾が、にっこりと笑い、繋《つな》いだ手を握り返してくる。どうやら、知らない間に彼の手を強く握りしめていたみたいだ。ショーを見終わった観客たちが、ぞろぞろと出口に向かっていく。里美たちも手を繋《つな》いだまま歩き始めた。

「よし、じゃあ次はいよいよ動物にタッチだ――」

人々のほとんどは、そのまま隣のドッグショー会場に流れた。そのためか、ふれあいコーナーは、比較的空いているみたいだ。なかにいるのは、数十匹のウサギとモルモット、それに外からやって来た鳩《はと》たち。エサの代金を払い、動物たちを驚かせないよう、そっと近づく。ふたり連れだって歩いていると、あっという間に健吾の足元に動物たちが集まりだした。

「おっ、とと……。ちょっと待ってくれよ――」

繋《つな》いでいた手が離れ、健吾は動物たちに押されるようにして、近くにあった切り株に腰を下ろした。すると、群がっていた動物たちが我先にと、健吾の脚の上によじ登ってくる。

「おっ、お兄さん、モテモテですねぇ」

係員の男性が、にこやかな表情を浮かべる。

「ちょうど今、お腹が空いている時間帯ですよ。よかったですね」

女性係員が、健吾にエサを手渡した。

（うわぁ、可愛い）

そこらじゅうを動き回る動物たちはふわふわで、皆元気がいい。里美は、内心大興奮しながらも、驚かせてはいけないと思い、息をひそめ、じっとしていた。すぐそばにあるベンチに腰を下ろし、脚を前に伸ばす。頃合いを見て、掌《てのひら》に載せたエサをそっと差し出した。けれど動物たちは一向に寄ってこない。まるでそこに誰もいないかのように、里美の前を素通りする。

動物に対しても〝幽霊さん〟は健在だった。たまたま掌《てのひら》から零れ落ちたエサが転がり、それに気がついたクリーム色のウサギが、ぱくりと口に入れる。

（あ、食べた！）

嬉しくて、ついひとりにやついていると、少し離れた位置にいる健吾と目が合った。彼は、動物たちにがっちりと取り囲まれ、身動きが取れなくなっている。ちょろちょろと動き回るモルモットが、時折里美のすぐそばに来ては、そのままどこかへ走りさっていく。

（社長ったら、動物にまでモテモテ）

里美は、手にしたエサをわざとひとつだけ床に落とした。エサはコロコロと転がり、ウサギたちの足元で止まる。一羽のウサギがそれを食べ、食べ損ねた子がぴくぴくと鼻を動かす。もうひとつエサを転がしてみると、それを追ってまた別のウサギが前を走っていく。それが楽しくて、里美はしばらくその方法でエサやりをしてみた。ウサギたちは、どこからか転がってくるエサを食べはするが、里美の存在にはまるで気づいていない様子だ。

ふと部屋の隅を見ると、一番遠くまで転がっていったエサを食べているウサギがいる。灰色で左右に耳が垂れているそのウサギは、紹介パネルによると、アメリカンファジーロップという種類らしい。

（あの子、可愛いなぁ。こっちに来てくれないかな——）

灰色のウサギは、エサを食べ終わり、ひょいと顔を上げた。しばらくの間辺りを窺《うかが》い、ゆっくりと壁沿いに前に進む。じっと見守っていると、だんだんと里美のほうに向かってくる。ベンチの端に突き当たり、少し方向転換した。そして、ちまちまと進む過程で、里美の伸ばした脚のつま先を踏む。

（あ、踏まれた……）

靴の生地をとおして、小さな足裏を感じる。里美は、その子を脅《おど》かさないよう、そのまま石のように動かずにいた。すると、里美のことを新しい遊び場だとでも思ったのか、ウサギは里美の膝のほうに方向転換をし、ぴょんぴょんと脚の上を進み始めた。小さな前足が、里美の太ももに到達する。立ちどまり辺りを見回した後、ウサギは鼻を動かし、ちいさく足踏みをしながら地固めをする。どうやら、里美の脚の上に居場所を作ろうとしているようだ。

（うわ……、どうしよう——ものすごく可愛いっ……）

テンションマックスになるも、今動いたらウサギは確実にどこかに行ってしまうだろう。里美は、触りたくなるのを懸命に我慢して、石に徹した。ウサギは、もぞもぞとお尻を動かして丸くなると、ようやく落ち着いて静かになる。膝の上に、小さくて温かなウサギがいる。すごく可愛い。逃げられるのを覚悟でそっと撫でてみたけれど、ウサギはぴくりとも動かない。

（あれっ？　もしかして、眠っちゃった？）

横からそっと覗き込んでみると、両方の目をしっかりと閉じている。健吾のほうを見ると、あいかわらずのモテっぷりで、膝上に二羽のウサギを乗せたまま、里美に向かって軽く手を振ってくれた。

「寝ちゃったな、その子」

健吾が里美に向かって話しかけると、そばをとおりかかった男性係員が里美を振り返って声を上げた。

「うおっ、びっくりしたっ！」

係員は、驚いて後ろにつんのめりそうになっている。

「わわっ、大丈夫ですか？」

「はい、すみません。人がいるって気づきませんでした」

あたふたと頭を下げられ、里美は首を横に振って恐縮する。ようやくウサギたちから解放された健吾が、里美に近づいてきた。

「でも、お客さん、違う意味でもびっくりですよ」

里美の膝上で眠るウサギを見て、係員はさっきよりも驚いた表情を浮かべている。

「この子、ものすご～く警戒心が強くて、普段からお客さんのそばに行こうとしないんです。どんなにエサでつってもぜんぜんだめ――。ましてや、そんなふうに人の膝の上で寝るなんてこと、絶対にしないんですよ」

係員は、膝に乗ったウサギと里美を見比べ、しきりに感心している。

隣に腰を下ろした健吾と、そのまましばらくの間ウサギの昼寝に付き合った。

「里美、顔がでれでれになってるぞ」

健吾に笑われたけれど、にやける顔を抑えることはできない。だって仕方がない。これほど可愛いウサギが自分の膝の上で眠っているのだ。

（ふふっ、こういうとき〝幽霊さん〟でよかったって思っちゃうよね）

にやにやが止まらない里美に、健吾が含み笑いをする。

イベント会場のドッグショーが終わり、ふれあいコーナーに何組かのカップルや家族連れが入ってきた。その気配を敏感に察知したのか、膝の上で眠っていたウサギが、はっと飛び起きて耳をピンと上げた。

「あっ、耳が立った！」

つい叫んでしまい、あわてて口をつぐむ。里美の声が聞こえたのか、ウサギは耳をそばだてたままクンクンと鼻をひくつかせる。

「ママー！　あのウサギさん可愛い！」

入り口に立っていた女の子が、灰色ウサギを見て歓声を上げた。そして、小さな手を前に差し伸べながら、里美のほうに急ぎ足で歩いてくる。ウサギは途端に身を硬くし、里美の太ももを後ろ足で踏み鳴らした。そして、一気に脚を駆け下りると、一目散に走りだして、ウサギ小屋のなかに逃げ込んでしまう。

「あ……行っちゃった」

名残惜しそうにしていると、健吾がそっと耳元に囁《ささや》いてきた。

「寂しい？　俺が代わりに膝の上に乗ってやろうか？」

「い、いえっ、遠慮します！」

あわてて首を横に振ると、健吾がおかしそうに笑う。

「ほら、次行くぞ」

手を差し伸べられ、すぐにそれに応え、歩きだした。

途中何度か手を離すことがあったけれど、健吾はそのたびに自分から里美の手を誘ってくる。さんざんあちこちを散策して回り、いつの間にか閉園時間を迎えていた。

「もうこんな時間か。里美、楽しかった？」

ヒツジの柵の前で、健吾が背伸びをする。里美も、腕を高く上げた。

「はい、すっごく楽しかったです！　来てよかった〜。満喫《まんきつ》しました！」

「そうか。里美が楽しんでくれてよかった。俺もすごく楽しかったよ。季節ごとに咲く花も違うだろうし、また一緒にこような」

「はい！　約束ですよ――」

健吾にそう言われて、素直に嬉しいと思った。

そう言いながら、里美は無意識に健吾に手を差し伸べた。ずっと手を繋《つな》いでいたから、ついそれが当たり前のように思ってしまったらしい。出した手を今さら引っ込めるのも変だ。里美は、どうにか今の動作を誤魔化そうとして、おもむろにストレッチを始める。

（――今の、絶対バレてるよ……）

それが証拠に、健吾はさっきから含み笑いをしている。

（バレてる上に、私『約束ですよ』とか言っちゃったよね……）

一日一緒にいて、つい自分たちが本当の恋人同士であるかのような錯覚をしてしまったのだ。もじもじとその場を動けずにいる里美の手を、健吾の手がすくいあげた。

「さ、行こうか。駐車場が混まないうちに、出発するぞ」

健吾が芝居がかった調子で早足になり、里美もそれに合わせて走り出す。走るうち、ちょっとずつ息が上がってきた。繋《つな》いでいる手に自然と力が入り、駐車場に着くと同時に、ふたり一緒に笑いだす。

「ほんと、里美といると楽しいことばっかりだな」

車に乗り込むと同時に、健吾にそう言われた。

「話すようになって、まだたった十日しか経ってないのに、ずっと前から知ってるような気がする。里美って、人見知りされたことないんじゃないか？」

「そんな――こと、あるかも？　そう言えば私、人見知り真っ最中の赤ちゃんを抱いても、ぜんぜん泣かれなかったこと、あります」

「やっぱりな。さっきのウサギといい、里美の〝幽霊さん〟はりっぱな才能だと思うな」

「ふふっ、ありがとうございます」

里美は、明るく笑いながらシートベルトを締めた。健吾がそう言ってくれるのなら、これからはもっと胸を張って〝幽霊さん〟でいようと決心する。

「あのたれ耳のウサギ、可愛かったな」

「ほんとに！　私、小学校の六年間、ずっと飼育係をしていたんですよ。当時学校で飼っていたのは、ニワトリとウサギでした。ウサギは大人しい子だったんですけど、ニワトリはすごく凶暴だったから、そのせいで誰も飼育係をしたがらなくて」

もともと動物好きだった里美は、最初は自らすすんで飼育係になった。夏休みも、他の学年の子と交代で世話をし、用事があって当番ができないと言われれば、代わって学校に出向いたりして。

「そのニワトリ、誰かが飼育小屋に入ると、決まって脚をつつきにくるんです。逃げると追いかけてきて蹴飛ばすし、ものすごい声で鳴くんです」

「なるほど。ウサギは？」

「ウサギは、普段からじっとしてあまり動かない子でした。だから、掃除のときとか困っちゃって。抱っこして移動させようとすると、足をばたばたさせて嫌がるんですよ。だけど、私が抱っこしても、だらーんって伸びるだけで大人しくしていて。……そういえば、ニワトリも私の脚はつつかなかったなぁ。今思えば、そのころすでに〝幽霊さん〟だったんですね、私」

またくすくすと笑う里美につられて、健吾も笑い声を漏らす。

「ほんと面白いな、里美は。すごく興味深い。一緒にいると、次になにが起こるかわからないっていうわくわく感があるよ。里美は俺といて楽しい？」

「はい、すごく楽しいです。なにが起こるかわからないっていうの、お互い様です」

会社社長と一社員。イケメン御曹司とごく普通のＯＬである里美。住む世界が違うふたりだから、お互いにいろいろともの珍しいというのもあるのだと思う。

夕食時になり、途中通りすがったファミレスに入った。渋滞していたし、他に選択肢がなかったこともあるけれど、里美にしてみれば、健吾がなんの抵抗もなくその店を選んだことが意外だった。

「社長もファミレスに入るんですね」

「当たり前だ。昔バイトもしてたしね」

「えっ！　社長が、バイトを？」

「ああ。うちの家、代々子供に余分な金は持たさない主義なんだ。だから、ほしいゲームソフトとかあると、貯めたお小遣いやお年玉で買ったりして」

健吾の思い出話を聞くうち、御曹司である彼が意外なほど普通の子供時代を送っていたことがわかった。

「だから、高校のときからずっとバイトしてた。いろんな業種に関わったな。――コンビニ、喫茶店、ファミレス、引っ越し業者、倉庫、青果市場――」

次々とでてくる健吾のバイト先は、里美が思っていた以上に多かった。

「ショップの販売員もしたし、家庭教師やバーテンもしたな。今思えば、いい社会勉強になったし、結構いろいろな経験させてもらったよ」

「へえ、そうだったんですか。なんだか、意外です」

「驚いた？　社長のくせに、なんだこいつ――とか思った？」

「ふふっ、こいつ――とは思いませんでしたけど、驚いたことは確かです」

「俺も案外面白いだろ？」

素直に頷くと、健吾は嬉しそうに声を上げて笑った。

有料道路から県道に下り、自宅アパートからすぐの交差点の信号で止まる。

「もうこの辺りでいいです。適当に降ろしてください」

時計を見ると、もう午後九時を回っている。いくら向こうから誘ったとはいえ、これ以上付き合わせては、忙しい健吾に申し訳ない気がしていた。

「いや、もう遅いからアパートまで責任もって送らせてもらう」

健吾はそう宣言すると、近くのコインパーキングに車を停めた。そして、さっさと車を降りて助手席のドアを開けてくれる。

「ありがとうございます」

手を取られ車を降りると、健吾は手を繋《つな》いだまま里美に先だって歩きだした。

「あ、あの、社長――？」

「住所を聞いていたから、場所はわかってる。ほら、行くぞ。この辺り、普段からこんな感じか？　街灯は少ないし、あまり人通りが多くないみたいだけど」

健吾の表情が、急に険しくなった。笑ったり、怖い顔をしたり。里美は、今さらながら健吾の表情の豊かさに感心する。

「はい、この時間はだいたいいつもこんな感じです。でも、すぐそこに交番があるから、治安はいいほうだと思います」

「ふーん。じゃあ、一応は安心かな」

健吾は、ようやく眉間に刻んでいた皺《しわ》を消した。

（あ、今うちのお父さんと同じこと言った）

里美がアパートに入居するとき、引っ越しの手伝いに来てくれた父親が、今とそっくり同じセリフを言った。

（社長って、いいお父さんになるかも――）

あまりにやついていたら、健吾にまた見咎《みとが》められてしまう。気を引きしめた里美は、ぐんぐん歩く健吾に後《おく》れをとらないようにしながら、しばらくの間道沿いを進む。

「あ、そこのコンビニに寄っていいですか。明日の朝用のパンを買いたいので」

「朝用のパン？」

「はい。ここのお店、自家製パンを売ってるんです。すごくおいしくて、朝はだいたいここのパンを食べてるんです」

「そっか。俺も買いたいものがあるから、一緒に行くよ」

いつも利用しているコンビニの前まで行くと、健吾が先んじて自動ドアを開けてくれた。彼は、そのまま買い物かごを手にし、棚にある商品の物色を始める。

里美は、レジの横にあるパンコーナーに向かい、お気に入りのクロワッサンとレーズンパンをトレイに載せた。

「クロワッサンもうひとつと、焼きそばパンも取ってくれるか」

背後から声をかけられ、言われたとおりのものを取ってトレイに追加する。

「家に帰るまでがデートだから」

健吾は、そういって里美の持っていたトレイを手にした。カウンターのなかにいるレジ係は、見慣れた青年だ。彼は、目の前の健吾のイケメンぶりに見惚れたのか、口をぽかんと開けたままレジを打っている。里美に気づく気配がない彼に、帰り際に声をかけた。

「こんばんは」

「わっ、こ、こんばんは。え？　いつからいたんですか？　すみません、気づかなくて」

驚いている彼に軽く会釈《えしゃく》して、先を行く健吾について自動ドアを通り抜ける。健吾に追いつきながら、里美はくすくすと笑い声を漏らした。

「どうかした？」

「ふふっ。レジの人、私がいるって気づかなかったみたいで、すごく驚いてました。それに、社長と私を見比べて、とても不思議そうな顔をしちゃって」

目が合うと、健吾はすぐに里美に手を伸ばした。家の近所だからか、なれたはずの手繋《つな》ぎが、急にまた気恥ずかしくなってしまう。

（社長と私って、傍《はた》から見たらどう見えてるんだろう）

昨日今日と健吾といろいろな場所に行き、たくさんの人とすれ違ったりしたけれど、人々の視線はすべて健吾に向かう。彼と一緒でも、里美が〝幽霊さん〟であるのには変わりない。けれど、ときとしてそれを忘れそうになることがある。健吾のエスコートぶりは、それほど見事だった。

「なに考えてる？」

アパートへと続く細い道を歩きながら、健吾が里美に聞く。

「えっと……社長といるときの自分について考えてました。私、社長といると、すごくいいな——、って。すごく心地いいなって思って。いろいろとぜんぶひっくるめて、この二日間、すごくよかったなって。……なーんて、言っている意味、よくわかんないですよね」

「いや、わかるよ」

思いがけず即答され、視線が健吾のものとぶつかる。

「だって、俺は里美にそう思ってほしいと望んでいるから。俺といると、いいな——って。そう思ってもらえたらいいなって期待しながら、昨日今日と過ごしてたから」

「——はい」

なにに対しての返事をしたのか、自分でもよくわからない。

アパートに到着し、繋《つな》いでいた手が離れた。一旦立ちどまろうとするも、健吾はそのまま二階に続く階段を上り始める。階段を上る音とともに、健吾の声が聞こえた。

「いいと思うなら、これからも俺と一緒にいればいいだろ？」

「え？　今なんて——」

聞こえていないわけじゃなかった。けれど、健吾が本当にそう言ったのかどうか、自信が持てなかったのだ。

ドアの前までくると、健吾はくるりと振り返って里美の到着を待つ。鍵を開けるよう促《うなが》され、あわてててバッグのなかを探った。ドアを開け、入り口横にある照明のスイッチを入れる。

「あの――」

後ろを振り返った途端、いきなり抱きすくめられ、唇を重ねられた。腰を持ち上げるようにされ、自然と靴が脱げてしまう。ようやくキスが終わったときには、キッチンを通りすぎて六畳のリビングにふたりして立っていた。

「ぷわっ……。あ、あのっ、しゃちょうっ……」

「なんだ？」

「もうデートは終わりなんじゃ……」

「いや、まだ終わってない。まだ十時前だし、ファームパークに行った後は、おまかせでいいと言ったろ？」

「た、確かに言いましたけど――」

「じゃあ問題ないよな？」

「でも――」

普段優しく気を使ってくれたりもするのに、急に強引になったりするから困る。だけど、それを嫌だと思わない自分に、一番困っている。

「ここからは、里美の部屋でデートだ。いいだろ？」

健吾は、部屋の真んなかに移動すると、ようやく里美を抱く手を解いてラグの上に腰を下ろした。

どうしよう――

いくら健吾が望んだとしても、ここと彼の高級マンションとでは、あまりにも違いすぎる。

「ここって、なんか居心地がいい部屋だな」

里美の懸念を吹き飛ばすように、健吾が大きく背伸びをした。

「な……なにか飲み物を持ってきますね」

とりあえずこの場から逃げようと、そそくさとキッチンにいく。コーヒーを淹《い》れ、トレイを持ってリビングに戻ると、健吾がテーブルの上に置いてある「サボ子」を覗き込んでいた。

「これ、サボテン？」

「はい。ここに引っ越してきたときに近くの商店街で買ったんです。初めてのひとり暮らしだったし、ただいまを言う相手にと思って」

健吾は、鉢を手に取ってまじまじとサボテンを見つめる。

「ん？　鉢に『サボ子』って書いてある」

「あ――、せっかくの同居人だしと思って、名前をつけたんです。サボテンだから『サボ子』。ちょっと安直すぎますけど」

「ふぅん。『サボ子』か。呼びやすくていい名前だな。――あ、これか？　里美のおばあさんが買い置いてくれたってやつ」

健吾は、鉢をテーブルに戻しながら、部屋の壁際にかけてあるルームウェアを指さす。それは、里美愛用のもので、洗濯をして取り込んでいたものだ。

「そうそう、それです」

「そうか。ふぅん……ほんと、大事に着てくれてるな」

「はい――。だって、祖母との思い出の品でもありますから。これ、洗濯をくりかえしてもへたらないんですよ。丈夫だし着心地がいいし、もう最高です。――そういえば、これを着ている私を見て、祖母が言っていました。こんな感じで、気軽に着られるよそゆきが自分もほしいなって。うちの祖母、敏感肌だったんです。だから、着るのはいつもコットンや麻百パーセント素材のものばかりで」

里美は、自身の祖母が裁縫上手だったことを話した。その腕前を活用して、自身で生地を買い、自分や里美用に洋服を作ってくれたことも。

「それで、私も祖母のように自分で好きな洋服を作って着てみたいと思うようになったんです。だけど、残念ながら私は祖母ほど器用じゃなかったんですよね。小学校のころから、家庭科の成績もイマイチでした」

里美は、少々自虐的《じぎゃくてき》に笑った。

「だけど、そんな夢を捨て切れずに、いつの間にか就職するなら『ブラン・ヴェリテ』にって決めてました。あ――、すみません。なんだか熱く語っちゃって」

「いや、いろいろと興味深い話だった。祖父が会社を立ち上げたときの考え方や思い、そういったものを、もう一度見つめ直す時期にきているのかもしれない。経営再建のために必要だったとはいえ、父の代で一度そういったものはぜんぶリセットしてしまったからな」

健吾は、ふとなにか考え込むような表情を浮かべた。そして、突然テーブルの向こうから身を乗りだしてきた。

「里美、今、社内で新ブランドの企画を募集してるの、知ってるよな？」

「はい。総務が受付の窓口になってますから」

「うん、それに里美も応募してみたらどうだ？　ほら、里美のおばあさんが言ってた『気軽に着られるよそゆき』っていうのをコンセプトにしたブランドを考えてみるんだ」

「わ、私が企画を？」

「そうだ。煮詰めれば、すごくいいものができると思う。企画がとおれば、いろんな可能性が広がる。おばあさんが、あればいいなと願ったものを、里美が作り上げることだってできるかもしれない。里美――、せっかくうちの会社に入ったんだ。捨て切れなかった夢を、もう一度復活させてみたらどうだ？」

いきなり目の前に広げられた壮大な話を、里美は懸命に理解しようと努めた。

「そうでした……。私が『ブラン・ヴェリテ』に入ったのは、自分で好きな洋服を作って着てみたいっていう夢があったからです」

日々総務の仕事に明け暮れるなか、当初抱いていたはずの夢を忘れてしまっていた。もちろん、総務の仕事にはやりがいを感じている。今の仕事が好きだし、なんの不満もない。だからこそ、かって抱いていた夢も、頭の隅に追いやられていたのだろう。

「私ったら、すっかり忘れてました……」

健吾が、小さく笑いだす。

「目の前のことに一生懸命な里美らしいな。でも、正直驚いたよ。里美の頭のなかには、いろいろな情報が詰まってるんだな。すごく興味深いよ」

健吾の手が、里美のこめかみに触れる。

「……まいったな。今日一日一緒に過ごして、ますます里美のことが好きになった。いろんな意味で、里美のことをもっと深く知りたくなったよ」

健吾は、おもむろにテーブルを回り込み、里美の横に身を添わせた。彼の腕が、里美の肩を抱く。そして、そのままラグの上に押し倒された。

「ち、ちょ……待って――社長っ」

里美の身体に、健吾の重みが緩《ゆる》くのしかかってきた。胸の上に彼の身体がぴったりと添い、太ももの間に彼の膝が割り込んでくる。

「社長っ……、んっ」

唇を、キスで塞がれる。そっと触れるだけのキスなのに、なぜか顔を背《そむ》けることができない。

「ずっとこうしたいと思ってたんだ。今日の里美は、とびきり可愛かったからな。今まで我慢できた自分を、ほめてやりたいくらいだ」

僅《わず》かに唇を離す間に、そんなことを囁《ささや》かれる。その声が尋常じゃないくらいセクシーで、ますます身動きがとれなくなってしまった。かろうじて顔を横に振って抗《あらが》うのに、キスが執拗《しつよう》に里美の唇を追いかけてくる。

うつむいた拍子に、首筋にキスが移った。身体が縮こまりそうなくすぐったさを感じる。

「ぁ、んっ……！　やぁあ……ん、っ」

我ながら、赤面するような声を上げてしまった。テレビや映画でしか聞いたことがない声を自分が出せることに、心底驚いている。急いで口をつぐんだが、キスの感触が首筋にまだ残っている。息がはずみ全身が小刻みに震えて、いてもたってもいられないような妙な感じだ。

「うーん、里美。今の声はヤバいな」

「ヤ、ヤバっ……？」

「そんな悩ましい声をだされると、理性が飛びそうになるんだけど」

また唇が重なる。さっきよりも長く、密着度も高い気がする。絡めた指が、徐々に硬く締めつけられていく。気が遠くなりそうだ。ようやく唇が離れ、せわしなく深呼吸をした。肩で息をする里美を眺めていた健吾は、もう一度キスの角度で顔を近づけてくる。

「しゃ、社長っ、こんなの困ります！　私、社長みたいに気軽にこういうことできません。きちんと付き合ってもいないのに――、とっ、とにかくだめです！　いろいろと、よくないですっ。不道徳で不適切です！」

健吾が、困ったような顔で首を傾《かし》げる。至近距離で対峙《たいじ》した彼の瞳は、怖いくらい魅惑的だ。

「やれやれ、里美。君はいったい俺のことをどういう男だと思ってるんだ？」

「んっ、ん……」

押しつけられた唇が、里美の唇をぴったりと塞いだ。僅《わず》かに開いた隙間に、彼の舌が割り込んでくる。

「ぷぁ……っ！」

唇がずれると同時に、思い切り大きく息を吸った。上下する胸の上には、健吾の身体が重くのしかかってきている。

「君は、俺が遊びで恋をするような男だと思ってるのか？　だとしたら、考えを改めてもらわないといけないな」

健吾の唇が鼻の先に触れ、頬骨に移動していく。

「俺は、本気で里美と付き合いたいと思っている。だからそう言ったし、デートに誘ったんだ。好きだと言ったのは、そう思ったからだ。俺は嘘はつかない。仕事でも、恋愛でも。里美は？　俺のこと、どう思ってる？」

健吾の舌が、耳の裏をくすぐる。ずるい。そんなことをされていては、まともに考えることができなくなるのに。

「ど……う思ってるって。社長は社長です。仕事ができて、イケメンで……非の打ちどころがない素敵な男性だと」

「里美、俺が聞いているのは、里美の俺に対する気持ちだ」

またキスをされる。

「俺の言うこと、まだ本気にしてないだろ。どうしたら信じてくれる？　もっとキスをしようか？　なんなら、もっと先のことも？　――俺は、里美とそうなりたいと思ってるよ」

「えっ？　そ、そうなりたい……って」

「わかんないか？　里美を抱きたいってことだ。俺は、里美とセックスがしたい」

「セッ……!?　む、無理っ！」

キスもまだまともにできないのに、そんな大それたことができるわけがない。そもそも、恋人でもない男性とそんなことをするなんて、絶対にだめだ。

「そ、それに、そんなわけないです。なんで社長が私なんかと――。私なんて、ほら、胸とか男の子みたいにペタンコですよ？　寸胴《ずんどう》だし、脚だって細くないし――」

自分の欠点を並べるうち、なんだかちょっと情けない気分になる。

「どこが『私なんか』なんだ？　俺にとって、里美はすごく魅力的な女性だ。じゃなきゃ、昨日今日とずっと一緒にいようと思わないよ。違うか？」

健吾の言葉に、つい心が浮ついてしまった。

「ありがとうございます――。そんなふうに言われたことなんかないから、嬉しいです」

目立たない、胸もない自分は、男性には求められないと思っていた。けれど、健吾とともに時間を過ごすうちに、自分にも求められたいという欲求があることに気づき、そんな自分に戸惑いを感じている。

「里美は素直だな。そんなところも、すごくいいよ」

目を見開き、顔を真っ赤に染めている里美を見て、健吾がふっと笑った。それまでのシリアスな表情が、一変してセクシーモードに切り替わる。

「ってことで、このまま抱いていい？　それとも、先にシャワー浴びたい？」

「え？　えええっ？」

どうしていきなりそんな話になるのか。

なぜそのふたつしか選択肢がないのか。

戸惑いのあまり、絡めた指にぎゅっと力が入った。それをどう勘違いしたのか、健吾はさらにキスを深めてくる。

「里美、じゃあ、一緒にシャワー浴びようか」

健吾は、そう言うが早いか、唇を合わせたまま里美の身体を起こした。抵抗しようにも、どうにも自由がきかない。絡め合った舌の刺激が里美の脳天を痺《しび》れさせ、思考を蜂蜜《はちみつ》のようにとろけさせている。うっとりと目を閉じている間に、着ているものが身体からどんどん離れていった。シャツに、スカート。ブラのホックが外れ、腰骨に引っかかる下着が太ももを通りすぎ、踵《かかと》にたどり着く。

健吾自身も、次々に服を脱いでいる。

「だ……社長っ、だ……」

だめ、という言葉を、健吾がキスで封じる。抗議しようとして目を開けるけれど、目の前のすべてがフィルターがかかっているようにぼやけていた。

もしかして、ぜんぶ夢のなかの出来事？　そう思ってしまうほど、現実的じゃない。予測不可能な展開に、思考が追いつかない。

「どうしてだめ？　ひどいな……。俺をここまで欲情させといて、肩すかし食らわせるつもりか？」

「ん……、違っ」

さっきから意味がわからないことばかり言われている。自分のどこにそんなことを言われる要素があるのだろうか。

特別な触れられ方をするたびに、息が途切れ途切れになり、びくびくと身体が震える。その拍子に、背中と膝裏を健吾の腕にすくわれ、身体が宙に浮いた。

気づけば里美は、健吾とともに浴室にいた。

洗面所と浴室は割とゆったりとしていて、ふたり同時に入っても、かろうじて身動きがとれるくらいの広さはある。

「里美……」

耳の裏にキスされ、唇から吐息が漏れる。つま先に浴槽が触れ、シャワーヘッドからお湯が流れでる音が聞こえてきた。

「自分で洗えるか？　それとも俺が洗う？」

大きくて濡れた掌《てのひら》が、里美の腰を撫でる。

「ぁ……らう、って？」

言われたことが理解できないでいると、さらに身体を抱き寄せられるのを感じた。立ったまま、後ろから健吾に抱きしめられている。

「じっ……自分で洗いますっ……」

ハッと我に返った里美は、壁にぶら下げてあるタオルを手に取り、手探りでボディソープを乗せた。クシュクシュと泡立て、すばやく身体の前を隠す。

（私ったら、なにしてんの？　なんでこんなことに――）

そう考えると、恥ずかしさに泣きだしそうになってしまう。だけど、本当に嫌なら、とっくに大声を出して逃げ出しているはずだ。じゃあ、どうしてそうしないのか――

「背中は、俺が洗ってあげるよ」

優しくそう言われて、つい無意識に頷いてしまった。浴室のなかにふわふわとした湯気が広がり、目の前がさらに白くぼやける。

いつもと同じ浴室に、いつもと同じボディソープの香り。目を閉じていれば、普段となんら変わりないお風呂タイムだ。だけど、背中を這っているのはタオルでも自分の手でもない、健吾の手だ。

「ひぁっ……！」

腰を撫でていた彼の手が、里美の双臀《そうでん》を掴んだ。決して強くはない力なのに、やわやわと揉みしだいてくる指先に、思わず声が漏れてしまう。背中に当たるお湯が、胸元の泡を流そうとしている。急いで両腕を交差させて、身体をできる限り隠した。

ふいに顎《あご》をすくわれ、唇を重ねられる。

温かな湯気が立ち込めるなか、身体を強く抱きすくめられた。必死になって目を瞬《また》かせるが、ますます目の前がぼんやりと霞《かす》んでくるばかりだ。

「里美……」

健吾のため息まじりの声。

ヒップラインを愛《め》でていた健吾の手が、そろそろと前のほうへと移動していく。腰骨の上をとおり、脚の付け根へと——

「ふ……ぁ、っ……！」

小さく叫び身を捩《よじ》った瞬間、太ももの内側に健吾の掌《てのひら》が滑《すべ》り込んだ。指先が少しずつ奥へと進み、硬く閉じた花房の縁《ふち》をかすめる。身体の上を下りる泡が柔毛を包み込むと、それを追うようにして健吾の指が秘裂のなかに入った。温かな泡をまとう彼の指が、里美の脚の間にある小さな突起を探し当てる。すぐに離れると思っていたのに、健吾の指先は、いつまでもそこから離れない。やんわりと押し込んでは左右に嬲《なぶ》り、撫で上げるように指先を滑《すべ》らせては、里美の反応を見ている。

「やっ、ぁ……ぁっん、っ……！」

きつく唇を噛んで必死で我慢するのに、どうしても声が漏れてしまう。時間的に、もう大家さんは就寝中だろう。けれど、あまり大きな声は出せない。

「声、周りに聞かれたくない？」

里美は、こっくりと頷き、そうであることを示した。今口を開けば、せっかく我慢している声が漏れてしまいそうだ。

「そうか。じゃ、キスで塞ぐから、遠慮なく声をだしてみな——」

えっ？　そっち――？

てっきりもう解放してくれると期待していたのに、その願いはあっさり打ち砕かれた。健吾は、里美の唇にキスをしながら、指先でピンク色の花芽をゆるゆるといたぶりだす。

「んっ！　ぅ……ん、んっ！」

左の踵《かかと》を浴槽の縁《ふち》にかけられる。片足が不安定な体勢で立っていることに、心許《こころもと》ない気持ちになる。それに、いくら湯気で見えないからといって、人前でこんな格好をするなんて――

抵抗もできないまま、手早く身体を洗われた。その間じっとしていたのは、恥ずかしくて身動きすらとれなかったからだ。

「のぼせてないか？　もう、でようか」

バスタオルに包まれ、健吾に抱え込まれるようにしてリビングに戻った。バスタオルを解かれ、濡れた身体を手早く拭かれる。拭いてもらいながら、身体のあちこちにキスを落とされた。健吾の唇が触れるたびに、小さく声が漏れ、身体がびくりと震える。

「しゃ……ちょう……」

「綺麗な肌をしてるな。それに、とても白い」

色白であることは、昔から里美が誇れる身体的長所だった。逆にいえば、それ以外はなにも取《と》り柄《え》がない。色は白いが、裸になったからといって、急に女っぷりが上がるわけでもない。なのに、こんなふうに扱われると、自分が特別な存在に思えてくる。

「里美は、俺にとって特別だよ」

里美の心を見透かしたかのように、健吾がそんな言葉を囁《ささや》く。

図《はか》らずも、嬉しさが込み上げてきた。

それにしても、さっきまで割と普通に話していたはずなのに、どうして突然一緒にシャワーを浴び、裸を見せ合う羽目に陥《おちい》ったのだろう。

「きゃっ！」

ぼんやり立っていたら、急に脚に力が入らなくなった。どうすることもできずに、がくがくとその場にへたり込む。

「どうした？　ちょっとのぼせたのかもしれないな」

健吾に誘導され、ベッドに身を横たえた。すると、健吾は里美のそばに寝そべり、横から顔を覗き込んでくる。

「平気か？」

少し顔を上げるだけで、自然と見つめ合うような形になってしまう。

「はい」

「そうか。それならいいけど」

ほっとしたような表情を浮かべると、健吾はおもむろに起き上がり、里美の上に覆いかぶさってきた。そして、右手の指を、里美の花房の間に潜り込ませる。

「あんっ！」

思わず甲高い声を上げてしまい、あわてて口をつぐむ。僅《わず》かに角度をつけた指が、蜜窟の入り口を緩《ゆる》くかいた。

「ぁ、あ……っ！」

里美は、つま先でシーツを蹴って、上に逃げようとする。けれど、あっけなく健吾のキスにつかまり、もとの位置に引き戻されてしまう。

「――目、閉じてごらん」

言われるまま目を閉じると、彼の唇が目蓋《まぶた》へと移動してきた。

「いい子だ。――今、嬉しそうな顔したな」

「えっ……私が？」

「うん、里美が。俺にほめられて、ほんの少しだけど、にこって笑った」

健吾にほめられ、里美は無意識に微笑んでいたらしい。

健吾のキスが、また里美の唇に下りた。そうされると、自然と顎《あご》が上を向いてしまう。

今わかった――

(私、キスが嫌いじゃない。むしろ、好きかも――)

しばらくの間、キスをくりかえす。

「里美が嫌だと言えば、すぐに止めるよ。君を怖がらせたりしない。無理強いは絶対にしない。だから、安心して俺に任せてくれ――、いいか？」

「……はい」

返事をしたはいいけれど、なにをどうすればいいのか、まるで見当がつかない。再び目を閉じて横を向くと、健吾のキスを首筋に感じた。

少しずつ下にずれていく彼の唇が、里美の鎖骨の上で止まる。じっとしていようとは思ったけど、だめだ――。どうしても、恥ずかしい。これ以上下にいくと、ペタンコの胸を彼に見られてしまう。

「……あの……っ……、私……やっぱり――」

「――胸、あんまり触られたくない？　この間里美が怒ったのも、俺がいきなり胸を触ったからだよな？」

黙って頷くと、健吾がやんわりと髪の毛を撫でてくれる。

「俺はもっと里美に触りたい。キスしたい――里美のぜんぶに。――いい？」

健吾のキスが、どんどん深く濃厚なものになっていく。里美は、それに応えるだけで精一杯で、すでに抵抗する力を失っている。

「そのまま目を閉じてる？　それとも、自分がなにをされるのか見ておきたい？」

健吾に問われ、里美は思い切って目蓋《まぶた》を上げた。重ねていた腕をそっと開かれ、胸元がすっかり露《あら》わになる。

「……ん……」

それだけで、くぐもった声が零れた。胸が激しく上下し、頬が燃えそうに熱くなっている。

「俺は好きだよ、里美の胸。よく見てごらん。形とか、色とか――すごく、色っぽいよ」

「い、色っぽいって――ぁ……んっ！」

突然、胸の先に刺激を感じた。柔らかな乳暈《にゅううん》を舌先でこそげられて、啼《な》き声を上げてしまいそうになるのを必死でこらえる。背中が反《そ》り上がり、身体に今まで感じたことのないような衝撃が走った。

「やっ……ぁ、んっ……。胸、ぃやぁ」

目の前で愛撫される胸の先が、ごく薄いピンク色に染まっていく。胸元から、痺《しび》れるような熱い波が込み上げ、腰のあたりがもぞもぞと落ち着かなくなる。

「指、入れるよ。少しずつ、ほぐしてからじゃないとつらいだろうから」

聞こえてくる声に、軽く眩暈《めまい》を感じた。今さらのように、自分がこれからなにをしようとしているのかを意識する。

「し……ゃちょ……、あんっ！　ぁ、っ、あ、ふ……あぁっ！」

胸を弄《もてあそ》ぶ健吾が、たまらなくいやらしい。そして、愛撫されてあられもなく感じている自分も——

普段存在感のないパーツなのに、叫びだしたいほど気持ちがいい。

「里美の胸、すごく感じやすいんだな。もっと、攻めたくなる」

健吾は、里美の左胸の先を吸い、右の乳房を掌《てのひら》で丁寧に捏《こ》ね始めた。踵《かかと》がシーツから浮かび上がり、つま先がぎゅっと反《そ》り返る。

たったそれだけで、身体がびくびくと震え、腰が抜けてしまうほどの悦楽《えつらく》を感じた。

健吾の手で、左脚を高く抱え込まれる。すっかり露《あら》わになった花房の上を、健吾の指先が軽くなぞった。

「触られるの、嫌じゃないか？」

「……はい」

今ごろそんなことを聞くなんて、すごく意地が悪いと思う。だって、もうこんなに身体が反応している。

湿った音を立てながら、指が秘裂のなかをゆっくりと抉《えぐ》るように、捏《こ》ね回してくる。浅く蜜窟のなかに沈み、またでていく。

少しずつ指の沈み込みが深くなり、なかをゆっくりとかき回される。唇で愛撫されている胸の先が、彼の口のなかでツンと尖《とが》った。

「い、あ……っ！　社長、も……それ以上――だめっ」

「指は嫌？　じゃあ――」

ようやく里美の言葉に反応した健吾は、ゆっくりと唇を下にずらし始める。みぞおちから、身体の真んなかの線をとおり、下腹へ。舌が肌の上を滑《すべ》ると、そこが熱く火照《ほて》った。

「は……ぁ……っ、あぁ――んっ」

「いいね、すごく可愛いよ、声。もっと啼《な》かせたくなる」

ほめられ、おだてられると、嬉しくて身体が正直に反応してしまう。たまらなく恥ずかしいけれど、同じくらい胸がわくわくしている。

「口、手で押さえて」

健吾が顔を上げて、里美を見る。そして、里美が言われたとおり掌《てのひら》で押さえたのを見ると、また「いい子だ」と言って、口元を綻《ほころ》ばせた。健吾は里美と視線を合わせたまま、柔毛の下に潜《ひそ》む花房の縁《ふち》に、舌先を伸ばした。

「っ――んっ……」

徐々に秘裂に割り込んでくる舌を感じて、自然と膝が閉じる。

「だめだ。脚を閉じたら、舐めてあげられないだろ」

下から見据えられ、つい素直に力を抜いてしまう。健吾は、里美の膝を大きく左右に押し開いた。掌《てのひら》で口を押さえていなければ、叫んでいたところだ。

「恥ずかしい？　だけど、これも愛撫のうちだ」

左脚が健吾の肩に乗ると同時に、舌で花房の間をねっとりと舐め上げられた。逃げようとしても逃げられない。熱い舌先が、蜜孔の入り口を押し広げ、浅くなかに入ってきた。花芽を執拗《しつよう》に捏《こ》ねられ、目の奥で火花が散る。

おもむろに、健吾がベッドの下に手を伸ばした。そして、里美の目の前に小さな箱をかざす。

「そ、それって……」

驚いて、思わず口元から手を離した。健吾が、里美の顔を見てニヤリとする。

「さっきコンビニで買っておいた。気づかなかった？」

まさか自分に避妊具が必要なときがくるとは。横になっているのに、なんだか目の前がぐらぐらする。いつの間にか、すっかり健吾のペースにはまり込んでいる。

だけど、途中何度も我にかえったりしているのに、逃げようとしないのは、里美自身だ。

こんなことになるなんて、どうかしている。でも、もうどうしようもなく心と身体が火照《ほて》っていた。

「俺の気持ちはもう伝えた。もし、里美がいいなら、このまま里美を抱く。誓って乱暴なことはしないし、誠心誠意、心を込めてセックスする。里美のなかに入りたいんだ。この気持ちは抑えられない。好きだ、里美が。すごく――入れたくて、仕方がない」

嘘。まさかこんなこと、あるわけない――。頭のなかに、次々と否定的な言葉が浮かぶ。

これほど完璧な男性である健吾が、どうしてそんなことを言うのだろう？

塩豆で珍獣であるはずの自分が、どうして彼にとって大切な女性みたいな扱いを受けているのか――

「社長……。わ……私、わかりません。なんでそんなこと言うんですか？　どうしてこんなこと……。だって社長はこんなにも素敵で。本当なら、私なんかが近づくことも叶わない遠い人で――」

つっかえながら話す里美の鼻に、健吾が自分の鼻をすり寄せてくる。

「遠い？　こんなにも近いのに、まだ遠いって言うのか？」

健吾の囁《ささや》きが、唇のすぐ近くで聞こえた。ほんの少し顔を上に向ければ、キスできる距離に健吾がいる。

「さっき言ったろ？　俺は遊びで恋なんかしない。里美は可愛いよ。俺の腕のなかで震えている里美は、昼間の灰色ウサギよりもずっとずっと可愛い」

「ウサギ――」

　昼間見たウサギは、無条件で可愛かった。もし健吾があのときの自分と同じような気持ちでいるなら、今の状況が少しはわかるような気がする。

「だけど、くれぐれも誤解しないように。俺は里美をペット的な愛玩《あいがん》の対象としてみているわけじゃない。れっきとした大人の女性として、本気で里美を愛しいと思ってる」

「……ペットじゃなくて人間？　……塩豆じゃなくて、大人の女性？」

「そうだよ。俺は、里美というひとりの女性に向かって話している。一生懸命口説《くど》いて、どうにか自分の気持ちを受け入れてもらおうと必死になってるんだ。わかるか？」

　睫毛《まつげ》が触れ合う距離で、じっと見つめられる。目の前にあるのは、只々《ただただ》まっすぐで正直な瞳だ。

「はい……、わかります。……社長が、本当のことを言ってること、わかります」

「そうか、よかった」

　心底ほっとしたような健吾の顔。それを見た途端、胸の奥がきゅうっとなって、心が強く揺さぶられた。だから――

「それって――、もしかして、いい、ってことか？」

　尋ねられて、頷いて「はい」と言う。

「うん、ありがとう、里美。すごく嬉しいよ」

　唇にキスをされ、身体をきつく抱きしめられた。

「絶対にひどいことはしない。里美が嫌と言えばすぐに止めるよ。……だけど、できれば止めたくないな。こんなにも強く誰かをほしいと思ったことはないんだ」

吐息が信じられないほど熱くて、息をするのもやっとだ。だけど、その苦しさが「期待」である
ことは、もうわかっている。

「ぁ……、しゃちょ、う……」

さっきまで指で触れられていたところに、健吾の硬い屹立《きつりつ》が触れた。

「力を抜いて」

言われるまま力を抜こうとするが、うまくできているかはわからなかった。

「いいか？　入るぞ——」

途端に息が詰まり、身体に力が入ってしまうのがわかった。少しずつ埋め込まれる彼の身体は、
まるで硬い熱の塊《かたまり》のようだ。

「里美——」

名前を呼ばれ、一瞬だけ思考がクリアになる。もう一度呼ばれて、健吾と見つめ合った瞬間に、
蜜窟に健吾のものが奥深くまで入ってきた。

「あっ……！　んっ……」

大きくて熱い。言いようのない圧迫感が、里美の全身を席巻する。

「つらくないか？　大丈夫？」

「は……い。だいじょうぶ……です」

息も絶え絶えというのは、きっとこんな感じだ。

身体の一部分が繋《つな》がっているだけ――。なのに、全身の至るところに「彼」を感じている。

「今、ちょうど半分くらい入った」

「は……んぶ……？」

もうぜんぶ入っているものだと思っていた。彼にすっかり貫《つらぬ》かれて、身体中いっぱいにされているのかと思っていたのに。

「うん、半分。初めてだから、ゆっくり、少しずつ入れてる」

「はい……」

蚊の鳴くような声で返事をする。健吾が精一杯気を使ってくれているのがわかった。

「だけど、いろんな意味で結構キツイ……。油断すると、理性がぶっ飛びそうだ」

大きく息を吸って、少しずつそれを吐く。健吾の遅い呼吸を、いつの間にか里美も真似《まね》していた。それでも、そんなに深くは息を吸い込めない。健吾にすべてを明け渡して、空気が入る余地なんかないに等しいから――

「ぁああっ……！」

叫ぶ声をキスで塞がれた。硬直する身体を、内側から少しずつほぐされていく。下腹のなかに、健吾の屹立《きつりつ》を感じる。腰の骨がばらばらになったみたいだ。ちょっとでも動くと、身体がどこかに飛んでいってしまうような感覚に陥《おちい》る。

「あと少し。里美、すごく頑張ってくれてるだろ？　それが伝わってくるよ。ほんと、ありがとう」

唇が重なった途端、里美のなかにいる熱塊が硬さを増した。

「ふ……ぁ、あっ……あ、あ……」

それが少しずつ奥へと進んでいき、どこかに突き当たるような感じがした。気がつけば、お腹の周り全体が、痺《しび》れるような鈍痛に包まれている。

「ぜんぶ、入ったよ。里美のなかに、入った」

「は……、はっ」

返事をしようと思うのに、でてくるのは呼吸音ばかり。

「平気か？　痛くない？」

きっと、平気じゃないし、痛いんだと思う。だけど、不思議と平気だと感じるし、痛みよりも喜びが勝っている。かろうじて頷き、大丈夫であることを伝えた。健吾が、抱きしめながらそっと頭を撫でてくれる。

「そうか。うん、よかった――」

健吾は、里美を見つめてとろけるほど甘い表情を浮かべた。

頭のなかは空っぽなのに、身体は彼でいっぱいになっている。

「里美とこうなれて、すごく嬉しいよ」

健吾が緩《ゆる》く腰を動かす。

「少しだけ、声を聞かせてもらっていいか？　里美の声を聞きながら、一緒に気持ちよくなりたいんだ」

健吾は、口元を覆う里美の手をとり、ベッドの上に押さえつけた。ゆっくりとした抽送《ちゅうそう》が、少しずつ里美の身体になじんでいく。

「ぃ、あ……、んっ。はぁっ」

腰を打ちつけられるたびに、抑えた嬌声が里美の唇から零れ落ちる。叫びそうになるたびに、唇をきつく噛みしめた。

「い……いじわる……っ、んっ！」

きっと、声を我慢するたびに変な顔になっている。上から見つめられているのが、恥ずかしくて仕方がなかった。けれど、合間にくれるキスが甘美すぎて、止めて、という気持ちにはならないのが悔しい。

「その顔、もっといじめてほしいって顔だな。違うか？」

「違っ、あっ、あんっ！　も……うっ、声……聞かれちゃ、ぁっ！」

本当に、意地が悪い。絶対、わざとやっている。

「いい？　もっと動くぞ」

「ぁ――！」

凄まじい圧迫感が胸元にまで広がってくる。角度を変えながら突かれるうち、お腹の内側がひくひくと痙攣《けいれん》し始めた。健吾は里美の腰をベッドに固定し、それまで以上に抽送《ちゅうそう》を速めていく。

「しゃちょう……、ん――！」

唇を噛みしめて横を向いたとき、ブランケットの端が里美の口元をかすめた。里美は、咄嗟《とっさ》にそれをきつく噛みしめ、声を封じ込める。けれど意地悪な健吾は、里美の口からブランケットを奪おうとした。

「ん――、ん……」

里美の抵抗を見た健吾が、一度身体を離す。

「ごめん、ちょっと攻めすぎた？」

優しく問われて、つい首を横に振って意地悪を許してしまう。

まさか、自分がこんな形でロストヴァージンをするだなんて。

ハイスペックでイケメンな、勤務先社長の彼と、きちんと知り合ってひと月も経たないうちにキスをして身体を合わせている。

「里美、平気か？」

優しく気遣われ、嬉しくてつい頷くと、またすぐに健吾の屹立《きつりつ》が入ってくる。

「ぁ――んっ！」

途切れ途切れの息をしながら、唇を噛みしめる。徐々に速まっていく腰の動きが、里美の全身を桜色に染め上げていく。健吾のものに突かれて、自分のなかがうねるように動きだすのがわかった。

「里美、本当に可愛い。好きだ、大好きだよ――」

耳元で甘く囁《ささや》かれるたびに、身体を熱い戦慄《せんりつ》がとおり抜ける。じわじわと込み上げてきた健吾への想いが、里美をいっぱいにした。

「……ぁあ、あぁぁっんっ……！」

里美の蜜窟が激しく痙攣《けいれん》する。それと同時に、健吾のものが力強く脈打つ。

全身が真っ白な閃光に包み込まれ、幾千の光の粒になって弾け飛んだような気がした。健吾の唇が里美の額《ひたい》に触れ、こめかみや頬をたどり、唇の端で止まる。

「里美。里美からキスして」

健吾に言われ、里美は閉じていた目をゆっくりと開いた。目前に見える健吾の濃褐色《のうかっしょく》の瞳が、瞬《まばた》きもせずこちらを見つめている。その視線に導かれるようにして、健吾の背中に腕を回し、彼の唇を自らのキスで塞いだ。


健吾が里美のアパートに泊まった次の日の月曜日。いつもなら目覚ましが鳴る前に目が覚めるのに、その日に限って里美はやや寝坊をしてしまった。

「里美、おはよう。朝だよ」

徐々に大きくなる電子音とともに、里美を起こしたのは健吾だ。

「い……っ……お、おはようございます！」

挨拶《あいさつ》を交わしながら、軽く額《ひたい》にキスをされた。急いで飛び起き、はっと気がついて自分の格好を確認する。

着てる。ちゃんとルームウェアを着てる。裸じゃない。

「パンっ……、食べますよね？　コーヒーでいいですか？　ちょっと待ってください。今すぐに用意しますから――」

一方的にまくし立てて、ベッドから抜け出してキッチンに逃げ込んだ。今は健吾とまともに顔を合わせることができそうもない。

（社長とのこと、夢じゃなかったんだ――）

昨夜ここで起きた出来事が、断片的に頭のなかによみがえってきた。下肢に感じる違和感とともに、言いようのない羞恥心《しゅうちしん》がわき起こり、里美の全身を包む。

「身体は平気か？」

健吾が、ベッドから話しかけてきた。

「はいっ、だ……大丈夫です」

（たぶん――）

男性と初めて身体を合わせ、もう処女ではなくなってしまった。あんな格好をして、あんなふうに健吾を受け入れ、初体験だというのにあんなにも感じてしまった。

大丈夫だとは言ったけれど、本当はなにがどうであれば大丈夫なのかもわからない。

コーヒーを淹《い》れ、昨夜買い込んだパンにヨーグルトをそえて、テーブルに置く。極力顔を見ないようテレビのほうばかり向いて、朝食を終えた。

（気まずい……）

だけど、だんまりを決め込んでばかりもいられない。

（なにか話さないと――）

そう思いながらも、結局は健吾がかけてくれる言葉に返事をするばかりになってしまった。

「社長、今日はスーツじゃなくて大丈夫ですか？」

「うん、外出は午後からだし、会社に行けば予備が置いてあるから」

（しゃべれた――！）

ようやくまともに話せた安心感で、うっかり顔を上げてしまった。健吾とまともに目が合う。

途端に表情が強ばり、恥ずかしさに頬が火照《ほて》る。

「里美――」

健吾が身体を近づけてきた。唇をキスで塞がれ、ぎゅっと抱きしめられる。目を閉じてキスを受けていると、不思議なことにだんだんと気持ちが落ち着いてきた。キスが終わるころには、なんとか目を合わせることができるようになっていた。

「本当に平気か？」

もう一度同じことを問われて、今度はちゃんと目を合わせながら返事をする。

「はい」

「よし、じゃあ行こうか」

天気予報を確認した後、ベランダに「サボ子」を置く。

「サボ子」に留守番を任せ、健吾と連れ立ってアパートをでた。階段を先に下りた健吾が、ふいに足を止める。

「あらっ？　あらららっ？」

里美が続いて階段を下りたところで、アパートの前を掃除中の大家さんに出くわした。見慣れないイケメンと里美の組み合わせに、心底驚いている様子だ。

「大家さん、おはようございます」

里美が挨拶《あいさつ》をすると、健吾もすぐにそれに続く。

「おはようございます。はじめまして。丸山さんとお付き合いさせていただいている、桜井と言います」

「まあまあ！　はじめまして、こちらこそよろしく――」

突然の鉢合わせにも、健吾はまったく動じない。礼儀正しいイケメンを前に、大家さんはすっかり上機嫌だ。

「丸山さんったら、意外とやるのねぇ。こんな素敵な彼氏を、いつの間にゲットしたの？」

健吾をいたく気に入ったらしい大家さんは、にこにこ顔で里美の顔を覗き込んだ。そして、ふたりの顔を見比べながら、感心したように里美の背中をポンと叩く。

「丸山さんったら、普段いるかいないかわからないくらい静かなのよ。だけど、ほんっといい子なの！　ひとり暮らしの私を気遣って、しょっちゅう顔をだしてくれてね。この間風邪ひいて寝込んでいるとき、わざわざおかゆ作って持ってきてくれたりして。うちの孫のお嫁さんに……とか思ってたけど、こ～んなに素敵な恋人がいたのねぇ！」

結局十分近く大家さんにつかまり、電車に乗るのがさらに遅くなってしまった。ホームに到着した電車は、通勤ラッシュの真っただなかだ。

（そういえば、通勤ラッシュに揉まれるのって、入社したころ以来かも……）

すでに萎縮《いしゅく》気味の里美の手を、健吾が何気なく握る。

「俺のそばを離れないように。駅に着いたら、そこからは別々になろう」

乗車すると同時に、健吾の腕のなかに取り込まれた。そのままの状態で、会社最寄り駅に到着する。

ホームに押し出されるような形で降車し、すぐに身を離す。適当な距離をとって、何食わぬ顔で歩きだした。

会社へと続く歩道を歩くうち、徐々にふたりの距離が離れていく。健吾のすぐ後ろを歩いているときは、どうにか上手く人とぶつからずに歩けていた。けれど気がつけば、健吾とはもう、五メートルほど離れている。

（社長――）

思わず声をかけそうになり、あわてて思いとどまった。就業時間前とはいえ、今はもうふたりきりの時間ではないのだ。交差点に差しかかったころには、里美はもうすっかり健吾の守備範囲から外れていた。さっそく、前方からやってくる急ぎ足のサラリーマンとぶつかりそうになってしまう。

「――っと、すみません」

すんでのところで身をかわした里美だったけれど、正面を向いたときには、もう健吾の姿は人ごみに紛れて見えなくなってしまっていた。

「ブラン・ヴェリテ」は、一時期低迷したときもあったが、無事立て直し、今や業界の五本指に入るほどの優良企業だ。

しかし、ここ何年かは売上的に伸び悩んでおり、今一度なにか革新的な改革を必要とする時期に差しかかっている。

そこで、現状を打開すべく提案がなされたのが、昨夜健吾が言っていた新ブランド設立に向けての企画の募集だった。それは「ブラン・ヴェリテ」の社員ひとりひとりが、自ら打開策を考えようという趣旨のもとに提示されたものだ。締め切りは、六月の第一金曜日。応募方法はデータでも書類でも可能。役職や勤続年数など一切関係なく、内容のみが判断基準になる。応募は義務ではないが、やる気のある社員なら誰でも歓迎されるというものだ。

健吾にすすめられたものの、初めは思いっきり戸惑ったし、企画書を書き上げられる自信も皆無だった。けれど、祖母との思い出をもう一度たどるにつれ、だんだんと里美の気持ちは前向きになる。かつて抱いていた夢が、健吾の言葉をきっかけに、もう一度膨らんできたのだ。

健吾は、里美と交差点で別れた日の午後から、東北方面に出張にでかけている。彼は、出張先からも里美にメッセージを送ってきた。

『里美ならいい企画書を書けると思う。おばあさんが望んでいたこと、今からでも里美が実現してあげたらどうだ？』

健吾に後押しされ、里美はついにその気になる。祖母の夢を叶えること、自分の手で洋服を作りたいというかつての夢を実現させること――それが、里美を突き動かしていた。

まず思いついたのは「REVE BLANC《レーヴ・ブラン》」というブランド名だ。

それは、社名から取った「BLANC」に、「REVE」という「夢」を意味する単語を合わせたもの。

ブランド名が決まると、不思議といろいろなアイデアが頭のなかに浮かんでくる。

素材重視でありながら、できるだけ多くの人に着てもらえるよう、価格設定は低くしたい。

部屋でくつろぐのにも向いているし、それでいてそのまま街にでてもなんら違和感がない、デザイン性の高いものを提供することを目指す。

――そして里美は、苦労してついに企画書を完成させ、締め切りギリギリながら、無事企画書を提出したのだった。

（やるだけのことはやったし、後は結果を待つだけ）

採用されるか否かは、締め切りから三週間後にわかる。健吾は、一週間の出張を経て、いったん本社に顔を見せたものの、また次の出張先であるロンドンに旅立っていった。出張期間は、三週間の予定だ。

ロンドン支社は健吾の古巣だ。それに彼は、幼少期をそこで過ごしてもいる。人生のおよそ三分の一をロンドンで暮らした健吾だから、現地にたくさんの同僚や友だちがおり、毎日のように会食に誘われているらしい。

健吾からは、そういったことを知らせるメッセージが連日届いていた。里美もそれに返事をする。だけど、直接会って話しているわけではないから、なんとなく物足りなさを感じてしまう。

（社長、今ごろなにしてるのかな……）

忙しくしている最中は、まだ気が紛れる。けれど、自宅に帰ってくつろいでいるときなど、ふと気がつけば、健吾のことばかり考えていた。

(えっ？　私ったら、まるで彼氏に会えなくて寂しがってる彼女みたいじゃない？)

それに気づき、里美は大いにあわてた。

健吾とのことは紛れもない現実だ。でも、それが本気の恋愛だと思うのは、あまりにも短絡的だろう。普通の男性ならいざ知らず、相手はびっくりするほどハイスペックのイケメン社長だ。たった一度セックスをしただけで、いきなり彼女を気取るなんて馬鹿なことをしてはならない。いくら、ペット的な愛玩《あいがん》の対象ではなく、大人の女性として本気で愛しいと思っていると言われても、それはあの場の雰囲気にふさわしい口説《くど》き文句にすぎないのだ。

(それくらい、私にだってわかる――。わかってるよ――)

健吾は、嘘は言わない。

けれど、言葉のニュアンスにはTPOがあるし、使う人によって微妙に意味合いが違ってくる。

里美といるとゆっくりできるし、周りの目も気にならないと言ってくれた。その気持ちは、里美も納得できる。普通レベルの外見に〝幽霊さん〟の特性を持っている里美は、きっと一緒にいてもストレスがかからないのだろう。しかし、それだけであって、それ以上ではない。

間違っても、本気になってはいけない。みっともなく勘違いをして、べたついた態度をとるなど、もってのほかだ。

本気モードになると健吾が遠ざかるというデータは、里美も承知している。

その上、健吾が女性と付き合うのは、最長で二か月――。すでにそのカウントダウンは始まっているのだから。


企画書を提出してから三週間後。朝一番で田中部長から、内線で会議室に呼び出された。

部屋に入るなり、彼のふくよかな顔に満面の笑みが浮かんでいるのを見る。

「丸山さん、君が出した企画書、見事採用が決まったよ」

席についてすぐに、そう言われた。

「え？　――本当ですか？」

「もちろん、本当だよ。すごいね、やったじゃないか、丸山さん！」

田中部長はさらに破顔し、里美の前に企画部からの通知書を差し出した。そこには、里美の企画が採用されたとの文面が書かれている。

まさか、自分の企画が採用されるなんて！

里美は仰天し、もしかして健吾の後押しがあったのではないかと勘ぐった。

『それはない。この件に関しては、企画部にすべてを任せていたから』

メッセージをやり取りする上でそれとなく健吾に確認すると、即座にこんな返事が返ってきた。

『もちろん、最終選考の段階で、企画書に目を通した。けれど、決定は企画部の意見を受け入れてのことだから安心して。今回の採用は、百パーセント里美の実力だよ』

まさかの快挙に、総務部内はもとより、里美を知る者は皆驚いて騒然となった。

「ちょっと里美！　あんたすごいね！」

「ほんと、びっくり！　驚いてツケマ取れちゃったわよ！」

本社にいる同期たちは、皆それぞれに喜んでお祝いの席を設けようと言ってくれた。

「いやぁ、同じ総務部として鼻が高いよ」

「企画書、見せてもらったよ。あんなコンセプト、よく思いついたねぇ！　感心した」

部の内外を問わず、そんな声をたくさんかけてもらった。入社して、いつのころからか〝幽霊さん〟と呼ばれてきた里美が、ここにきてにわかに注目を集め始めたのだ。

採用決定後の六月最後の月曜日。健吾がロンドンから帰国し、いよいよ新ブランド企画が本格的に動きだした。新ブランドとしての名前も、正式に「REVE BLANC《レーヴ・ブラン》」に決定し、来期早々の発売に向けて地盤固めをするプロジェクトを組むことが決定する。

プロジェクトのメンバーには、当然里美も名を連ねることになった。

メンバーは里美を含む八人で、ちょうど男女半数ずつになっている。それぞれもとの部署に所属しながら、「レーヴ・ブラン」が形を成すまでの間はプロジェクト優先の業務態勢を取るよう指示を受けた。

事実上、ふたつの部署を兼務する。このことは、後々里美の周りに、多大な影響を及ぼす結果になった。

里美が本来担当している仕事はほぼシステム化されており、里美本人がプロジェクトに参加しながら平行してやっていくのに、なんの支障もなかった。

問題は、これまで里美がやっていた、こまごまとした雑用たちだった。

「丸山さん、悪いけどちょっといいかな？」

「レーヴ・ブラン」の仕事でプロジェクトルームにいても、しょっちゅう里美にはお呼びがかかる。

「はい、なんでしょう？」

用件は、やって来たお客様の対応の仕方だったり、事務処理の手順だったり。なにかあるたびに呼び戻され、対応をすませて、またプロジェクトルームに戻ることが続いた。

里美は総務において、基本的にメイン担当となっているのではなく、様々な人のサブ的な仕事を多くしてきた。つまり、里美が今回のプロジェクトに参加することになったことで、それら諸々の仕事をすべてメインの担当者が単独でやる必要性がでてきたのだ。

その結果、里美なしでは仕事が著《いちじる》しく遅延することが判明する。デスクに戻った後、里美は各担当者から毎日のように泣きつかれた。

「丸山さん、今日はいつ戻ってくる？」

そのうち、離席前にその日のスケジュールを確認されるようになった。なおかつ離席している間に、デスクに仕事に関するメモが山積みというのが恒例になる。

「丸山さん、プロジェクトのほう、今日はいつなら抜けられそうって？」

「まだあっちの会議から帰らないの？」

やたらとそんな声が飛び交うようになった総務部の状態を目《ま》の当たりにした田中部長は、里美に離席中のスマートフォンの携帯を命じた。

そのうち、里美のスマートフォンには、総務部以外からも連絡が入るようになる。プロジェクトルームから各問い合わせ元へと、里美はそれまで以上に社内を忙しく歩き回るようになっていた。

今まで目立った活躍をしていなかったはずの里美は、実は影の立役者だったのだ。

消耗品の補充や、コピー機や照明など社内機器のメンテナンスといったものから、ちょっとした問い合わせの対応、果ては関係各社とのやりとりや、部内での捜し物に至るまで。普段どれだけ里美が活躍していたかを、ここにきて、総務部内はもちろん、関わっている部署の全員が知るに至った。

〝幽霊さん〟がいないと業務が立ち行かない――

あれほど目立たなかった里美が、今本人不在のまま目立ちまくっているという怪現象が起こっていた。

「〝総務部の幽霊さん〟こと、丸山里美はすごい」

いつしかそんなふうに言われるようになり、なかには里美がどんな人なのか、わざわざ見にやってくる社員まででてきた。実は里美は、そんな彼らとも今まで何度も接していたのだが、彼らのなかで里美の印象がほとんど残っていなかったのだ。

「今度の社内報の『社員紹介コーナー』、丸山さんを取材させて」

社内報の担当者である総務の先輩社員が、いきなりそう言ってきたのは、里美が「レーヴ・ブラン」プロジェクトに配属されてほどなくしてのことだった。

初めは冗談だと思って軽く流していた里美だったが、そのうち本気だとわかり、それからは「冗談じゃない！」と逃げ回った。しかし、結局捕獲され、インタビュー記事を書かれてしまった。

その記事が掲載されてからというもの、里美の〝幽霊さん〟というあだ名は、すっかり全社的な規模にまで広がったのだ。

顔写真も掲載され、一躍有名人になった里美だけれど、実際はなんら変わることはなかった。相変わらず自動ドアは開かないし、デスクに座っているにもかかわらず、不在扱いされるのも珍しくない。

(すごいのは、私じゃなくて社長なんだけどな……)

だって、健吾が後押ししてくれなければ、里美は企画書なんかだそうとは思わなかった。里美はなんの気なしに祖母とのエピソードを健吾に話しただけだ。彼が企画書をだすよう言ってくれたからこそ、今の里美がある。

健吾が一緒だと、どのドアもすんなりと開いた。そして、彼は〝幽霊さん〟が実在することを、全社的に示すという役割まで果たしたのだ。

(まるで魔法使いみたい。〝幽霊さん〟である私を、具現化させてくれた魔法使い——)

新ブランドを立ち上げるにあたって、健吾も社長として多忙を極めていた。本来なら担当部署に任せておくような業務も、健吾本人の希望により、今回に限っては極力社長自らがあたっている。

「『レーヴ・ブラン』は、わが社の既存ブランドとは一線を画するものになる。それと同時に、『ブラン・ヴェリテ』の原点に帰るという重要な意味合いも持っている」

そんな考えのもと、健吾はプロジェクトの会議にはできる限り参加していた。

ブランドで使用するロゴや縫製に関することまで、メンバーと意見を交わす。特に、生地の原料となる綿の産地と縫製工場の決定に関しては、かなりの熱の入れようだった。

「社長、綿の産地候補の件ですけど、縫製工場を併設することを考えると、やはりアメリカがベストだと思います」

「わかった。じゃあ、先方と日程調整ができ次第、現地に視察に行こう」

必要とあらばどこへでも足を運び、納得がいくまで話し合いの場を持つ。

もちろん、健吾にはこのプロジェクト以外にも仕事は多い。出張が重なり、ここのところずっと、会社に顔をだしても数時間だけ、という状況になっていた。

当然週末も仕事に忙殺され、健吾はかれこれ、ひと月以上休みなしで働いている。

(社長、大丈夫かな……)

いくら若く体力があるとはいえ、そこまで忙しくしているとさすがに心配になる。

気にはなっていても、里美は彼の忙しさを気遣うあまり、自分からメッセージを送ることができずにいた。

そうこうしているうちに、二か月という、健吾と付き合えるタイムリミットはどんどん近づいてきている。

毎日カレンダーと睨《にら》めっこをして残りの日を数えるたびに、里美のため息の数も増えていった。

「レーヴ・ブラン」の仕事で顔を合わせることはあっても、ふたりきりで話す機会などない。

そうやって日々すぎていくうち、里美はますます健吾への想いを募らせていた。

七月も終わりに近づき、すでに「レーヴ・ブラン」立ち上げプロジェクトは、ほぼ任務を完了していた。後は、実際に担当する部署が引き継ぐことが決まっている。

（なんだかさみしいな……）

本当は、もう少し先の段階までかかわっていたかった。

（おばあちゃんが、あればいいなって思ってた洋服を作るんだもの——）

そうはいっても、実質これ以上里美ができることはない。「ブラン・ヴェリテ」に入社するきっかけになった夢だが、それを実現するには、今のままの自分では力不足だ。

新しいブランドの企画は立てることができても、実際に洋服を作るとなると、それなりの知識がいる。デザインに関する知識などゼロに等しい。忘れていた夢を叶えるには、里美はまだまだ勉強不足なのだ。

（また新しく勉強したいことができちゃったな）

今その資格がなくても、将来的にできる自分になればいい。そうなれるまで、精一杯今を頑張ることだ。

そんななか、ブランドのイメージモデルとして、俳優の首藤雅也《しゅとうまさや》の名前が発表された。

彼に関しては、比較的早い段階での起用が決まっており、実現に際して必要なのはスケジュール調整のみだった。

今年三十二歳になる首藤は、今女性の間で絶大な人気がある。しかも、その人気は一過性のものではない。

彼は、十代になってすぐにデビューし、以来映画やテレビのほか、舞台ミュージカルで活躍し、支持を得てきた。実力をともなった仕事ぶりは、国内外で高く評価されているし、今まで目立ったスキャンダルがないことも好感度アップに繋《つな》がっている。

落ち着いた雰囲気と時折見せる大人の男の可愛らしさが、世の女性たちを魅了してやまない。特に、笑顔には定評があり、それを見るだけで癒《いや》されるという人が続出している。

そんな首藤だが、実のところ、かなり神経質だ。その事実は、あまり知られていない。彼は、仕事中に雑念が入るのを極端に嫌う。

役柄に入り込む際は、現場にいるスタッフの動きすら気に障って、演技に集中できなくなることも多いそうだ。そして、機嫌が悪くなると、仕事の途中でも普通に帰りたがる。

そのため、一部業界内ではすでに、扱いにくい度ナンバーワンの称号をもらっていると聞く。しかし、それでもなおオファーが絶えないのは、彼が常に期待以上の仕事をし、誰もが納得する実績を残しているからに他ならない。

新ブランド「レーヴ・ブラン」は、里美が企画でだした「気軽に着られるよそゆき」というコンセプトをもとに、「家でも外でも着られる、風景に溶け込む服」というキャッチフレーズで発売されることが決まっている。そんな観点から見ても、首藤はモデルとして最適だった。

実際に「レーヴ・ブラン」を身にまとった彼は、独特の雰囲気を醸《かも》しだし、先のコンセプトに落ち着いた高級感までプラスしてくれたのだ。

「首藤さんの動画、見た？　『ブラン・ヴェリテ』の新ブランドのやつ」

「見た見た！　『レーヴ・ブラン』だっけ。朝やってる番組でも流れてたよね！　素敵！　発売されたら絶対買いだよね、あのシリーズ」

新ブランドを発表するにあたり、事前に首藤による告知動画を作成した。それをいくつかの動画サイトに投稿し、各テレビ局の情報番組等で流してもらった。すると、すぐに首藤のファンからの問い合わせが殺到し、一時担当部署だけでは対応できなくなったくらいだ。

今回首藤を起用したのは、彼のファンが「レーヴ・ブラン」のターゲットとする購買層と見事に合致しているためだ。

この狙いは、見事成功したといえる。

だが一方で、今回彼のパートナーとなる女性モデルの選出は、慎重にならざるを得なかった。女性ファンの首藤に対する想いを考えると、人選を誤れば、宣伝効果がマイナスになりかねない。それに加え、ブランドとしてのコンセプトを踏まえると、さらに対象者が狭まってくる。

悪目立ちするモデルだけは、絶対にさけなければならない。

これまで二度オーディションを開催し、かなり有名なモデルの極秘参加まであった。しかし、いまだこれといった人が見つからない。女性モデル単独でならまだしも、首藤との共演を見越して考えると、思いのほか女性としての存在感が前面にでてしまうのだ。

主力購買層に受け入れられ、なおかつ着ている服よりも本人が出しゃばらないモデル探し。

応募条件が徐々に狭まっていくなか、引き続き行われたオーディションでは、ようやくふたりほど最終段階まで残った。

これで決まりか？　周りはそう思ったものの、最終責任者である健吾は、首を縦に振らなかった。

七月最後の金曜日。里美は、四階にあるフリースペースで遅いお昼休みをとっていた。

プロジェクトが進行している間、健吾とは、ふたりきりではないものの、毎日のように顔を合わせる機会があった。けれど、立ち上げメンバーとしてやるべきことをほぼやり終えた今、もうさほど接点もなくなっている。忙しさからか、連絡も途絶えがちだ。

「ね、知ってる？　社長の最新の彼女、オーディション落選組のハーフモデルらしいわよ」

「えっ、そうなんですか？」

里美の前に座る広報部主任の沢木《さわき》が、里美のほうに身を乗りだして囁《ささや》く。彼女は「レーヴ・ブラン」プロジェクトのメンバーのひとりであり、里美よりも十年先輩。ちなみに社内結婚している。

「なんでも、一緒にいるところを、仕事帰りにうちの部の新人が見たらしいの。それも、相手はひとりじゃなくて、ふたりなんだって。別々の日に、ひとりずつ。しかも、どっちも女性のほうが積極的らしいって。さすが社長、モテる男はつらいわよねぇ」

「ふたりも、ですか」

「私の同期がロンドン支社にいてね、その子に聞いたんだけど、社長、そこでのモテっぷりもすごかったらしいわよ。しかも、一般人だけじゃなくて、パリコレ級のモデルや、現地の女優さんにまでモテてたって」

「あ、その話、以前聞いたことがあります」

今でてきたイギリス人女優は、きっと以前噂で聞いた、逆プロポーズの人だろう。

「でしょでしょ？　もはや伝説よ。社長のモテ男ぶりは。今回のモデルさんたち、最終選考で社長が落としたふたりだってことだし。これから先、いろいろとあっちゃったりするのかもね～」

（――やっぱりそうだよね。私とのことが、本気なわけないよね）

沢木が仕事に戻ると、残された里美は、ひとり物思いに耽《ふけ》った。

（あんなにモテるんだもの。しかも、相手は美女ばっかり。……やっぱり、私って所詮塩豆なのよね。やっぱイケメンには美女だよ。そんなの、とっくにわかってたし――）

やや自虐的《じぎゃくてき》になりながらも、里美は頭のなかから健吾のことを消そうとした。図《はか》らずも、縁ができ身体を重ねてしまった。けれど、健吾には彼女がいる。それも現在進行形でふたりも。

里美の家で結ばれて以降、健吾とは個人的なことはまったく話せていない。そんな話をするには彼は忙しすぎるし、そのことを里美もわかっている。

健吾と結ばれたとはいえ、たった一度きりのことだ。あれからそれらしきことは一切ない。そうであれば――

（このまま自然消滅――。それが一番自然だよね。って、そもそも私は、一緒にいて楽で面白いっていうだけの存在だもの。社長の恋人でもなんでもないんだから……）

それに、以前同期が言っていた、健吾が女性と付き合うという期間。

その二か月も終わると考えるようになってから、里美は健吾からたまに送られてくるメッセージに、極力簡潔な返事のみを返すよう心がけた。

その日の業務を終え、定時で会社を後にした。久しぶりに映画でも見て帰ろう。そう思いながら駅への道を歩いていると、突然トントンと肩を叩かれた。

「しゃ、社長っ!?」

振り向いた先に立っていたのは、翌月曜日の昼まで関西にいるはずの、健吾だった。

「ど……どうしてここにいらっしゃるんですか。まだ出張中だと思っていました」

ずっと頭のなかで思い描いていたその人が、目の前にいる。

「どうしてって、里美に会いたかったからに決まってるだろ。だから、急いで仕事を切り上げて帰ってきた。それに、こないだ泊めてもらったお礼もまだだったし。ずいぶん間があいたお詫びもかねて、今夜は俺のマンションに招待するよ」

背中を抱かれ、駅とは違う方向に連れていかれる。突き当たった大通りで、健吾がタクシーを拾った。

「ちょっと待ってください。私――」

「私?」

「――もう、帰らないと」

「なんか予定あるのか?」

「いいえ、特になにも――」

「それって、今日も明日も?」

「はい」

「じゃ、いいだろ？　とりあえず、出発しよう」

そう言うが早いか、健吾は里美をシートの奥に座らせ、自分はその横にぴったりとくっつく。肩を抱かれ、身体を胸に抱き寄せられた。あまりにも突然で強引な誘導に、里美は人形のように黙りこくって身を硬くする。

それでも、ややもすれば口元が勝手に綻《ほころ》んでくる。里美の心は、健吾に会えて喜んでいるのだ。

タクシーを降りてマンションに入ると、前回同様、どこを眺めてもすっきりと片付いていた。ここまで片付いているのは、やはり、件《くだん》の女性たちが出入りしているためだろうか。

リビングに入ると、窓際に連れていかれた。そばに置かれたテーブルには白いプレートが並んでおり、その上にはカナッペや生ハムといったおつまみが載せられていた。何種類かのアルコールも用意されている。

「わぁ……。これ、社長が用意したんですか？」

「そうだ。今日は、なんとしてでも里美をここに招待しようと決めてたから、出張帰りに必要なもの買い込んで、準備を整えておいた」

「じゃあ、わざわざそれから私を迎えに？」

「うん、こうしてふたりきりで話すのって、もうかれこれ二か月ぶりだろ？」

（あ。さすがにそれはわかってたんだ。……っていうか、あのファームパークに行って、社長がうちにきた日から、今日でちょうど二か月だよね）

果たして健吾は、自身の「最長二か月」という恋愛パターンについて自覚があるのだろうか。

テーブル横のソファに腰掛け、差し出されたワイングラスを受け取る。

「じゃ、再会を祝して乾杯」

グラスがチン、と音を立てて合わさり、操られるようにひと口飲んだ。

「あ、すごくおいしいですね、これ」

「だろ？　ロンドンで仕入れてきた、とっておきのワインだ。里美と同じ年齢なんだよ」

ボトルを見ると、製造年月が、里美の誕生日と同じだった。健吾は、わざわざそれを探し求めてロンドン市内を歩き回ったという。

「ロンドンにいても、ひとりになるといつも里美のことを考えてた」

そんな甘い言葉を吐かれて、またつい本気にしてしまいそうになる。

「里美は？　少しは俺のこと考えたりしてた？」

頷きつつ、心のなかでちょっとばかり文句を言う。

（少しは、なんてもんじゃないし。ずっと、ずーーーっと社長のことが頭から離れなかったし）

「そうか。――嬉しいよ。やっぱりいいな、里美は。そばにいると、ひと息つけるって感じがする」

用意された料理は、どれも皆驚くほどおいしかった。久しぶりに話せたことの嬉しさから、つい杯が進み、いつになく饒舌《じょうぜつ》になっている。

ふたりきりだし、今聞かなければ、もう二度とチャンスはないかもしれない――。里美は、思い切って昼間聞いた件を口にしてみた。

「そういえば今日、お昼を食べてるときに、たまたま社長の話がでたんです。今回のオーディションで、最終選考まで残っていたハーフモデルさんが新しい社長の彼女だ、って。しかも、ふたりとも。……すごいですね、社長って。――モテモテの色男、って感じで」

言いきって、ぷいとそっぽを向く。今の自分が、とんでもなくみっともない顔をしているのがわかったからだ。

「なんだって？」

持っていたグラスを空けた健吾が、里美のほうに身を乗りだしてきた。里美は、今度は身体ごと向きを変えて、健吾に背中を向ける。

「ロンドンでのエピソードも、知ってます。イギリス人の女優さんから逆プロポーズ受けたことがあるとか、パリコレ級のモデルさんと付き合っていたとか――」

「ちょっと待ってくれ。ロンドンでの話はともかく、オーディションに来たモデルと俺が付き合ってるって？　冗談だろ。誰だ、そんな噂を流したのは」

健吾は、わざわざ立ち上がって、里美の正面に座り直した。そして、里美の目を見つめながらはっきり言う。

「そんな話は、まったくのデマだ」

「そうなんですか？　でも、どっちみち前から聞いてました。社長の武勇伝――」

これまで小耳に挟んだことのあるちょっとした話を、あえて続けてみる。そのすべてをいちいち否定した健吾は、自分についてどれほどの噂が流れているかを改めて認識したらしく、呆れ果てていた。

「そんなの一切信じなくていい。納得できないって顔してるが、俺は周りが思っているほどプレイボーイでもなんでもない」

「でも、ロンドンの女優さんや、パリコレモデルさんの件は否定しないんですね」

話を聞いて以来、ずっと気にかかっていたことを、ぼそりと口にしてみる。すると、健吾に思いのほか食いつかれた。

「どうした――。やけに突っかかるんだな。事実だったことを否定はしない。だけど、今の俺とは関係のない話だ」

「関係なくないです」

「もしかして、焼きもちをやいてくれてる？」

「ち、違いますっ！」

いきなりの指摘に、ほろ酔い状態だった思考が覚醒《かくせい》する。

「なんで私が焼きもちなんか焼くんですか？　だって、私と社長ってただの――」

いざ口にだそうとして、一瞬わからなくなり、改めて自分の立ち位置を確認した。

「――ただの、ちょっとだけ親しい上司と部下ですよね？　だから、社長がどこでなにをしようが、私に口をだす権利もなければ、そのつもりもありません。だって、そんなの付き合っている人同士がすることですから」

一気にまくし立てたせいで、息が切れてしまう。健吾の手が、里美の上下する肩の上に置かれた。

「なんで？　俺たち、付き合ってるだろ？　少なくとも俺はそう思ってるけど」

顔を上に向けると、健吾がこちらをじっと見つめていた。

彼は眉間に深い皺《しわ》を刻み、明らかに憤《いきどお》りの表情を浮かべている。その顔にたじたじとなっていると、さらに近づいてきた顔に、瞳を覗き込まれた。

「俺ははっきりと気持ちを言ったはずだ。里美が好きだ、って」

「だって……それは、人として好ましく思ってるってことで、恋とか――そういうのとは別物ですよね。だから、困ります。私、社長にそんなこと言われても、困るんです！」

「なんで困るんだ？　里美だって、俺のこと好きだからキスをして、セックスもした。そうじゃないのか？」

「そ、それは……。でも、あのときのことは、あのときだけのことですよね？　だって、どう考えても無理です。私、社長とは付き合えません。今日でちょうど二か月になるし――」

「二か月？　それに特別な意味でもあるのか？」

首を傾《かし》げている健吾は、どうやら自分の「最長二か月」の恋愛パターンに気がついていないようだ。

「社長が女性と付き合っても、いつも二か月持たないって――。最短で一日、って聞いてます。私と社長って、今日で……その……」

「俺が里美とセックスしてから、今日で二か月ってことか？」

「そうです――、ん……っ」

突然顎《あご》を上向きにされ、唇を塞がれた。忘れようとしても忘れられなかったキスの感触が、唇の上で完璧に再現される。吐息が漏れ、ついうっとりと目を閉じそうになった。優しい舌の動きに、身体が反応する。

「……ぷぁっ。しゃ、社長……っ」

「今、キスを返してくれたな。俺とのキス、忘れてなかった証拠だ」

再び唇にキスを浴びせられて、ソファの上で腰が砕けた。

「違っ……」

違うと言いかけたけれど、なぜかきっぱりと否定できない。

「違わないだろ？　里美は俺とのキスを忘れてない。愛撫もセックスも、まだちゃんと覚えているはずだ――」

着ているブラウスのボタンが、みるみる外されていく。パンツスーツのジャケットごとブラウスを脱がされ、ボトムスが床に落ちる。

「きゃっ！　んっ……んんっ」

キャミソール姿のまま身体を横抱きにされ、部屋の奥に連れていかれた。

ふたりして倒れ込むようにベッドに横たわる。健吾は執拗《しつよう》にキスを続けながら、自らの服を脱ぎ捨てていった。唇がずれた隙に話そうとするが、貪《むさぼ》るようにキスをされ、しゃべることができない。

気がつけばふたりともなにひとつ身に着けておらず、彼の指に脚の間をまさぐられていた。

蜜窟を捏《こ》ねる彼の指が、里美のなかに潜《ひそ》む快楽の膨らみを探し当てる。途端に身体中が燃えたち、隠れていた小さな突起が、みるみる薔薇《ばら》色に腫《は》れあがった。

「里美は、誤解してる。俺が誰と付き合っても二か月持たなかったって？　それは、今まで誰ひとり、それ以上付き合いたいと思う人がいなかったからだ」

「ぁんっ……あ、あ……ぁんっ！」

なかを探る健吾の指が、ぬるりと引き抜かれる。蜜に濡れた指が左胸の先端を摘《つま》み、軽く押しつぶしてきた。

「だけど、里美だけは違った。知れば知るほどほしくなる。もっと暴《あば》いて、自分のものにしたいと思った。つかまえて、二度と逃げ出せないように、がんじがらめにしてやりたいくらいに。里美、俺は里美がどう思おうと、里美のことが好きだ。どうして俺の気持ちをそのまま受け取ってくれないんだ？」

健吾の左手が、枕の下にあった小さな袋を取り出す。そして、それを口に咥《くわ》えて封を開けた。

そんなしぐさすら胸に響いて、身も心も蜂蜜《はちみつ》のようにとろけてしまう。

「だって……っ、どうしてそんなことを言われるのか、わからないんです。社長はきっと、本気じゃない、きっと今だけの気持ちです。だから――」

「――だから、里美も本気にならないってことか？」

健吾の問いに、里美は微《かす》かに頷いて見せた。

「そうか。だったら、俺が本気にさせてやる。要は、俺が本当に里美が好きで、この気持ちが本物であることを証明したらいいんだろ？　だったら、今からてっとり早くそれをわからせてやる。二か月過ぎたからって、俺が里美を手放すと思うか？　そんな短い期間じゃあぜんぜん足りない。――ほら、押しのけるなら今のうちだぞ」

　健吾の指が里美の秘裂を割り、わざと聞かせるように、くちゅくちゅと水音を立てる。足元から熱いさざ波が襲ってきて、身体の奥から蜜が溢《あふ》れてきた。

　彼の唇が、里美の胸の先を捕らえる。そして、そこを強く吸っては、柔らかに甘噛みしてきた。

「っあ、あっ……社長っ！　ゃあ……んっ」

　どんなに我慢しようと頑張っても、どうしても感じてしまう。心の奥にある気持ちが、口をついてでそうになる。

「里美の胸、ほんと感じやすいな。すごく可愛いよ。どうしてそんなに隠したがるんだ？　俺はもっと見たいと思ってるのに」

　思いがけない言葉に、びくりと上体が跳ねる。

「可愛いって――。嘘ですっ……こんなの、ちっちゃすぎて、ぜんぜん可愛くなんかないです」

「確かに大きくはないけど、俺にはちょうどいいし、可愛い上にすごくおいしそうだ」

　健吾はにやりと口元に笑みを浮かべたかと思うと、おもむろに里美の胸の先に吸いつき、舌で先端を捏《こ》ねるように押しつぶしてきた。

「ゃあんっ！　んっ、あ、あっ……だ……めっ、あぁんっ！」

　全身が粟立《あわだ》ち、唇から吐息が漏れだす。そうしたくないのに、身体中の細胞が健吾の愛撫を悦《よろこ》んでいる。

健吾がくれる快楽に身も心もほだされ、自然と身体が開いていく。

「すごく濡れてきたな。胸、気持ちいいんだろう？　いいかげん正直に言ったらどうだ？　それに、俺の好みの胸はこのサイズなんだから、なにも問題ないだろ？」

「好み？　こんなに小さいのが、いいんですか？　どうして――、きゃ、あ……ああんっ！」

健吾の硬い歯列が、柔らかな乳暈《にゅううん》の上を滑《すべ》った。言いようのない悦楽《えつらく》に、里美は咄嗟《とっさ》に健吾の髪の毛に指を絡め、絶叫した。

全身が熱い。健吾に愛撫されるまで、自分の胸がこんなにも敏感だったなんて知らなかった。健吾は、里美の胸に唇を寄せると、先端を強く吸ってはゆっくりと顔を離してくる。

「そ、そんな……こと、しないでください。……恥ずかし、ぁんっ！」

ちゅぷん、という音が聞こえるたび、頬が焼け、全身が熱く火照《ほて》る。

花芽を緩《ゆる》く撫でていた健吾の指が、蜜をまといながら里美の蜜窟のなかに滑《すべ》り込んだ。彼の指の角度が、里美の蜜窟の深層を攻める。ぐっと奥を圧迫しては、小刻みな振動を与えてくる。

「あぁ……っ！　やんっ、そ……こ、ぃや……あっ」

嫌だと言いながら、自然と瞳は潤《うる》み、なかがひくひくと戦慄《わなな》いている。

「里美、里美のなかに入りたい。里美がほしくてたまらない。入れていいか？」

そう口にする彼の右手が、里美の太ももの裏を撫でる。そのまま上へと押し上げ、露《あら》わになった秘裂に、反《そ》り返った屹立《きつりつ》をこすりつけてきた。ゆるゆると腰を動かし、熱い肉塊を蜜にまみれさせる。

「里美、いい、って言ってくれないと、入れられない。俺のこと少しでも好きなら――入れて、って言ってくれないかな」

そんな恥ずかしいこと、言えるわけない！

そう思いながらも、気がついたときには、里美はうわごとのように、その言葉を口にしていた。

「……い……入れてっ、あっ！　ぁああっ……！　あ、あああんっ！」

答えると同時に、健吾のものが里美の奥深くに突き入れられた。込み上げるような愉悦《ゆえつ》の波に襲われ、一気に快楽の渦《うず》に引きこまれる。

「いい子だ」

掌《てのひら》で頬を撫でられ、思わずそこに頬を寄せた。

「しゃ……社長――」

与えられる刺激に我慢できず、両方のつま先が天井に向かって空を切る。ゆっくりと腰を引かれ、ぎりぎりまで屹立《きつりつ》を引き抜かれた。それを里美のなかに押し戻しては、また引き抜く行為を、健吾が続ける。信じられないほど卑猥《ひわい》な水音が部屋に響き、里美は泣きそうになって唇を噛む。

「里美、苦しくないか？」

健吾の声に、里美は微《かす》かに首を縦に振って喘《あえ》いだ。確かに息は途切れるし、明らかに無理な体勢を取っている。けれど、そんなことどうでもよかった。今、健吾とこうしていることが、この上なく嬉しくて仕方がない。

「気持ちいい？」

また頷く。もう、どうやっても抗《あらが》えない。まだ二度目なのに、健吾の愛撫に酔い、身体を交わらせることに溺れてしまっている。

身体に突き立てられた屹立《きつりつ》が、緩《ゆる》やかなリズムを刻み始めた。

下腹の奥を抉《えぐ》るようにかかれ、最奥を切っ先で強く突かれる。

「里美、――好きだ。里美のなか、最高に気持ちいいよ。だけど、もっと里美を感じたい。ちゃんと繋《つな》がってるかどうか、確かめさせてくれ」

健吾はおもむろに身体を起こし、里美の両方の太ももを左右に押し広げた。恥ずかしくて仕方がないのに、どうしても拒むことができない。

「脚、もっと広げられる？」

上から見据えられて、もう抵抗することすらままならなかった。そろそろと脚を広げ、大きく息を吸い込む。健吾といると、自分が今までとは違う存在に思えてくる。

「里美、俺がなかに入ってるよ。……淫《みだ》らだな。すごく、興奮する――」

健吾の腰が、ゆっくりと動きだした。彼は、ふたりが繋《つな》がっている部分を見つめたまま、荒い息を吐く。

「里美、一緒にイキたい――」

腰を高く抱えられて、つま先が浮いた状態で深々と挿入される。次第に激しくなる腰の動きが、里美の吐息を絶叫に変えた。

「……っ……、あぁ、あんっ！　あ、あああっ！」

自分のなかが、健吾のものをきつく締めつけているのがわかる。もっと気持ちよくしてほしくて、溢《あふ》れるほどの蜜をたらしているのも。

抽送《ちゅうそう》が速くなり、里美のなかで健吾のものが硬く反《そ》り返った。

下腹の奥に熱い塊《かたまり》が弾けそうになっている。腰を深く押し進められ、もうこれ以上先に行けないところにまで彼の切っ先が達している。

里美は、知らないうちに健吾の肩にしがみつき、彼と唇を重ねていた。腰を強く動かされ、追いつめられる。

「あっ！　ぁあっ……！」

目の前で、白い光が飛んだ。

キスをしたまま、ふたり同時に絶頂に達する。

「里美。好きだ。すごく、好きだ。……嘘でもいいから、俺のこと好きだって言ってくれ」

里美は健吾の身体にしがみつき、その耳元で囁《ささや》いた。

「私も――。私も、社長のことが、好きです――」

里美の手に触れる彼の筋肉が、びくりと反応する。

「もう一度、言ってくれるか？」

「……好き。社長が、好きです――」

好き。大好き――。心からそう思った。

自動ドアの前で出会って、その次の週には突然キスをされて。

思えば、初めて唇を合わせた瞬間に、恋に落ちていたのかもしれない。今まで恋なんかしたことがなかったから、自分の気持ちすら把握できずに、恋しいと思う気持ちのなかですっかり迷子になってしまっていた。

だけど今、言葉にしてちゃんと伝えることで、これまで健吾に抱いていた気持ちがすうっとクリアになった気がする。

里美は軽く息を整え、もう一度健吾に向けて、今心にある気持ちを伝えた。

「好きです、社長。私、社長のことが大好きです」

心臓が痛いほど高鳴っている。

こんなことがあるなんて。

この恋がなにかに対するご褒美なら、これからいくらでも努力をする。

どんなことがあっても、誠心誠意、全力で取り組むことを誓うから――

「ありがとう。俺も、大好きだよ」

健吾のキスが、里美の唇を封じる。里美は、こっくりと頷き、健吾の肩にそっと腕を回した。


七月が終わり、八月になっても「レーヴ・ブラン」の女性モデルは、一向に決まらなかった。押さえてある首藤のスケジュールを考えると、これ以上撮影を先延ばしにすることはできないところまできている。

結果、とりあえず先に首藤だけの撮影を開始するとの判断が下された。撮影の舞台は、東京近郊にある広々とした丘陵地だ。

撮影日当日、里美は現場スタッフとして同行するよう田中部長から命じられた。すでにプロジェクトは立ち上げチームから離れているけれど、予定していた担当者たちが、リハーサルの時点でことごとく首藤の機嫌を損ねてしまったらしい。

「池内《いけうち》さん、今日はよろしくお願いします！」

今日の撮影を担当するのは、フリーカメラマンの池内翔《しょう》だ。現場に入ってくる彼を見つけて、里美はぺこりとお辞儀をして挨拶《あいさつ》をする。

「よっ、丸山ちゃん、久しぶり」

池内とはこれまでも、「ブラン・ヴェリテ」の仕事で何度か顔を合わせたことがあった。彼は、実は健吾の親友でもあるらしい。ワイルドな風貌《ふうぼう》で、なかなかの男前な彼は、業界内でも腕がいいと評判の人気カメラマンだ。

現場に入った里美は、いろいろな雑事を淡々とこなしていく。幸い天候は申し分ないし、首藤のコンディションも今のところ問題ない。

「レーヴ・ブラン」イチオシのコーディネートに身を包み、首藤が丘をそぞろ歩く。

撮影隊は、様々な角度から彼を撮り、無事一着目の撮影を終えた。その後休憩を挟み、二着目の撮影が始まる。撮影は思いのほかスムーズに進んだが、途中で少々天候が怪しくなってきた。

そのことが原因かどうかわからないが、首藤の機嫌も悪くなってきた様子だ。

「ヤバい。首藤さん、帰りたそうな顔になってる」

首藤のマネージャーが、里美の隣でひとり言を言う。その隣にいるスタッフも、不安そうな表情を浮かべていた。

「これ、時間短縮したほうがいいパターンだよね。できたら着替えとかに時間かけたくないよな」

「じゃあ、以前首藤さんがひとり芝居をやったときみたいに、みんなでよってたかって着替えを手伝うとか――」

ふたりの会話を耳にし、里美はクライアント側としてなにかしら協力できないかと、彼らに声をかけた。

「あの――」

「わっ！　な、なにっ？」

さっきからすぐそばにいたのに、振り向いたふたりは、里美を見て盛大に驚いた。どうやら、里美の存在に気づいていなかったようだ。

「驚かせてすみません。今のお話聞いてました。もしよかったら、私も着替えを手伝います」

「レーヴ・ブラン」の製品なら、ボタンの配置など細部にわたって把握している里美だ。着替えの時短を目指すなら、自分が適任だと胸をはって言える。

「あ、そう……？　じゃあお願いしようかな――」

続いての撮影では、重ね着のアレンジをした服も多くあった。首藤が羽織るジャケットを脱がせ、同じボトムスでトップスだけパーカーに変えたり、ちょっとしたストールを巻いたり。

里美は、その都度《つど》ちょこまかと走り回り、首藤の着替えを的確にサポートしていった。ワードローブを手渡しして取りかえるうち、いつしか首藤のそばにいるのは、里美ひとりだけになっている。しかしながら、大勢いるよりもかえって里美ひとりだけが手伝うほうが、撮影は上手くいっていた。

結果、里美だけが首藤の手伝いをすることになり、他のスタッフは遠巻きに撮影を眺めるのみになる。

そんななか、直前の仕事を早めに終えた健吾が、撮影現場に顔をだした。すぐさま首藤のところに挨拶《あいさつ》に行き、マネージャーから今の状況の説明を受けている様子だ。

話を聞いた健吾は、しばらくの間撮影風景を眺めていた。そして、思いついたように本社担当部署に連絡をし、女性モデル用のワードローブをすべて持ってくるように手配をする。

間もなくして到着した車には、洋服とともに「ブラン・ヴェリテ」専属スタイリストであるマキが乗車していた。すらりとした長い脚が、地面に降り立つ。男性でありながら女性の心を持ったマキは、社内一高い美意識を誇っている。

ちょうど撮影合間の休憩時間に入っていて、里美は飲み物を用意しながら、以前仕事でかかわったことのあるマキに挨拶《あいさつ》をした。

「あら、丸山ちゃん、久しぶり～。——って、健吾！　女性モデルが決まったって聞いたけど、いったいどういうこと？」

近づいてくるなりそうまくし立てたマキは、今回のプロジェクトのメンバーではなかったものの、スタイリストとして「レーヴ・ブラン」モデルオーディションを取り仕切っていた。それだけに、突然モデルが決まったと聞かされ、取るものもとりあえず、すっ飛んできたのだ。

マキに食いつかれた健吾は、彼をなだめながらなにやら説明をし、撮影班がいるほうを指さす。

「へえ……。ふ〜ん、な〜るほどね。……わかった。すべて了解したわ！」

マキは、一瞬のうちに健吾が言ったことを理解した様子で、すぐさま休憩中の撮影班に駆け寄っていく。

丘を歩く首藤に飲み物を届け終えた里美は、他のスタッフにも順に飲み物を渡していく。持っていたトレイの上が空になるころ、健吾とマキが首藤を交えてなにかしら話し込んでいるのが見えた。

休憩が終わる時間になっても、話し合いは終わらない。

（なにかあったのかな。悪いことじゃないといいけど——）

里美がそう思ったとき、突然マキが振り向いてスタッフ全員に聞こえるような声で叫んだ。

「——ってことで『レーヴ・ブラン』の女性モデルは、総務部の丸山里美が務めさせていただくことに決定いたしました〜。はい、拍手〜！」

「えええええっ⁉」

ありえない展開に目を見開き、里美は声を上げて後ずさった。事前に話が回っていたのか、それを聞いたスタッフの全員が嬉しそうに手を叩く。

「ちょ……ちょっと——」

いったいなにがどうなって、そんな話になるのか。驚いたことに、首藤まで一緒になって拍手をしている。

「あの、マキさん――」

近づいてきたマキに声をかけると、にっこりと笑いながらぐいぐいと背中を押された。

「いいから！　とにかくこれを着て、ポーズとって！　ほら、お日様がでてるうちに撮影を終わらせなきゃ。大丈夫、主役は首藤さんと『レーヴ・ブラン』だから！　誰も丸山ちゃんのことなんか見ちゃいないって」

マキは、半ば強引に里美を予備の控室に引っ張り込み、手早く着替えさせた。すでに準備を終えていた首藤の横に里美を置き、満足そうに頷く。

「なるほど～。健吾のお見立ては正解だったみたいね」

急なスケジュール変更にもかかわらず、首藤は意外にもすっかり機嫌を直していた。それどころか、突然のことにガチガチに緊張している里美に、穏やかな声で話しかける。

「君――丸山里美さんと言ったね。急なことで、びっくりしてるだろう？　あぁ、里美ちゃんって呼ばせてもらうよ？」

「は、はいっ……！　よろしくお願いします！」

「ははっ、そんなに硬くならなくて大丈夫だ。それに、僕たちは今恋人同士っていう設定だよ。ほら、もっと近くに――」

何気なく肩を抱かれ、にっこりと微笑まれる。さすが癒《いや》し系と言われる首藤だ。仕事がうまくいっている今の彼が見せる笑顔は、つられて微笑んでしまうほどの魅力に溢《あふ》れている。

「せっかくだから、なにか話そう。なにがいいかな――、そうだ。君の恋の話でも聞かせてもらえる？」

「こ、恋の話ですか？」

「そう。君のような女性が、普段どんな恋愛をしているのか、大いに興味がある――」

首藤が里美に質問を投げかけ、里美がそれに答えていく。

「――じゃあ、里美ちゃんは、今現在恋をしてるんだね。その人のこと、どのくらい好きなの？」

ふいに顔を覗き込まれ、一瞬言葉に詰まってしまう。

「え……っと、ものすごく――好き、です」

目の前に首藤の顔を見ながら、頭のなかに健吾を思い浮かべる。

「あ、今その人のこと思い浮かべてるね？　――うーん……、なんだか嫉妬《しっと》しちゃうなぁ」

「え？　あ……きゃっ！」

突然首藤が腰に手を回し、そのままゆっくりと右を向かされた。そして右手を取られ、まるでダンスを踊っているように少しずつ丘の上に誘導される。

「うん、上手だ。だいぶ緊張が解けてきたね。それに、里美ちゃんって、なんというか――、いろんな意味ですごくいい感じだ。今、自分が気分よく仕事してるってわかる」

首藤が、零れるような微笑みを浮かべる。カメラのシャッター音が聞こえるなか、丘の頂上にたどり着いた。

「そ、そうですか？　ありがとうございます。それもこれも、みんな首藤さんのおかげです。ど素人《しろうと》の私を、こんなにもリラックスさせてくださるんですから」

首藤が「レーヴ・ブラン」のイメージモデルに決まってすぐ、里美は彼のこれまでの経歴を調べ、頭にインプットした。別にそれでどうしようというわけではないが、仕事上で関わる人に対しては自然と興味が湧き、これまでもそうしてきたから、今回もそうしたまでだ。休憩を挟みながらいろいろな話をする上で、少なからずそのことが役に立っている。里美は、取り立てておべっかを言うわけではない。だけど、どうやら首藤は里美のことを気に入ってくれたみたいだ。

結局、天候は崩れることのないまま、予定していた撮影のすべてが終了した。

「さすが首藤さんね～。それに、丸山ちゃんったら、最高のマネキン役だったわよ～」

マキが感心したように健吾の横で声を上げ、健吾が満足そうに頷いているのが見えた。

モデルとして登場といっても、里美の顔は、光の加減などでうまく隠されており、首藤メインの素敵な写真がたくさん撮れたようだ。首藤の相手役女性が特定されないことで、彼のファンの女性たちは抵抗なく「レーヴ・ブラン」を受け入れるはず。これも、里美の〝幽霊さん〟パワーの為《な》せる業《わざ》だ。

スタッフ全員が首藤を取り囲むなか、里美はそそくさと楽屋に戻り、着替えをすませる。

（お、終わった～！　なんにせよ、無事に終わってよかった――）

着替えを終えた里美は、早々に裏方に戻り、後片付けに取りかかった。解体されたテントの横で、首藤と健吾がなにかしら歓談しているのが見える。この後、健吾は広報部長とともに、首藤らと会食に行く予定だ。

一連の後片付けが終わると、里美は最終点検をするために、辺りを歩き回った。小さなゴミひとつ残してはいけない。最後まできちんとやるべきことを果たしてこその、〝総務部の幽霊さん〟だ。

「丸山さん」

背後から声をかけられ、振り向くと、満面の笑みをたたえた首藤がいた。

「今日は楽しかった。心から感謝するよ。また君と仕事がしたいな」

差し出された手を軽く握り、里美はにっこりと微笑みを返す。

「こちらこそ楽しかったです。是非また一緒にお仕事をさせてください――」

言い終わるほんの少し前に、突然首藤の腕のなかに取り込まれた。一瞬強く抱きしめられた後、軽く背中を叩かれて腕を解かれる。

「本当だね？　僕に社交辞令なんか言わないでくれよ」

「もちろんです」

首藤には機嫌よく帰ってほしい。抱きしめられたときの違和感は半端なかったけれど、ラブシーンに慣れた彼にとって、それは仕事上の感情表現のひとつなのだろう。

「今の言葉、忘れないでくれよ。じゃ、桜井社長には折をみて僕から直接連絡を入れておくから」

「はい、よろしくお願いします」

首藤の意味ありげな微笑み。里美は、彼の後ろ姿に深々とお辞儀をした。

首藤とまた仕事をしたいと言ったのは嘘ではない。それほど彼は魅力的な人だった。

あれほどの美男を前に、自分でも不思議なほどリラックスして撮影に臨むことができていたのは、思い返せば不思議なことだ。

（イケメンには、社長で免疫《めんえき》ができちゃってるのかな――）

そんなことを思いながら、里美はぼんやりとその場に立ち尽くしていた。

ふと前を見ると、首藤と彼のマネージャー、そして健吾に広報部長が集まっていた。

「お待たせしました。では行きましょうか」

健吾の声が、耳に入る。どれだけ多く人が集まろうが、もはや里美には健吾しか見えていない。

（かっこいいな、社長……。ほんと、素敵――）

遠目に見ても美男である健吾に、里美はうっとりと見惚れた。

首藤がふいに立ちどまって振り返り、里美に向かって声を上げる。

「丸山さん、またね！」

「は、はい、また――！」

首藤の横に、彼の声に驚いた様子の健吾がいる。里美は、そこにいる面々に向かって改めて深々と頭を下げた。


撮影が無事終了してから、一週間が過ぎた。八月も半ばになり、ショップのウィンドウはもう秋色だ。

「レーヴ・ブラン」のプレリリースまであとひと月。各部署はそれぞれに最終的な準備に追われている。

その日、里美は残業もなく自宅アパートに帰り、のんびりと雑誌をめくっていた。すると、傍《かたわ》らに置いていたスマートフォンが鳴り、メッセージの到着を知らせる。

「あ、社長からだ！」

差出人がわかった途端、顔中の筋肉が緩《ゆる》むのがわかった。急いで内容を確認する。

「週末の予定？」

いつもなら、上から目線でスケジュールを指定してくるのに、今回に限って里美の予定を尋ねていた。そのことをちょっとだけ不思議に思いながら「特になにもありません」と返事をする。

忙しさが継続している健吾とは、あれから一度もふたりきりで会えていない。けれど、一度「好き」という言葉を交わすことができてからというもの、里美の健吾に対する気持ちは加速する一方だった。

「今度会ったときは、改めてきちんと気持ちを伝えよう……」

なんでもっと早く自分の正直な気持ちに気づかなかったのだろう。ひとり言を言いながら、天井を見上げる。ふたたび電子音が鳴り、健吾からのメッセージの到着を知らせた。

「――『大事な話があるから、空けておいてほしい』？」

今までこんなに早く返事をくれたことはなかったし、心なしか文面がいつもよりよそよそしい気がする。

「大事な話って、なんだろう。ちょっと気になるかも……」

質問を投げかけてみようとも思ったけれど、たっぷり十分間迷ったあげく、結局は了解の返事だけ送り、スマートフォンを置いた。ここ一週間のことを、頭のなかでざっと思い返してみる。

健吾とは何度か社内ですれ違ったけれど、いつも誰かが一緒だった。毎回目が合いそうで合わなかったのは、なにか特別な理由があったからだとしたら——

「えっ……？　もしかして、悪い話？」

もう一度メッセージ画面を確認する。

「大事な話……。まさか、もうこれきりだよ——なんて、言われないよね？」

そう思った途端、自分でもびっくりするくらいの胸の痛みに襲われた。

「……サボ子。もし本当にそうだったらどうしよう……。せっかく気持ちをきちんと伝えようって決めたばかりなのに——」

テーブルの上にいる「サボ子」を手に取り、鉢のなかの小さな身体をじっと見つめた。小さいながら「サボ子」には全身にびっしりと棘《とげ》が生えている。一度刺さると容易に取ることができないし、ヘタに抜こうとすれば、逆によけい深く刺さってしまう、厄介な棘《とげ》だ。

「私が変なこと言ったから？　いつまでも、もたもたしちゃってたから？」

今までのことをいろいろと思い返すうち、心のなかにどんどん不安が押し寄せてくる。

「サボ子、どう思う？　私、やっちゃった感じ？　せっかく両想いになれたと思ったのに、もう終わっちゃうの？　それとも、ぜんぶ私の勘違い？　始まってもなかった？　……ああ、もう」

テーブルの上に突っ伏し、しばらくの間じっとして頭のなかを整理しようとしてみる。でも、いくら待っても明確な答えがでることはなかった。

諦めて顔を上げ、手のなかの「サボ子」を見る。

「と……とにかく、週末行ってくるね。結果がどうなろうと、大丈夫――。もし……もし万が一、これきりって言われても、取り乱したりしないよう頑張ってくる」


緊張のなか迎えた週末土曜日。あれから追加のメッセージが何通か届き、待ち合わせ場所に、東京駅の新幹線改札を指定された。

出会ってすぐに手渡されたのは、西日本に向かう新幹線のチケットだ。普段あれこれとしゃべりながら歩く健吾が、今日に限ってあまり口を開かない。なんとなく機嫌が悪いように感じるのは、やはり別れを切りだすことを目的としているからだろうか。

(だとしたら、どうしてわざわざ遠くまで行くんだろう?)

事前に、一泊分の旅の用意をしておくようには言われていた。黙って歩きながら、少し前を行く健吾を見る。お互い荷物を持っているせいもあるけれど、いつものように手を繋《つな》ごうとする気配すら感じられない。

(もしかして、これが別れ話を切りだすときのパターンなのかな? 一泊二日なのは、話が拗《こじ》れちゃったりしたときのことを考えて、時間的な余裕をもたせてるとか……)

放っておくと、思考がどんどんネガティブな方向に向かってしまう。里美は、これが健吾との最後だと半ば覚悟を決めて、精一杯明るく振る舞おうと決心した。

指定の席に着くと、里美は持参していた手提げ袋を健吾に差し出した。

「あの、これ――」

「うん？」

健吾がそれを受け取り、なかを覗き込む。そこには、キャラクターのイラストがついたランチボックスが四つ入っている。それは、健吾からのメッセージを受け取った後の里美が、どうするべきかさんざん考えて考え抜いた末に用意した手作りのお弁当だった。

「一応、お弁当を作ったんです。旅行……どんな感じのものかわからなかったんですけど、もし食べる時間があればばって。あの……でも、なんか、すみません！」

咄嗟《とっさ》に手を伸ばし、手提げ袋を取り戻そうとする。だけど、健吾がしっかり持っているせいで、ただ単に前のめりの姿勢になっただけになってしまった。

「私って、これまで社長にごちそうになってばかりで、一度もお返しをしたことがなかったですよね。だから、終わっちゃう前に一度くらいお返しをしようかなって――」

まくし立てる里美の腕を、健吾の掌《てのひら》が掴んだ。

「ちょっと待って。終わっちゃう前って、なんだ？」

「――でも、やっぱりやめたほうがいいかなとか、そもそも社長の口に合うものを作れるのかな、とか。だって、社長はもともと私なんかの手が届く人じゃないんだから――」

健吾の問いには答えないまま、里美はしゃべり続けた。気持ちが焦っているのか、口調が早口になっている。

健吾は、里美の手を膝の上に戻して、手提げ袋からランチボックスを取りだした。

蓋を開けると、卵焼きや唐揚げといったごく普通のおかずと、俵形のおにぎりが並んでいる。これを作るために、里美は今朝は四時半に起きたのだ。

「と……とにかく、いろいろと考えすぎちゃって、頭ごちゃごちゃになって。一度は作るのやめちゃおうと思って、でもやっぱり作ろうってなったんですけど、気がついたら昨日で、もうスーパーとか開いてなくて――」

あまりに普通すぎる自作弁当を目《ま》の当たりにして、里美はなんだか自分が取り返しのつかないミスを犯してしまったような気分になった。もしこれが本当にシリアスな内容を話すための旅行なら、これほど場違いなアイテムはないだろう。しかも、重箱ならまだしも、キャラクターがついたお弁当箱だ。

里美は、顔をさらにうつむかせると、それまで以上に早口でまくし立てた。

「ほ、ほんとごめんなさいっ！　こんなのじゃなくて、ちゃんとしたおいしい駅弁、買ってきます。車内販売も来るだろうし、次の停車駅で買ってきてもいいし。やっぱり、種類がたくさんのなかから選んだほうがいいですよね？　私、駅に着いたらダッシュして行ってくるので――」

「里美――」

健吾の掌《てのひら》が、里美の肩を軽く揺する。顔を上げると、健吾がまっすぐに里美を見つめていた。

「なんで？　俺、これがいいよ」

さっきまでの硬い表情を一変させ、健吾はにっこりと微笑んでいた。

「え……？」

里美が見つめるなか、健吾は唐揚げを指で摘《つま》み、ぱくりと口に入れた。

「うん、うまい！」

「ほ……ほんとですか？」

「ほんと。里美も、ほら——」

健吾は、新たに唐揚げをひとつ摘《つま》むと、里美の口元に近づけた。素直に口を開けて唐揚げをほおばると、思いのほか大きくて、咀嚼《そしゃく》するのに苦労してしまう。

「あのさ、里美——」

「ふ……ふぁいっ！」

もごもごと唐揚げを噛みながら、里美は健吾に顔を向けた。目が合った途端、なぜか視界がぼやける。気がつけば、知らないうちに里美の目には大粒の涙が浮かんでいた。

「ど、どうした？　なんで泣いてるんだ？」

思いがけない事態に、健吾はおろか里美まであわてふためく。

「ふぁ……ふぁかひあ——」

わかりません——と言おうとしたが、聞き取り不可能な声になってしまった。

「なんだって？」

「……あふぁひ——むぐっ……」

健吾が背中をさすってくれる。

「ほら、お茶」

健吾が手提げ袋からペットボトルを取り出し、蓋を開けて里美に手渡した。

健吾は、ランチボックスをテーブルの上に置くと、里美の身体を腕のなかにゆったりと包み込んだ。

そして、黙って頭を撫でてくれる。幸い、車両のなかには人影もまばらで、さほど人目につくことはない。

口を動かす間も、涙が溢《あふ》れてくる。なんとか唐揚げを呑み込んだ瞬間、健吾に顎《あご》をすくわれて唇を重ねられた。

「……ん……ん――。っぅ……」

唐揚げ風味のキスをしながら、里美は涙を流し続ける。健吾が唇を離した。

（社長、優しい……）

もしかして、これが最後だから？

そんな考えがよぎった。

これが健吾からの最後の思いやりなら、心して受け止めなければ――。里美は唇を噛んで涙をこらえ、健吾を見る。見つめ返してくる彼の表情から、里美は自分の予想が当たっているであろうことを悟った。

「あの……大事な話、あるんですよね？」

本当は、聞きたくない。きっと、旅先に着いてからするつもりだったのだろう。けれどこうなった以上、早く話を聞いてけじめをつけなくては――。そう思ったのだ。

「あぁ。そのことだけど——。実は、撮影が終わった後の食事会で、首藤さんから里美を自分の付き人にしたい。本人もそれを望んでるから、できるだけ速《すみ》やかに退職させてほしいって言われたんだ」

「え……、えっ？」

あまりに予想外のことを言われ、しばらく内容が理解できなかった。

なんとか落ち着こうと努力し、ようやく里美の頭に、首藤と交わした会話が思い浮かぶ。

あのとき、首藤は里美に「また君と仕事がしたい」と言った。それに対して、里美は「是非また一緒にお仕事をさせてください」と答えて——

「違います……！　私は、そんなこと望んでいません！」

里美は必死になって、首藤と自分が交わした会話の一部始終を話した。

「——首藤さんに言ったのは、社交辞令ではないです。でも、それはあくまでも『ブラン・ヴェリテ』の社員として、です」

「じゃあ、里美が首藤さんの付き人になりたがってるっていうのは……」

「首藤さんの思い違いです。すみません……、今思えば、私の言い方がいけなかったんですね。てっきり、会社として、と思ったので……」

そういえば、社長には折をみて連絡を入れると言われていた。

「すみません、私が首藤さんに誤解されるような言い方をしてしまいました。——私……ずっと社長のそばにいたいです！　社長と離れたくありません。絶対に嫌です——」

里美は、無意識のうちに健吾の胸に顔をこすりつけていた。そして、健吾の顔を見上げる。

「好きなんです……社長のこと。私、自分でも気づかないうちに、社長のこと好きになってました。でも、それが恋だってわからなくて、戸惑って自分の気持ちに嘘をついて……。でも、ずっと本気でした。そうじゃなきゃ……あんなこと……絶対に、できません……」

里美の顔が、みるみる真っ赤になる。それを見た健吾が、嬉しそうに顔を綻《ほころ》ばせた。

「里美、それ、本気か？　嘘じゃないな？」

「はい――」

里美は、自分から身を乗りだして健吾の首に腕を回した。

「嘘じゃないです。私、社長のことが好きです。好きなものは好き――大好きなんです」

「俺もだよ、里美」

健吾は里美の額《ひたい》に唇を押し当て、くりかえしそこにキスをした。

持参したお弁当をふたりして残らず平らげたあと、健吾が隠し持っていたものを取りだした。

それは、いつか里美が自分のことをたとえるのに使った、丸くて白い塩豆だ。

「里美に教わって試しに買って食べてから、すっかりハマっちゃったよ。おいしいよな、これ。そういえば、コットンボールも丸くて白いな」

そんな他愛無い会話が嬉しかった。最初はばらばらだったパズルのピースが、ひとつずつぴっちりとはまっていく感じだ。

「――でも、すみません。首藤さん、きっと気を悪くされますよね」

「いや、たぶん大丈夫だと思う。――実は、もう里美の引き抜きの件は、話を聞いた時点できっぱりと断ったんだ。総務の優秀な社員を手放すわけにはいかないって。そしたら、言われたよ。その顔は、上司の顔じゃない、男の顔だ、って。で、了解してくれたよ。さすがに男女の仲を引き裂くようなことはできないって」

首藤とは、その後握手して、今後の良好な関係を約束し合ったという。

「よかった――」

里美は心底ほっとして、肩に入っていた力を抜いた。

「俺も、ほっとしたよ」

きっぱり断ったとはいえ、健吾も里美にきちんと確認するまでは、不安だったのだ。

「早く旅館に着いて、里美と思いっきりいやらしいことしたい」

健吾に耳元で囁《ささや》かれ、里美は顔中を真っ赤に染めながらも、こくりと頷いた。

健吾が予約した旅館は、有名温泉地に建つ老舗《しにせ》旅館だった。創業から百五十年以上経つ数寄屋造《すきやづく》りの建物のなかには、美術館さながらの価値ある調度品が置かれている。

「桜井様、お待ちしておりました」

上品で凛《りん》とした女将《おかみ》に案内され、敷地の奥にある特別室に入った。二間続きの部屋は十分すぎるほどの広さがあり、窓の外には、檜《ひのき》の露天風呂と、完全にプライベートな庭が設《しつら》えてあった。

「ここは、俺の曾祖父《そうそふ》の代からの定宿《じょうやど》なんだ」

健吾によると、桜井家の男子は、代々この宿には本気で惚れた女性しか連れてこないという。

「もうわかってると思うけど、俺がここに連れてきた女性は、里美が初めてだよ」

ふたりきりになると、健吾は早々に里美を抱き寄せ、唇を重ねてくる。奥の部屋にはすでに二組の布団がくっついた状態で敷かれており、里美はあっという間にそこに組み敷かれた。

「ここに里美を連れてくることができて嬉しいよ。——ってことで、さっき言ったとおりのことをさせてもらおうか」

健吾は、里美の服を脱がせると同時に、自身の着ている服も次々と畳の上に脱ぎ散らかしていった。上質な上掛けを取り払い、真っ白なシーツの上に里美の身体を横たえる。

「そんなにじろじろ見ないでくださいっ……！」

部屋のなかには、外からの陽光が降り注いでいる。ただでさえ恥ずかしいのに、こんな明るい場所でまじまじと見られてはたまらない。

里美は、横になったままじわじわと場所を移動させ、すこしずつ健吾から遠ざかろうと試《こころ》みた。

だけど、あっさり健吾に戻されてしまう。

「やんっ……！　い、いけませんよ、こ、こ、こんな由緒ある旅館で——、ぁんっ！」

「くくっ、なに言ってんの。そんなの関係ないだろ？　それに、今さら止められるわけない。わかってるくせに……。それとも、俺のこと焦《じ》らそうとしているの？」

「ま、まさか、焦《じ》らそうだな——、あ、あんっ！」

裸の胸にキスを浴びせられ、ピンと硬くなるまで執拗《しつよう》に胸の先を舌で転がされる。その唇が徐々に下腹のほうへ下りていき、逃げ出そうとする腰を押さえつけられた。

あわてて上体を起こすも、一瞬早く健吾の舌先が里美の秘裂を割る。舌で捏《こ》ね回される花芽が熱く尖《とが》るのを感じた。淫《みだ》らすぎる目の前の光景に、腰が砕ける。

「は……、ぁ……っ、もうっ、そんなふうにしちゃ、あ、んっ！」

自分の身体なのに、もうすでに思うように動けなくなっている。

「そんなふうって、どんなふうのことだ？　言葉で言ってくれないとわからないんだけど」

キスの音を腰の辺りで甘く響かせながら、健吾はなおも里美に扇情的な言葉を投げかけ続ける。

「む……むね……に……、キス……したりとか……っ……」

「胸にキス？　たとえば、こんなふうに？」

彼の唇が、胸の上に戻ってくる。そして、ぱくりと胸の先を口に含んだかと思うと、舌を使って先端を捏《こ》ね回した。

「やっ、ぁあ……んっ、ん……っ、はぁんっ！」

背中が自然と持ち上がる。キスをもらい損ねたほうの胸は、健吾の指先でころころと転がされていた。

「今の声、すごくいやらしい。男を誘っているとしか思えないな——」

再度下へと唇を下ろしながら、健吾は里美の太ももを掌《てのひら》で撫でさすった。

「それに、この肌。すごくきめが細かいし、舐めると甘い味がする」

「嘘っ……、私、甘くなんか……。そんなわけない、のに……、ぁっ！」

健吾の尖《とが》らせた舌が、里美の柔毛のなかにわけ入る。そこを丁寧に舐め上げると、健吾はふいに顔を上向けて里美を見た。

「里美、俺のこと見えてる？」

「ふ……、ぁ、は、はい、見えてます――」

ややもすれば、気持ちよすぎてすぐに目が閉じてしまう。それでも、こうして一緒にいられることが嬉しいから、できる限り健吾のことを見ていたいと思った。

「うん、じゃあ、これからもっといやらしいことをするから、よく見ておいて」

健吾はそう言うと、自分の唇を舌先で舐めた。

「ひっ……」

思わず声がでてしまうほどセクシーなしぐさに、一気に息が上がる。彼の舌先が、恥丘の向こうに消えた。その途端、凄まじい愉悦《ゆえつ》に襲われ、里美は肘《ひじ》を立てて叫んでいた。

「里美の、ここ、もうすっかり俺のものだな――」

脚の間に、びりびりとした電気の種が宿る。それはみるみる辺りに広がっていく。健吾に言われたから、一生懸命見ているのに、視界が熱くぼやけていったい自分がなにをされているのかわからない。

「里美、ちゃんと見ないと――」

語尾が途切れると同時に、健吾の唇が花芽の上を滑《すべ》った。

「っぃ……あ、あ、いやぁ、そ……こ、だめっ。力、入らなくなっちゃう……」

そう言っている先から、立てていた肘《ひじ》がシーツの上に崩れる。できるだけ閉じようとしていた膝から、がっくりと力が抜けた。健吾が里美の腰を勢いよく引き寄せる。

「だめって言われても、残念ながら聞いてあげられない。里美を、もっともっと俺のものにするから。今夜は寝かせない――」

健吾は、これ見よがしににんまりと微笑むと、里美の秘裂に舌をあてがった。それを、徐々になかへとわけ入らせ、しっとりと濡れた蜜窟の上をくすぐる。

「い、じ……わ――、ぁっ、あっ……、くっ」

里美の目の前に、とんでもなく淫《みだ》らな光景が広がっている。

「意地悪、って言おうとしたか？　だって、しょうがないだろ？　好きな子にはつい意地悪してしまうっていう男の心理、里美にもわからせてあげなきゃいけないだろうし――」

「なん……っ、あ、あああんっ！」

好きな子――

けれど、健吾の口にする言葉が、いちいち嬉しくて仕方がなかった。こんな意地悪なら、いくらでもされていい――

さっきまで頭の隅にいた羞恥心《しゅうちしん》が、どこかへ消し飛んでしまった。

「は……ぁ、しゃちょ……、わたし、も……変になりそう、です」

やっとの思いでそう呟くと、里美は今まで意識して抑えていた声を解放した。

「そんなこと、されると……、きもち……よくて、頭おかしくなっちゃいますっ」

「ほんとに？」

首を傾《かし》げる健吾は、そうしながらも秘裂を愛撫することをやめない。

「ほ……っ、ほんとです。今だって、頭……ぼおっとしてるし、身体ががくがくして止まらないし――」

「そうか。じゃあ、もっとおかしくさせてやろうか」

硬く尖《とが》らせた健吾の舌が、里美のなかにもぐりこんだ。ほんの少しの長さなのに、蜜窟が燃えるように熱くなる。内側から込み上げるような熱の塊《かたまり》を感じた。

「い、ぁ、んっ、社長……、しゃちょ、あ……っ、あ、あぁっ！」

気がつけば、いつの間にか大きく脚を開いて快楽を享受していた。

「なに？　言いたいことがあるなら、言ってみたらいい」

里美の唇が物言いたげにしているのがわかったのか、健吾が低い声でそう呟いた。その声にさらに気持ちを揺さぶられて、里美はほんの少し唇を尖《とが》らせて健吾を見る。

「お、お願いです……。もう、い、入れてほし――」

言い終わらないうちに、健吾のキスに唇を奪われた。のしかかってきた身体が、里美の全身を圧迫する。小さな袋が、畳の上に落ちた。そして、気がついたときにはもう、健吾の切っ先が蜜窟の入り口を押し広げようとしている。

「里美、もう一度言ってくれ。俺に、どうしてほしいって？」

健吾の熱い吐息を、唇のすぐ上に感じた。

「お願い……、入れて」

あまりにもそうしてほしくて、声が震えているのがわかる。

「そんなこと言うの、俺だけにしとけ——絶対だぞ」

「ひ、あああっ……！　あ、あああぁっ！」

一気に入り込んできた彼のものが、里美の蜜路を押し広げる。ぴったりと添う内壁をかき、それは、暴《あば》くことができる最奥にまで達した。身体をすっぽりと腕に抱き込まれて、逃げ場がない状態で抱かれている。

「も……っとっ……」

——私ったら、いったいなにを言っているの？

一瞬羞恥心《しゅうちしん》が戻ってきそうになったが、激しく突き上げられることの悦楽《えつらく》の前には、そんなものもすぐに消え去ってしまった。

「俺も、もっとこうしたい。里美、さとみ——」

甘く響く健吾の声が、里美の脳味噌《のうみそ》はおろか、爪の先までとろかせている。

あまりの激しさに、我にもなく感じ、乱れてしまう。身体の奥がぎゅっと窄《すぼ》んで、まるでそこが捩《よじ》れるように、ジンと熱くなる。

「あんっ！　あ、あぁ——」

びりびりとした稲妻が全身を打ち、熱い蜜の塊《かたまり》が身体の奥で増幅する。途中、腰の動きが止まるたびに、健吾が辛そうな表情を浮かべた。その顔にまた心奪われ、蜜窟がきゅっと収縮する。

「くっ――、里美、でるって」

「で……る……？」

うっとりと目を閉じ、身体のなかの健吾に意識を集中する。

「わからないか？　そんなにきつく締めつけられたら、イってしまうってことだ」

「きゃ……っ！」

仰向けになっていた身体が、いきなり反転した。うつ伏せになった背中に、健吾のキスが降り注ぐ。

「な……なんで――、どうしてこんな格好をするんですか？」

これまで、向き合ったままでしか愛し合ったことがなかった。顔が見えないと、いったいなにをするつもりなのかもわからない。里美は急に不安になって、どうにか体勢を元通りにしようともがいた。

「ひ、ぁっ……！」

膝を立て、起き上がろうとしたところを、背後から羽交い締めにされる。腰を強く引かれ、猫のような格好になった。

「やっ、こんなのっ……、ん……、んっ？　ぁ――」

健吾は、右手で里美の胸を弄《いじ》りながら、身体をぴったりと背中に添わせてくる。

「社長、なにを……んっ、ん……」

伸びてきた手で顔を横向きにされ、背後から唇を奪われる。無理な体勢でのキスに、なぜだかそれだけで身体の奥が熱く疼《うず》く。指先で捏《こ》ねられる胸の先が、ちりちりとした熱を帯び始めた。

「なにをって、これまで正面からしか里美を抱いてなかったから。後ろから突かれるのも、たぶん里美は気に入ると思って」

「気に入るって――、きゃっ、ぁ、あ、あああんっ！」

健吾が背後から、一気に里美を突き上げた。ずきりと響くような挿入感に、脳がびりびりと痺《しび》れる。身体が傾くまま、前に両手をついた。腰を持たれた状態で後ろから入れられている体勢は、ひどく淫《みだ》らだ。

「嫌っ、恥ずかしいっ……、こんなの、だめ――っ、あ、あんっ、あ、あ！」

淫《みだ》らすぎる。これほど動物的な繋《つな》がり方をするなんて、考えたこともなかったのに――

「恥ずかしいか？　俺はぜんぜん恥ずかしくないんだけどな。里美に見られないままいろいろといやらしいことができるから、むしろすごくいい感じだ」

動きはゆっくりなのに、ものすごく感じる――。いつもとは逆方向になかをかかれ、あられもなく感じている。

まるで、動物のメスみたいだ。

健吾に深く浅く、リズミカルに暴《あば》かれ、いつの間にか里美は肩までシーツにつけて、腰だけを物ほしそうに突き出していた。

「里美、ものすごく淫《みだ》らでセクシーだ。こんなにいやらしい格好をして、俺のほうがどうにかなりそうなんだけど」

健吾が、わざとのように冷静な声で里美に尋ねかける。

「私じゃなくて、社長が淫《みだ》らだったりいやらしかったりするからでしょっ……！　こ、こんな格好させるとか――。わ、わたし……」

この体勢では、健吾の言うとおり、彼のやりたい放題にされてしまう。里美は、身体を貫《つらぬ》かれたまま、どうにか逃げ出そうと腰を左右に振った。

「はぁ、んっ！」

途端に自身の口からでた悩ましげな声に、すぐにそれが逆効果だったことを悟る。

（すごく、いい）

こっそりそんなことを思う自分に気づいて、いっそう身体が燃え上がった。

「たまんないな、今の。俺のこと淫《みだ》らだのなんだのって言うけど、里美のほうがよっぽどだ」

健吾の腕にきつく抱き寄せられ、膝が浮き上がった。不安定な体勢が、かえって予想外の愉悦《ゆえつ》をうむ。

「や……っ！　あ、んっ！　やんっ、だ……だめぇっ……！」

背骨の内側を愛撫されているような感覚に陥《おちい》り、腰を高く突き上げて絶叫する。

「里美、そうくる？」

双臀《そうでん》をきつく掴まれ、卑猥《ひわい》な手つきで捏《こ》ね回されるのを感じた。

これ以上の辱《はずかし》めがあるだろうか？　一番隠しておかなければならない部分が、健吾の目の前に晒されている。けれど、不思議と吐く息に艶《つや》めいた声がまじってしまう。

「見ないで……。目、閉じててくださいっ」

「嫌だ、と言ったらどうする？」

後ろから伸びてきた手が、里美の顎《あご》を掴んだ。引き寄せられて素直に振り向くと、あからさまに見つめてくる健吾と目が合う。

「うん……っ、もうっ、見ないでって、言ってるのにっ……。ぁ、っ」

目を合わせながら腰を振られ、顔を真っ赤に火照《ほて》らせて喘《あえ》いだ。無理な体勢に耐え切れず、また前を向いて四つん這いになる。

背後からの突き上げに、里美は思いのほか夢中になってしまった。極めて動物的な欲求が、丸裸にされた羞恥心《しゅうちしん》を、さらにかき立てている。

「好きじゃない？　こういうの――」

里美を後ろから貫《つらぬ》く合間に、健吾は里美の乳房や花芽を好きなように嬲《なぶ》り続ける。

「し、知りませんっ！」

「本当に？」

健吾はなおも意地悪く、里美の身体を弄《もてあそ》ぶ。里美は、そんなふうにされることに、言いようのない高揚感を抱いていた。

「里美って、ちょっとMだよな。自分でもそう思わない？　俺のちょっとしたSっ気と、ちょうどいい具合にぴったりくる」

「なっ、私、Mなんかじゃ――、きゃ、あああんっ！」

言っている途中にくるりと身体が反転して、健吾に正面から抱きかかえられた。突然なかを捩《ねじ》られ、強い視線で見下ろされる。

「……しゃちょ、う……、好き」

そう呟くと同時に、唇にキスをされ、腰を激しく揺すぶられた。

「俺も好きだ、里美。里美……」

唇を合わせ、いろいろなリズムでお互いのなかをたっぷりと堪能《たんのう》する。もう身体のどこもかしこも、とろけていた。

「も、Mでもなんでもいい……っ。私、降参します。こんなに気持ちよくって、もう、どうしたらいいか、わからないです――」

思いのたけを告げると、里美は目を閉じて健吾にしがみついた。

もうこれ以上、ほんの少しの刺激も耐えられない――

里美の蜜窟が、健吾の屹立《きつりつ》を抱きしめて痙攣《けいれん》した。

里美のなかで、健吾のものが力強く脈動する。

「あああっ……！　あっ！」

ふいに重くなった彼の身体が、里美の上に心地よくのしかかってきた。

お互いの心音と呼吸をする気配が、ひとつにまじり合って甘い倦怠感《けんたいかん》をもたらしている。しばらく黙ったまま抱き合った後、なぜだか急におかしくなり、ふたり一緒に噴きだしてしまう。

ひとしきり笑い、里美は健吾に正面から抱きこまれた。

「笑ったな」

「社長こそ」

「うん。だって、びっくりするほど気持ちよくて、まるで余裕がなかったから。こんなふうになったのは、初めてだよ。――里美は、なんで笑った？」

「私は、ただ嬉しくって……。自然に笑っちゃってました。なんていうか……幸せだな、って」

言いながらものすごく恥ずかしくなってしまい、うつむいて頬の火照《ほて》りを隠した。

（あんなことしておきながら、今さら恥ずかしいとか――）

そんなことを思ったけれど、戻ってきた羞恥心《しゅうちしん》は拭い去れるものではない。

里美は、健吾の胸に頬ずりをした。

「私、社長のことが好きです。どうしてこんなふうに好きになっちゃったのか、いったいいつこうなったのかわからないけど、どうしようもなく好きなんです。ほんと……もう、自分でもどうしていいかわからないくらいに。たぶん、この歳にして、やっと――初恋を経験してるんだと思います」

里美が顔を上げると、健吾は里美を見つめたまま、珍しく頬をほんのりと赤く染めていた。

「あ、社長、顔が赤いですよ。……もしかして、照れてますか？」

言いながら、里美自身も頬が熱くなるのを感じる。健吾の目を見つめ返すうち、嬉しさが込み上げてきた。

「これって、両想いだと思ってもいいですか？　私、失恋、してませんよね？」

いろいろな感情が一気に胸に押し寄せてきて、思わず泣きそうになってしまう。

「大丈夫だ。里美の初恋は、成就してる。——どうした、嬉し泣きか？」

「はい——」

健吾の胸に抱かれて、里美は一粒だけ涙を流した。

正直、まだいろいろと不安はある。それでも、健吾に対する気持ちだけは、もう間違いのないものだとわかっていた。

総務部の丸山さん、大ピンチを迎える⁉

「ふんふ、ふんふ、ふんふふ～ん」

テレビから聞こえてくる軽快な音楽に合わせて、里美は軒下《のきした》で洗濯物を広げた。たまたまアパート前の掃き掃除をしていた大家さんと目が合う。

「あら～誰かと思ったら、丸山さんだったのねぇ。ふふっ、超イケメンの彼氏ができて、この世の春って感じなんでしょ～」

「あ、大家さん。こんにちは！　すみません、変な鼻歌聞かせちゃって……」

「あら、ぜんぜん構わないわよ。いいわねぇ、丸山さん。幸せな恋の真っただなかって感じで。そうよそうよ、人生楽しく生きなくっちゃ。ねぇ？　もちろん、結婚するんでしょ？　いつするの？　ご両親にはもう紹介ずみ？」

「けっ、けっこんって――。いえ、まだそんな話、ぜんぜんでてませんよ」

里美はバタバタと両手を振り、持っていた洗濯物をくしゃくしゃにしてしまう。

「そうなの？　でも、するなら早いほうがいいわよ。あれだけのイケメンだもの。とっとと自分のものにしないと、とんびに油揚げをさらわれちゃうわよ～」

「えっ、は……はいっ、気をつけます！　さらわれたら、ほんと困りますから――」

洗濯物を干し終え、里美は部屋のテーブルの前にへたり込んだ。

（結婚……。私と社長が、結婚……？）

付き合い始めてから、今月で五か月になる。けれど、常に多忙な健吾だから、そうそう一緒にすごせるわけではない。順調に付き合いは続いていると里美は思っているけれど、なにせ生まれて初めてできた彼氏だから、この状況が普通なのかどうか、判断できない。

しかも、相手は信じられないくらいイケメンでハイスペックな男なのだ。

（そりゃあ、一応はちゃんとした恋人同士だけど――）

お互いの気持ちは、はっきりと伝え合った。ふたりは、間違いなく付き合っている。だけど、そのことは、里美の希望でいまだ公《おおやけ》にしていない。

唯一ふたりの関係を知っているのは「レーヴ・ブラン」の撮影を担当したカメラマン、池内だけだ。彼は健吾の親友であり、健吾がロンドン支社長時代からの付き合いだという。

池内にふたりのことを知られたのは「レーヴ・ブラン」撮影後、たまたまデートしていたところを見られたのがきっかけだ。街中でばったり会った池内を前に、里美は思いっきり狼狽《ろうばい》した。一方健吾はまるで気にする様子もなく、付き合っていることをあっさり認めた。

「別に後ろめたいことをしているわけじゃなし、全社的に知られても、俺はぜんぜんかまわないよ」

（社長はああ言ってくれるけど、どう考えても無理でしょ――）

もちろん、健吾の言うとおり、ふたりが恋人同士であることになんら後ろめたいところなどない。里美にすれば、むしろ胸をはって発表してもいいくらいの快挙だ。

しかし、もしふたりの関係が公《おおやけ》になれば、今まで〝幽霊さん〟だった里美は、一躍時の人になるだろう。社内には、健吾の彼女になりたいと願う女性社員がたくさんいる。あからさまに健吾に好意を示したり、彼の妻の座を狙っていると公言してはばからない人だっているのだ。もし仮に里美のことが会社にばれたら、きっとただではすまない。良きにつけ悪しきにつけ、里美を見る周りの目は劇的に変化するだろう。

「やっぱり、無理っ！　絶対言えやしないって……。ね、サボ子もそう思うでしょ？」

里美は、ぶるりと身体を震わせ、「サボ子」に向かって話しかける。

「せめて、もうしばらくは……ねぇ？」

いつか、堂々と恋人宣言ができる日まで――。果たして、そんな日が来ることはあるのだろうか。

「ほら『た～っぷりミルク入りカフェオレ』」

運転席に戻ってきた健吾が、自販機で買った飲み物を手渡してくれる。

「ありがとう――」

語尾に「ございます」をつけそうになるのを、どうにかこらえた。

会社では社長と平社員でも、プライベートでは恋人同士――恋人として会っているときは、できるだけ敬語はナシにしようと話し合った。だけど、それが結構難しくて、全体の八十パーセントくらいは敬語のままだ。

それでも「社長」ではなく「健吾さん」と呼ぶのには、ずいぶんなれた気がしている。

「里美はお子ちゃまだなぁ。俺、コーヒーは砂糖なしだぞ」

健吾が、やや自慢げに言って、にやりと笑う。その笑顔が、実にSっぽい。

里美は、思わず健吾から目をそらした。そのまま彼の顔を見続けていたら、絶対に顔がにやけてしまう。

「わ、私だって最初はブラックで飲んでました。でも、飲みすぎると胃が痛くなっちゃうし、ミルクや砂糖を入れたほうがおいしいし、飲みやすいし——。それに、これはミルクたっぷりだけど、微糖ですよ」

十月最初の日曜日、午後六時半。ドライブデートをした帰り、里美のアパートの近くで車を停めて話している。デートとはいえ、一緒にいられたのはほんの数時間だった。健吾はこれから、仕事がらみの食事会に行く予定だ。

「ふぅん。どれ——」

里美の飲みかけの缶コーヒーを奪い、健吾がひと口飲む。

「やっぱり俺には甘すぎる。マイルドでふわっとした感じなら、里美とのキスのほうが断然いい——」

「んっ……ん……」

里美の唇を、健吾のキスが塞いだ。助手席のシートが、少しずつ後ろに倒れていく。かたん、と小さな音がして、健吾の手から缶コーヒーが離れた。

「あんっ……！」

健吾の手が、里美のカットソーのなかに入ってくる。ついさっきまで持っていた缶の熱がまだ指先に残っていて、とても温かい。

「健吾さ……、っく……ぅ」

胸元を隠すレースがひき下ろされ、控えめすぎる膨らみが、健吾の手のなかにすっぽりと包み込まれた。

「ちょっ、ひぁっ……。健吾さんってばっ、こんなとこで、だめ、あんっ」

車の窓はプライバシーガラスになっているので、さほど外から見えることはない。そもそも、停めている場所が人通りのないところだから、覗き込まれる心配はないはずだけれど――

「だって、もう二週間も里美の肌に触れてないんだぞ。ちょっとだけ、いいだろ……？」

そう言う健吾の息遣いは、あきらかに荒くなっている。

「ん、ん、……あっ、こっ……声、でちゃ――」

そう言った途端、キスでぴったりと唇を塞がれた。健吾の指が、クニクニと胸の先を捻る。逞《たくま》しい上体が、里美の上に覆いかぶさってきた。

「ちょっとなら、声だしていいよ――」

健吾は低い声で囁《ささや》き、また唇を重ねる。

「ん……、んっ、はぁ……っ、あんっ！」

言われるまでもなく、つい声がでてしまった。健吾は時折、こんなふうに突然官能的な態度をとる。そんなときの彼は、里美なんか到底太刀打ちできないほどセクシーだ。

「気持ちいい？　ほんと胸を弄《いじ》られるの、好きだな」

ふっと魅惑的に微笑まれて、ついうっかり頷いてしまった。

「くくっ。里美のそんなとこ、大好きだよ」

つま先がムズムズする。それがどんどん太ももの内側を上ってきて、とうとう脚の間に到達してしまった。優しくてリズミカルな指の動きに、甘い吐息が零れる。

（こんなの、本当にあるんだ——）

車のなかで、こんなことをするなんて——。頭の隅でそんなことを思いながらも、身体は健吾の指先がくれる刺激にとろけそうになっている。

「里美と、いろんな場所でエッチなこと、したいな。里美とセックスしたい。俺たち、車のなかでって、まだやったことないだろ？　そういった意味でも、今やるってどうかな」

「そ、そういった意味って、どういう——。だ……だめですっ。だって、ここ、街中ですよ？　いくら人通りがないからって、いくらなんでもそれは——」

ちょうどその時、車のヘッドボードに置いた健吾のスマートフォンが光った。それは、彼のプライベート用端末のほうで、番号を知っているのはごく一部の親しい友だちや家族だけだ。

「スマホ、光ってます……」

弄《いじ》られてすっかり敏感になった胸の先から、健吾の指が離れた。顔を見ると、眉間に深い皺《しわ》が寄っている。しかしながら、こうもピカピカと光られては、出ないわけにはいかなかった。

「——ったく、誰だよ」

明らかに不機嫌そうな健吾の声。けれど、スマートフォンの画面を見るなり、健吾の顔に驚いたような表情が浮かんだ。画面をタップし、右耳にあてがう。

「もしもし——」

健吾の声が、狭い車のなかに響く。

「あぁ、ずいぶん久しぶりだな——元気?」

周りが静かだから、相手側の声も少しだけ聞き取ることができた。どうやら、電話をかけてきたのは女性みたいだ。はつらつとした声に続いて、軽い笑い声が聞こえてくる。

「へぇ、葵《あおい》が? そりゃすごいな」

(葵……。葵さんって、今話してる人の名前かな……)

プライベートな番号を知っている女友だち? もしかして、親戚の誰か? 短い間に、いろいろな考えが頭を駆け巡る。

「俺? 俺は相変わらず忙しくしてるよ。え、今? 今は彼女とデート中。——ははっ、あたり。せっかくいいムードになったところだったのに——」

健吾がちらりと里美を見る。軽く微笑まれ、微笑み返す。

(ふふっ……。彼女とデート中、だって)

健吾がそう言ってくれたことに、ちょっとした安心感を持つ。

――いや、かなりほっとしたかも。彼のプライベート番号を知っているということは、その人と健吾はずいぶんと親しい間柄のはずだ。

気がつけば、やたらと鼓動が速くなっていた。これは、さっき健吾とイチャついたせいもある。だけど、通話が始まってからというもの、動悸《どうき》は治まるどころか、いっそう激しくなっているみたいだ。

「――うん、池内によろしく――って、俺もついこの間、一緒に仕事したばかりだけどな。それじゃ、また」

通話していたのは、ほんの五分ほどだ。その間、健吾はほとんど聞き役に回っており、たまに相《あい》槌《づち》を打つのみ。それでも、決して気まずそうな雰囲気ではなかった。

「今の、東郷《とうごう》葵だ。知ってるか？」

「東郷葵――って、もしかして、モデルの東郷葵？」

「うん、そうだ。彼女、今度『ＴＯＫＹＯラ・ヴィ』のイメージモデルをするらしい」

株式会社「ＴＯＫＹＯラ・ヴィ」は、ファッションビルを展開する企業である。同社のビルは、国内主要都市の駅近くに建ち、壁の上部に大型の看板がついているのが特徴だ。

「近々、撮影のために帰国するらしい。その担当カメラマンが、池内だって」

「へえ、池内さん、ほんと引っ張りだこだなぁ」

以前健吾から聞いた話によれば、池内と知り合ったのは、ロンドンの地元民が集《つど》う老舗《しにせ》のパブ。ふたりは知り合うなり意気投合し、すぐに親しくなったそうだ。当時はまだ修行中の身だった池内とは、お互いによき相談相手で、愚痴《ぐち》が言える仲間だったという。

「実は、葵も俺がロンドンにいるときに知り合った仲間なんだ。俺よりも先に池内が仕事関係で知り合いになってね。当時は、彼女もまだ駆け出しのモデルだった」

「そうなんだ。すごいなぁ……。今や、その三人ともがそれぞれの世界で成功を収めてるって――」

里美は、思わず感嘆のため息を漏らす。

東郷葵は、今や世界に通用する日本人モデルだ。パリやミラノのコレクションでも活躍し、名だたる世界のスーパーモデルと肩を並べている。

「そんな人ともお友だちなんですねぇ。当時から綺麗だったんだろうなぁ……。『ＴＯＫＹＯラ・ヴィ』のイメージモデルってことは、これからコマーシャルや雑誌広告でもしょっちゅう見るようになるってことですよね」

「そうだな。それと、俺は里美に隠しごとをしたくないから言うんだけど――」

健吾の顔に、真面目な表情が浮かぶ。

「はい？」

「俺と葵は、ロンドン時代、ちょっとの間だけ付き合っていた。くっついたり離れたりしながら、だったけどね。だけど、もう何年も前のことだし、きちんと別れて今は普通に友だち同士に戻ってる」

里美の全身に、今まで感じたことのないような衝撃が走った。なにか、言葉では表しがたい感情がわき起こり、なぜか瞬《まばた》きの回数がやたらと多くなる。

「当然、これについては池内も知ってる。今の電話は、友だちとして帰国を知らせる挨拶《あいさつ》と、帰ったら三人で一度会えないかっていう誘いの電話だった」

里美は頷き、なんとか口元を綻《ほころ》ばせようとした。けれど、どうやらそれは上手くいかなかったらしい。

「なんて顔してるんだ？　……無理もないか。元カノって聞いて、気分いいわけないよな」

健吾の右手が、里美の頬をそっと包み込んだ。そして、そのまま左腕で里美の身体を抱き寄せ、唇を重ねてくる。

「だけど、大丈夫だから。そんな複雑な顔しなくていいよ――」

小刻みに重なってくる唇が、すごく優しい。

「……私、そんなに複雑な顔、してますか？」

「うん、してる。どんな顔したらいいのかわからない、って顔」

確かに。こんなとき、どういう表情を浮かべるのが正解なのだろう。

知らないうちに、首を傾《かし》げていたようだ。健吾が、心配そうに眉尻を下げる。

「会うときはちゃんと里美に言うし、もし里美がいいなら、一緒に行きたいと思ってるよ」

「いえっ、そんな、せっかく三人で会うのに、お邪魔なんかしちゃ悪いです」

あわてて首を左右に振る。

「そうか？　……でも、基本俺は里美優先だからな？　それだけは忘れないで」

もう一度キス。舌の甘さが、胸のなかにあるイガイガとした苦みを溶かしていく。

「――と、もうこんな時間か。里美、玄関まで送っていくよ」

車を発進させ、アパートに近いいつもの駐車場に車を停める。アパートに向けて歩く道すがら、健吾はずっと里美の手を握り、甘い言葉を囁《ささや》き続けてくれた。

「じゃあな。また連絡する」

そう言って帰っていく健吾の背中を、里美はいつもどおり見えなくなるまで見送ってから部屋に入った。

「ふぅ……」

電気をつけ、窓際にいる「サボ子」を手に取る。

「ただいま、サボ子。今日のデートも楽しくて最高だった～。最後にびっくりすることが起きちゃったけど、平気平気。だって、ちゃんと彼女がいるって言ってくれたし、健吾さん、すごく気を使ってくれて、たくさん優しい言葉をかけてくれたんだよ」

そうだ。こんな理想的な彼氏がいるだろうか。おかげで、今はもうずいぶんと冷静な気持ちに戻っている。

「過去は過去。それに、あれだけの人だもんね……。彼女がいたのなんか当たり前だし、むしろいなかったなんてありえないし」

とはいえ、やはり元カノの話は衝撃的だった。以前聞いたパリコレ級のモデルとは、東郷葵のことだったのだ。

「あ、そう言えば前に買った雑誌に特集記事が載ってたっけ――」

テーブルに「サボ子」を置き、本棚から目当ての雑誌を捜しだし、ぱらぱらとページをめくった。

「あった――」

見開きいっぱいに印刷されているのは、真っ赤なイブニングドレスを着た葵その人の姿だ。くっきりとした眉に、切れ長な目。風になびく黒髪に、きめ細やかで色白の肌。どこかエキゾチックな雰囲気を持つ彼女は、次のページではターコイズブルーのアオザイを見事に着こなしていた。

身長とスリーサイズなどのプロフィールも載っている。

「身長一七八センチ。上から八三・六〇・八八。九頭身、か……」

およそ里美とは程遠い容姿。同じ日本人だというのに、どうしてこうも差があるのだろうか。

ページを繰《く》るごとにテーマとなるカラーが変わり、様々な衣装を着た葵が、こちらをまっすぐに見つめてくる。女の里美から見ても、ため息がでるほど美しい人だ。

そんな人と以前付き合っていた健吾が、今は、名もないＯＬである自分と付き合っているとは――

なにも卑屈《ひくつ》になっているわけではない。けれど、葵という元カノの存在を知った今、改めて健吾のハイスペックなイケメンぶりを思い知った気がする。

そんなことがあってしばらく経った十月最後の月曜日。デスクにいた里美のところへ、広報部主任の沢木が近づいてきた。彼女は里美の横に椅子を引っ張ってきて、腰を下ろした。

「ね、丸山さんって、東郷葵と知り合いなの？」

好奇心丸出しの顔で投げられた、思いもかけない質問に、里美は心底面食らう。

「えっ？　いいえ、まったく！　ぜんぜん知り合いなんかじゃないです！」

「だよねぇ。うん、そうだとは思ったんだけど、もしかして――と思っちゃって」

沢木は、広報部長から里美への伝言を頼まれていた。

「もう知ってると思うけど、今度東郷葵が『ＴＯＫＹＯラ・ヴィ』のモデルをやることになったでしょう？」

「はい、あちこちのネットニュースにも上がってるのを見ました」

「そうそう、それでね。その『ＴＯＫＹＯラ・ヴィ』の撮影のときに着る衣装に、『ブラン・ヴェリテ』を使ってくれることになったの！」

「ＴＯＫＹＯラ・ヴィ」の広告は、若者をメインターゲットにしており、発表されるたびにひとつのトレンドを作り上げるほど注目度が高い。それに自社製品が使われることは、願ってもない宣伝効果が得られるのだ。

聞くところによると、もともと撮影に使用する衣装は、葵自身が用意することになっていたらしい。その彼女が、来日間際になって突然「ブラン・ヴェリテ」を着ての撮影を提案してきたのだという。

「それでね、なんと！　その東郷葵本人が、撮影に立ち会う現場担当者に、丸山さん――あなたを指名してきたのよ」

「ええっ!?　わっ、私をっ？」

さすがに予想だにしない展開に、里美は大きく目を見開いて沢木を見る。

「そうなのよ。今の話は『ＴＯＫＹＯラ・ヴィ』サイドからさっき聞かされたばかりなんだけど——」

沢木曰《いわ》く、里美指名のきっかけは、カメラマンの池内らしい。

「池内さんが？」

「彼と東郷葵って、昔からの知り合いなんですって。その関係で、このあいだ『レーヴ・ブラン』の撮影をしたときのあなたの活躍ぶりを、東郷葵に話したらしくて——」

そんな経緯を経て、葵は里美を現場担当者に指名したという。

「理由は、それだけですか？」

「それだけって——なにか他に思い当たることでもあるの？」

「い、いいえ！　なにもありません。もちろん——」

余計なことを言ってしまった。里美は、あわてて作り笑いをして、その場を取りつくろう。

「撮影の日程はもう決まっているんですか？」

「来月の十日と十三日の二日間。その前に一度顔合わせを兼ねてうちの会議室でミーティングがあるの。ミーティングには、社長もいらっしゃるそうよ。これまた驚きなんだけど、東郷葵って、どうやら社長がロンドンにいたころの元カノらしいのよね～。社長って本当にすごいわよね」

「へえ……そうなんですか。すごいですね」

「当時はまだ無名だったらしいけど、あれほどの美男美女でしょ～？　一緒にいると、誰だって振り返って見ちゃうくらい、目立ってたらしいよ」

沢木はぺらぺらとしゃべり続ける。どうやら、葵とのことはすでに一部社員の間では知られていた話らしい。里美の頭のなかに、ふたりが寄り添って歩く姿がぼんやりと思い浮かんだ。

「でも、ほんと驚きだわ。丸山さんって、普段ぜんぜん目立たないのに、ちょこちょこ結構すごいことになっちゃってるよね」

「レーヴ・ブラン」の広告モデルを務めてからというもの、里美の存在は関係した各部署で語り草になっている。

「そういうのを引き寄せる才能があるんじゃない？　〝総務部の幽霊さん〟伝説、またひとつ増えちゃうわね」

ひとしきり話し終えた沢木は、あわただしく自分の部署へと帰っていった。沢木がいなくなり、里美はがっくりとデスクの前で脱力する。

（私が、健吾さんの元カノの現場担当……）

まさかそんなことになるとは、思いもよらなかった――

「でも……うんっ、頑張ろう！」

色々思うところはあっても、担当者に指名されたのなら、やるべきことをやり、最大限努力するのみだ。

里美は、それからすぐに、葵に関する情報をネットから拾い集めた。仕事上でかかわることが決まった以上、首藤のときと同様、相手のことを知っておく必要がある。

その日の帰り、里美は本屋に立ち寄って葵が出している自叙伝を買い求めた。それは、半年ほど前に出版されたもので、彼女の生い立ちからモデルとして成功するまでのことが書かれているらしい。

アパートに帰り、早々に入浴と食事をすませると、ベッドの上に座った。そして、葵の自叙伝を手にする。表紙には、葵の横顔が全面に印刷されている。

「綺麗……。ほんと綺麗な人だよね」

ベッドに寝転がり本を開いたところで、枕元に置いたスマートフォンが着信音を奏《かな》でた。ディスプレイを確認すると、発信人は健吾だ。

急いで飛び起き、受信ボタンを押す。

「はい、もしもし」

『里美、まだ起きてた？』

耳元に響く、優しい声。大勢の人の声が聞こえてくることから、健吾がまだ外にいることがわかる。

「はい、まだ起きてました。健吾さんは？」

『俺は今から電車に乗るとこ。案の定、支社長たちとの食事会が長引いちゃって』

健吾は今、大阪に出張中で、日曜の午前中まで向こうのショップ周りをする予定になっている。

「そうなんですか、遅くまで大変でしたね」

『うん。――それはそうと「ＴＯＫＹＯラ・ヴィ」の件、俺も今朝聞いて驚いたよ』

「はい、私も――」

健吾のところには、直接葵から連絡が入り、その後広報部長からも電話がきたらしい。

「あの……東郷さんは、私たちのこと知らないんですよね？」

『ああ、知らない。一応池内に確認したけど、ちゃんと約束を守って黙ってくれているみたいだ』

池内には、くれぐれもふたりのことは秘密にと頼んである。今回里美が撮影現場の担当になったのは、ただ単に葵が池内の意見を取り入れたからのようだ。

『里美のことだから大丈夫だとは思うけど、あいつ結構気性が激しいから、なにかあったらすぐに俺に言えよ』

「はい、ありがとうございます」

電車がきたタイミングで通話を終え、暗くなったスマートフォンの画面をじっと見つめる。

「あいつ、か……」

ふたりが付き合っていたのは、もうずいぶん前のことだ。けれど「あいつ」という呼び方や、彼女の性格をよく知っている様子から、つい余計なことを考えてしまう。

気持ちを切り替え、改めてベッドの上に寝そべり本を開く。途中何度かキッチンに飲み物を取りに行ったりはしたが、里美は一気に自叙伝を読んでしまった。

「面白かった。すごいなぁ、美しいだけじゃなくて、文才もあるんじゃないかな」

ほっとため息をつくと、里美はテーブルの上にいる「サボ子」に話しかける。

「サボ子、東郷葵さんって、すごいよ……。綺麗なだけで今の地位を築いたんじゃない。すっごく努力して世界のトップにまで上り詰めたんだよ」

葵は、関西地方の小さな田舎《いなか》町に生まれた。小さいころから背が高く、手足が人一倍長かったという。小学校六年生のときには、すでに身長が百七十センチに達しており、背が高いことにずっとコンプレックスを抱いていた。

葵は小学二年生のときに、母親を病気で亡くしている。それから間もなくして父親は再婚するが、新しい母親とどうしてもそりが合わず、葵はほどなくして母方の祖母の家に引き取られることになった。

驚いたことに、そこは里美の実家からさほど遠くない場所だ。

「私より五つ年上だから、葵さんが引っ越してきたときの私は、まだ三歳か……」

小学三年生に進級する前に、葵は祖母がいる町に移り住んだ。転校先でも身長や方言のことでからかわれたりしたらしい。しかし、葵はただ言われるままになっている女の子ではなかった。嫌なことは嫌と言い、理不尽だと思うことには堂々と立ち向かう。

『常に顔を上げて、前を向いて生きなさい』

そう葵に教えたのは、育ての親ともいうべき彼女の祖母、久子《ひさこ》だった。葵は、その後も祖母とともに暮らし、地元中学を卒業後も、自転車で通える距離にある公立高校に進学する。そして、入学してすぐに交換留学という形で渡英し、高校卒業後は本格的に英国に移り住むことを選んだのだ。

「あんなに綺麗な人だから、もっと順風満帆《じゅんぷうまんぱん》な人生を歩んできたのかと思ってた……」

だけど実際の葵は、結構な苦労人だった。

渡英した葵は、その後ヨーロッパ各地を転々としながら、様々な職業に就き、自分の将来を模索《もさく》していたという。そして、ある時期からモデルという職業に就くことを目標に定め、以降それを実現させるべく、日々努力を重ねながらエージェントのドアをたたき続けたのだ。

健吾と葵が、具体的にどこでどう知り合い、どんな時間を過ごしたのかは知らない。けれど、きっと健吾と出会ったときの葵は、夢に向かって努力し続け、きらきらとしたオーラを放っていたのだろう。

葵の自叙伝は、さらりと読めば普通の自分語りかもしれない。しかし、その文章には、ぐんぐん引き込まれるなにかがある。

たとえば、小さいころよく食べていて、もう一度食べたいと願っているお菓子のこと――

葵の祖母は、おやつに、金柑《きんかん》の皮に砂糖をかけたものを買ってきてくれた。それは、今でいうオレンジピールのようなもので、一部をチョコレートでコーティングしてあったという。当時はなんの気なしに食べていたため、今となってはどこの製品なのかもわからない。けれど、思い返すたびに食べたくなる、と書かれていた。

その祖母は、葵が世界的なモデルとして成功した翌年に亡くなっている。

「この金柑《きんかん》の砂糖菓子、ちょっと食べてみたくなっちゃったなぁ。だって、すごくおいしそうじゃない？　『かじると口のなかに甘酸っぱい味が広がる。ざらざらとした砂糖と、柔らかいながらもちゃんと歯ごたえのある皮の食感が楽しい』って――」

里美は、思い立ってネット検索をしてみたが、単語や検索の仕方を変えても、それらしきものはヒットしない。

「食べたいな～。ね、サボ子。……さてと、お腹がすく前にもう寝ようかな」

寝る準備をしてベッドに入る。最初こそ葵に関しては「健吾の元カノ」というイメージばかり膨らんでいたけれど、今はもう違う。自分なら到底できないことをやってのけ、難しい夢を見事実現させた彼女のことを尊敬している。

そんな彼女と、数日後には顔を合わせるのだ。

里美は部屋の明かりを消し、健吾と葵のことを思いながら、眠りについた。


ここ数日、十一月にしては割と暖かい日が続いている。

今朝は、いつもより一時間も早く目が覚めてしまった。起きるなり午後からのミーティングのことを思い、脳味噌《のうみそ》が覚醒《かくせい》する。二日間悩み抜いたあげく、洋服は定番のパンツスーツにした。

いよいよ今日、東郷葵に会う。表向きはなんでもないふうを装《よそお》っているけれど、内面ではちょっとした修羅場《しゅらば》だ。

「よしっ……！」

午後、密かに気合を入れて臨む会議室には、まだ誰もいなかった。里美が給湯室に行き、コーヒーを淹《い》れて戻ると、部屋のなかに背の高い美女がひとり佇《たたず》んでいた。ホワイトボードを背景にするその姿は、そのままグラビアに使えそうなくらい様になっている。

「あっ……あの……」

入り口に突っ立ってまごついていると、背中を向けていた彼女がくるりと振り返った。

「あ、はじめまして。東郷葵です。もしかして、あなたが丸山里美さん？」

微笑みながら大股で近づいてきた葵は、里美が持っているトレイを受け取り、てきぱきとコーヒーをテーブルに並べ始めた。

「わ、わわっ！　すみません。はじめまして、丸山です。あのっ、コーヒー――」

里美があわてている間に、トレイの上は空になってしまった。

「はい、これで終わり。ふたりでやれば早くすむでしょ？　――あ、健吾！　お久しぶり！」

里美に向けられていた葵の視線が、入り口に流れた。それまでの落ち着いた微笑みが、一瞬にして弾けるような笑顔に変わる。

「ああ、ほんと久しぶりだな――」

つられて後ろを振り返ると、そこには広報部長らを従えた健吾が立っていた。各人が部屋に入ってくるなか、葵が健吾に抱きついて、頬に唇を寄せた。

里美の全身から、さっと血の気がなくなる。一瞬にして心が凍り、身体が石のように固まってしまう。

「もう三年ぶりになる？　最後に会ったのは、翔のバースデイパーティだったわよね？」

「そうなるかな。あいつが帰国する直前だったから――。今日はマネージャーはいないのか？」

「ふふっ、ここの洋服を使うって決めたの、結構ギリギリだったでしょ？　だから彼女、今日はちょっと他で調整にあたってくれているの」

ハグが終わり、葵が健吾の頬についた口紅を掌《てのひら》で拭った。それぞれ席に着いた部長たちは、ふたりの密着を微笑ましく眺めている。はっと我にかえり、里美は強ばった顔を無理にほぐして、口元に笑みを浮かべた。

ほどなくして、池内と「TOKYOラ・ヴィ」側のメンバーも到着して、出席者全員が顔をそろえた。

「さて、まずは自己紹介から始めますか」

広報部長が声かけをすると、進行役のマーケティング企画部の主任がホワイトボードの前に立つ。それぞれが自己紹介をすませ、本題に入る。用意された資料に基づいて最終的な確認をし、二時間ほどでミーティングは終わった。

「よっ、葵。久しぶりだな」

「久しぶりってほどじゃないでしょ。翔とは先月ロンドンで会ったじゃない」

部長たちが「TOKYOラ・ヴィ」スタッフとともに部屋をでていった後、残っていた池内が葵に話しかけた。

「それでも久しぶりだろ。なんだよ、あいかわらず俺にはそっけないよな、お前って。今回は、ゆっくりできるのか？」

「ううん、あんまり」

葵は、池内に向かって肩をすくめる。

「ゆっくり祖母のお墓参りをする暇もないのよ――」

葵の横顔に、ふと寂しそうな表情が浮かんだ。

(お墓参りか……。葵さんのおばあさんのお墓って、どこにあるんだろう)

廊下先のホールで再度一同が集まり、見送りがてら、全員でエレベーターに乗り込む。

邪魔にならないよう隅っこに身を寄せた里美は、ちょうど前に立つ健吾の後ろにすっぽり隠れる形になる。七階から地上に下りる僅《わず》かな間に、健吾がこっそり里美の手を握ってきた。

(えっ……)

思わず声が出そうになるのをこらえて、ぐっと唇を噛む。指先で手の甲を撫でられ、自然と頬が赤くなった。

一階に到着し、何事もなかったように手が離れる。下を向いていた顔を上げると、少し前を行く健吾は何事もなかったかのように、「TOKYOラ・ヴィ」の広報部長と言葉を交わしていた。

「じゃあ、当日はよろしく」

健吾が、葵と池内に向かって声をかける。

「ええ、任せて」

「今回もばっちりいいものを撮るよ。そうだ、葵。忙しいのはわかってるけど、ちょっとだけ時間くれないか？　俺のスタジオに飾っておく宣伝用の写真に、葵を仲間入りさせたいんだ」

「うーん、仕方ないわね。ちゃっちゃと撮って、その後なにかおごってくれるなら引き受けてあげる。健吾も時間あれば、一緒にどう？」

「え？　俺が三人分出すわけ？」

池内が、わざとのように渋い顔をしてみせる。彼らはそのまま外にでていき、ビルの前でまた話し始めた。

全員を見送り終えた里美は、部長たちとともにエレベーターに乗り込む。会議室に戻ると、里美はトレイに空いたカップを載せて給湯室に向かった。

「ふうっ！　びっくりしたぁ」

洗い物をしながら、大きく息を吐く。

「いきなり手を握るとか……、ほんと驚く」

そう言いつつも、口元がだらしなく綻《ほころ》んでしまう。さっきまで気にかかっていたミーティング前のハグも、今の手繋《つな》ぎで帳消しになった気がする。

(そうだよね。海外じゃあハグや挨拶《あいさつ》のキスも普通だったりするもの)

付き合っているからといって、これまで社内でいちゃついたことなど一度もない。今になって思えば、健吾が手を握ってくれたのは、里美がハグを気にしていることを察知しての行動だったのだろう。

「もう、どうしよう……。かっこよすぎてまた好きになっちゃう――」

洗い終えたカップを手に、ふと葵の顔を思い浮かべる。

(葵さん、思ってた以上に気さくで優しい人だったな)

インタビュー記事や自叙伝からは、葵が放つ強烈なインパクトを感じとることができる。けれど、実際に会ってみると、葵はしっとりとした優雅さを持つ女性だった。

世界的に活躍するモデルである彼女は、毎日が目まぐるしくすぎていくのだろう。ミーティングを終えてオフモードに入ったときの葵は、少しばかり疲れているように思えた。

「こういうとき、甘いものが欲しくなるんだよね」

そう呟いた里美の頭には、金柑《きんかん》の砂糖菓子が思い浮かんでいた。

それから四日後の金曜日。

里美は「ＴＯＫＹＯラ・ヴィ」の撮影時に使用する服の担当者として、東京のとある廃墟《はいきょ》でスタンバイしていた。

撮影は二日間に渡って行われるが、天候に恵まれている今日、野外ショットを撮りきってしまう予定となっている。あちこち黒く苔《こけ》むした白壁が、個人所有の林のなか、今にも倒れそうな様で建っている。もとは一戸の洋館だったようだが、長い年月の間に、屋根と床が抜け落ちてしまっていた。

撮影のコンセプトは、モノトーンと極彩色の対比だという。それに合わせて、今日の葵のメイクは無機質なものにする予定だ。

葵の衣装は、乗ってきた大型のバンに据《す》えたラックにぎっしりと並んでいる。やってきた池内にスケジュール確認をした後、里美はそれを、着用しやすいように並べ替えた。

「東郷さん到着されましたー！」

池内のアシスタントの声が聞こえると同時に、葵が現場に姿を見せる。頃合いを見て用意された控室に挨拶《あいさつ》に行くと、思いのほかぴりぴりとした空気が流れていた。

撮影が始まり、葵が一着目の洋服に袖を通す。連続して聞こえてくるシャッター音のなか、色のないメイクを施《ほどこ》した葵が、次々にポーズを取る。小休止に入りスタッフのために飲み物を用意していると、池内となにやら話し込んでいた葵が、ふいに手を上げて里美を呼んだ。

「丸山さん、悪いんだけど、白のコットンに合わせるショール――あれ、灰色に変えてもらえる？　今日の天候だと、黒じゃあ他とのコントラストが強すぎると思うの」

「えっ……、はい、わかりました！」

まっすぐに里美を見る葵の目は、プロとしての貫禄に満ち満ちている。

「悪い！　予定外だし、ここに持ってきてないよな？」

池内が、里美に向かってすまなそうな表情を浮かべる。

「はい、でも、すぐに取ってきますから大丈夫です！」

そう言うが早いか、里美は電話をかける。そしてすぐに会社に向かい、用意しておいてもらったショールを受け取り、大急ぎで現場に取って返す。

「ありがとう、助かったよ！」

届けられたショールは、池内の手から葵の肩に回った。ふと顔を横向けた葵が、モノクロの廃墟《はいきょ》の真んなかから、里美に向けてぎこちなく笑いかける。

撮影は続いていく。その間も、里美は葵の指示通りドレスの裾を直し、背景に写り込む苔《こけ》や枯れ枝を移動させた。そしてまた小休止を取るタイミングで、葵は池内になにごとか訴えている。

「しかし、それだと撮影時間がだいぶ延びてしまうぞ？」

「いいわよ。この後に入ってる仕事は、多少遅れても大丈夫なものだから」

聞こえてくる話からすると、どうやら壁の一部をもっと白くしたほうがいいということらしい。

「うーん、じゃあペンキと刷毛《はけ》を用意する必要があるな。誰か――」

「あの、なにかいるものがあるなら、私買ってきます」

里美は、池内の背後からそっと声をかけた。

「うぉ！　っと、丸山ちゃんか。……ごめん、頼んでいい？」

びっくりした表情を浮かべた後、池内はまたもやすまなそうに片手で拝むジェスチャーをする。

「わかりました。すぐに買ってきますね」

近くにあるホームセンターを検索し、ヒットした店で、ペンキと刷毛《はけ》、ついでに軍手とヘラも買い込んで現場に戻る。そして、言われたとおり壁を塗り、苔《こけ》を移動させる。出来上がった背景は、なるほどと納得できるもので、半ば半信半疑で葵の意見を取り入れた池内も、満足そうにシャッターを切り続けた。

「はい、終わり！　みんな、お疲れ様っ！」

池内のかけ声とともに、予定されていたすべての撮影が終了した。池内のカメラマンとしての腕もさることながら、やはり被写体としての葵は、終始圧倒的な存在感を放っていた。

ふたりのプロフェッショナルの仕事を目《ま》の当たりにして、里美の自身の仕事に対する姿勢も正されたような気がする。

「なんとか暗くなる前にすんだな～。一時はどうなることかと思ったけど――。丸山ちゃん、いろいろとこき使っちゃってごめんな」

「いえ、そんなことないです！　私は、そのためにここにいるんですから」

もともと気遣いのある池内だけれど、里美と健吾の関係を知っているからか、ずいぶん気にかけてくれるような気がする。

「それにしても、よく動いてくれたよ。ありがとう。次の撮影も、よろしく頼むね」

二日目の撮影日は、週末を挟み、翌月曜日に行われる。和気あいあいと話し込んでいると、背後から着替えを終えた葵が近づいてきた。

「葵、お疲れ～」

池内が先に声をかけ、里美がその後に続く。色のないメイクを落としてはいるけれど、葵の顔はいまだ掴みどころのない無表情のままだ。

「丸山さん、今日はどうもありがとう。翔に聞いた通り、すごくいい仕事ぶりだった」

葵にほめられ、里美は恐縮する。

「とんでもないです。また月曜日も、よろしくお願いします」

ぺこりと下げた顔を上げると、里美をじっと見つめる葵の視線とぶつかった。

「ところで丸山さん。この間健吾と一緒にいた恋人って、あなたでしょう？」

突然の質問に驚き、里美は一瞬答えに詰まってしまう。

「お、俺じゃないぞ！　俺はなにもしゃべってない！」

周りに人がいないことを確認しながら、池内が抑えた声でそう宣言する。

「ふぅん。翔はふたりのこと知ってたんだ。案外口が堅いのね」

葵に指摘され、池内は墓穴を掘ったとばかりに渋い顔をして後ずさった。

「だって、この間のミーティングが終わった後、エレベーターで手を繋《つな》いでるの見ちゃったんだもの」

「あ……、はい……」

さすがに嘘をつくわけにもいかず、里美は正直に健吾と付き合っていることを白状した。

「そうなんだ。いつから？」

「今年の、五月からです」

「ふぅん、五月……。ってことは、もう付き合ってから五か月以上経ってるのね」

葵は、何事か考え込むように黙り込み、また口を開いた。

「あなたが健吾の恋人だなんて、すごく不思議。健吾のロンドン時代の彼女はぜんぶ把握してるけど、あなたのような人って前例がないわ。――はっきり言って、健吾があなたのような平凡で地味な女性のどこに魅力を感じたのかわからない。もしかして、特別なカードでも隠し持っているの？」

白かった葵の顔に、少しずつ色が戻ってくる。

「いくら考えても、わからないの。どうして健吾はあなたを選んだの？　しかも、五か月も続いてるとか――。知ってる？　健吾って、誰かと付き合っても二か月以上もったことないの。私ですら、そうよ。とはいっても、その後二度ほどくっついたり離れたりをくりかえしたんだけど」

わかっていたこととはいえ、元カノ本人から聞く過去の話は、結構なダメージをともなって里美の胸に突き刺さった。

「まさかとは思うけど、すごいセックステクニックを持ってるとか？」

「おい、葵！」

余りにストレートな質問に、先に反応したのは池内のほうだ。

「いえ……その……」

さすがに下を向いて言葉に窮《きゅう》していると、葵が幾分《いくぶん》口調を柔らかくした。

「身体の相性から言えば、私が一番だと思う。確かにあなたの仕事ぶりは評価できる。だけど、恋人となると話は別。正直、なにもかも納得できない。どう考えても、あなたが彼にふさわしい人だとは思えないの」

一瞬ぐっと眉をひそめた葵は、里美の顔をまじまじと見つめた。

「私、イギリスに戻るまでの間に、健吾の目を覚ましてあげるつもり。健吾とあなたの間になにがあったか知らないけど、場合によっては元サヤに収まってもいいと思ってるわ――。いろいろ好き勝手言っちゃってごめんなさいね。じゃ、また月曜日に」

それだけ言い残すと、葵はにっこりと微笑んで去って行った。

「あ～、ごめんね、里美ちゃん。あいつ、昔から思ったことをすぐに口にする正直者なんだよ」

「は、はい……。そうですか」

池内は、里美に向かって苦笑いを浮かべる。彼は、プライベートでは里美のことを下の名前で呼ぶようになっていた。

（だけど、池内さん。それ、フォローになってないです……）

片付けを終えて帰社し、休む間もなく倉庫に下りた。必要な書類を捜し当て、デスクに戻ろうとしたところで、いきなり棚の向こうから声をかけられた。

「丸山さん」

「きゃああっ！」

驚いてよろめいたところを、健吾の腕に支えられる。

「健――社長。……び、びっくりした」

「ドアをノックしたんだけど、気がつかなかった？　さっき池内から電話もらったんだ。葵がおかしなことを言いだしたって」

「あぁ……、はい」

なにか言おうとするけれど、言うべき言葉が見つからない。

「大丈夫か？」

「はい。ちょっと驚きましたけど、大丈夫です」

「葵が言ったことは、ぜんぶ聞いたよ。……大丈夫って言う割には、やけに凹《へこ》んでる顔だな」

里美は、思わず自分の顔に手を伸ばした。

「凹《へこ》んでる顔、してますか……」

それも当然だろう。あれほどはっきりと健吾にふさわしくないと言われて、凹《へこ》まないほうがどうかしている。

「とにかく、なにも心配はいらない。誰がなんと言おうが、俺にはおまえだけだ」

健吾の唇が、里美の耳元で囁《ささや》いた。勤務中である今、これが許されるぎりぎりの距離だ。

(「おまえ」って……。今「おまえ」って言った?)

これまで名前で呼ばれたことはあっても「おまえ」と呼ばれたのは初めてのことだ。

(「おまえ」だって……。ふふっ、おまえ、オマエ――)

たったそれだけのことだけど、胸がドキドキする。そんなちょっと上から目線な口調に、これほどの破壊力があるだなんて――

頬がとてつもなく熱い。ほんの少しだけ顔を横に向けると、健吾の視線にぶつかった。

たまらなくセクシーで、泣きそうになるくらい優しい。健吾が、魅惑的に微笑みながら低い声で続ける。

「ここが会社じゃなかったら、今すぐにそれを証明してやれるのにな」

健吾の視線が、里美の唇の上をなぞった。密かに脳味噌《のうみそ》が溶解する。

「じゃ、俺は行くけど、くれぐれも余計な心配するなよ。――里美、愛してるよ」

「えっ!? あっ……愛? いまっ、愛してる……って?」

思いがけない言葉に、心臓が破裂しそうだ。里美は唇をきつく噛み、去っていく健吾の背中を見送った。

(ヤバい……、泣きそう――)

会社の地下倉庫で――。しかも、次の仕事に行く隙間時間に。

だめだ。これ以上彼の言葉を堪能《たんのう》したら、嬉しさのあまり本当に泣きだしてしまいそうだ。

「そ、そうだ。……今日の晩御飯、なにを食べようかな？」

里美は、無理矢理夕食の献立を考え始める。そうすることで、今にも膝が折れそうになるのを必死でこらえた。一歩足を踏みだし、出口に向かう。

「たくあんと、オムライス……。お味噌汁……らっきょうに、ミートスパゲティ……」

そんな支離滅裂《しりめつれつ》なお品書きの合間に『愛してるよ』という彼の言葉が、容赦なく割り込んでくる。

ドアを目前にして、里美はとうとう床の上にへたり込んでしまう。

「もう、こんなの反則だってば……」

勤務時間中に会社の倉庫で、腰が抜けた。

（嬉しい……嬉しすぎる……）

頭のなかでそう呟いた里美は、自分に五分間の猶予《ゆうよ》を与えて、デスクへ戻る前に喜びに咽《むせ》び泣いた。


次の日の土曜日、里美は従姉《いとこ》の出産を祝うために帰省をした。里美の実家は、関東の南側に位置している。

父母とともに従姉《いとこ》宅を訪問し、新生児を抱っこさせてもらう。幼すぎて、まだ誰に似ているかもわからないけれど、腕のなかですやすやと眠る赤ん坊は、本当に可愛らしい。

夜は、実家住まいの弟を交えて食卓を囲んだ。久しぶりに食べる母親の手料理はおいしいし、おしゃべりな家族の会話は聞いているだけで愉快だった。

布団に入り、その日一日の出来事をぼんやりと思い浮かべる。

（家族って、いいな……）

改めて考えると、里美の家族は、ごく一般的な家族だ。父母と、結婚して家をでているとはいえ、実家の近所に住んでいる姉、そして弟は実家から大学に通っている。

普通の家族――。だけど、健吾や葵のように、里美にとっての普通、を知らない人もたくさんいるのだ。

里美がのほほんと暮らしていた子供時代を、健吾や葵はどんなふうに過ごしたのだろう。

そんなことを考えつつ、里美はいつしか眠りに落ちていた。

日曜日の午前中、里美は母親とともにお茶を飲みながらテレビを見ていた。

ちゃぶ台に載っている器《うつわ》になんの気なしに手を伸ばし、摘《つま》んだものを口に入れた。

「……ん？　これ、なに？」

「ああ、この金柑《きんかん》のお菓子？　おいしいでしょ～。最近の丸山家お茶菓子の定番なの」

『かじると口のなかいっぱいに甘酸っぱい味が広がり――』

葵の自叙伝に書いてあったフレーズが、頭のなかをよぎる。

「お母さんのお友だちの家が製造元なのよ。近くの道の駅で売ってるわよ」

『ざらざらとした砂糖と、柔らかいながらもちゃんと歯ごたえのある皮の食感が楽しい』

「でも、人気商品だから常に品切れ気味なのよね。だから、いつも直接行ってわけてもらうんだけど――」

母親が、傍《かたわ》らに置いていた空の袋を手にした。それを受け取り、里美は勢いよく立ち上がる。

これだ――！

「私、ちょっと行ってくるね！」

「え？　行くって、どこに？」

「道の駅っ！」

財布を入れたバッグを掴むと、里美は母親の自転車を借りて二キロ先にある道の駅へと急いだ。

（絶対そう――。書いてあるのとそっくりだもの！）

唇を舐めると、まだ砂糖の粒が残っていた。懸命にペダルを踏み、目的地の駐輪場に自転車を停める。

売り場を順に巡り、ようやく地元製造のお菓子コーナーに行きついた。けれど、商品を見回しても、同じものはない。ちょうどやってきた店員に話しかける。

「すみません、これはもう売り切れですか？」

いきなり目の前に現れた里美に、店員はちょっと驚いた顔を見せた。

「えっ？　ああ、これねぇ。残念ながら、今日の分は売り切れちゃったのよ。家内工業だから、もともと入ってくる数が少なくって」

「あぁ、そうですか……」

売り切れと聞いて、里美はがっくりと肩を落とした。

(——そうだ。製造元に行けば、あるかも)

幸い、母親が自分の友だちだと言っていた。とりあえず、だめもとで行ってみよう。

ラベルを確認すると、ここからすぐの場所であることがわかった。自転車を駆って五分、製造元の「床山製菓《とこやま》」に到着する。しかし、工場らしき建物のシャッターは閉まっているし、事務所の呼び鈴を鳴らしても、応答がない。

「あ」

そう言えば、今日は日曜日だ。今さらながらそのことに気づき、自分のあわて者ぶりに言葉を失《な》くした。

「なにかご用ですか?」

ドアを前に突っ立っていると、背後から声が聞こえた。振り返ると、ややふくよかな中年女性が、里美に向かって歩いてくる。のんびりしたもので、見ず知らずの里美に対しても、にこやかに話しかけてくれた。

「あっ、はい。私、このお菓子がほしくて——。道の駅に行ったら、もう売り切れになってて、それでここに来ればあるかもと思ったんですけど、今日が日曜日だってこと忘れちゃってて——」

話している途中で、女性がしきりと里美の顔を見て首を傾《かし》げる。

「もしかして、あなたトモちゃん——丸山友子《ともこ》さんの娘さんじゃない?」

「はい、そうです。あ、母のお友だちの方、ですか？　実は、さっき母がこのお菓子をだしてくれて——。このお菓子、私の知り合いが小さいころに食べた思い出のお菓子なんです。その人のおばあ様、もう亡くなってて……。でも、また食べたいなぁってずっと思ってるって言って——」

しゃべり続ける里美を、おばさんは工場と同じ敷地内にある自宅に招き入れた。そして、里美の話をぜんぶ聞いた後、明日売り場に持っていく予定だったという金柑《きんかん》のお菓子をわけてくれると言った。

「ほんとですか？　嬉しいです！　ありがとうございます！」

「ふふっ、お礼なんていいわよ」

おばさんは、里美の母とは数年前に趣味の教室で知り合ったらしい。以来、お互いの家を頻繁《ひんぱん》に行き来し、家族の写真も見せ合っていたみたいだ。

「あ、そうだ。ちょっと待ってね。そういう嬉しい話は、おばあちゃんに聞かせてあげなきゃ」

席を立ったおばさんは、近所にでかけていたらしいおばあさんを呼び戻し、里美に紹介する。

「私の実のお母さんよ。金柑《きんかん》のお菓子を作っているの。この道一筋、五十年」

里美の話を聞いたおばあさんは、満面の笑みを浮かべた。

「まぁまぁ、わざわざきてくれてありがとう。それに、嬉しい話を聞かせてもらって——。長年作り続けてきたかいがあったってものだよ」

おばあさんは嬉しそうに笑い、里美の前に金柑《きんかん》のお菓子を詰めた大きな袋を差し出す。

「これ、あなたとあなたの知り合いでわけてね。その人って、あなたの家の近くに住んでいるの？」

おばあさんに問われて、里美は葵のことを話した。

彼女が小さいころ母親と死別し、父親の再婚後は祖母の家に身を寄せたということ。そこから中学と高校に進学し、その後日本を離れロンドンに住んでいること。

おばあさんは里美の話をじっと聞いていたが、急に考え込むような表情を見せた。

「その話、なんだか私の親友のお孫さんの話とそっくりだねぇ」

「えっ、そうなんですか？　あの……おばあさんの親友の方、今もご存命ですか？」

「ううん、久子ちゃんっていうんだけど、残念ながらもう三年前に亡くなっちゃったよ」

もしかして――

「そのお孫さん、東郷葵っていう名前なんです。世界的に活躍するモデルさんで、今ちょうど日本に帰って来てるんです」

里美は、スマートフォンの画面に葵の画像を表示し、おばあさんに見せた。

「そうそう、東郷葵！　私も何度か会ったことがあるけど、すごく背が高くて綺麗な子でねぇ。久子ちゃん、いつも言ってたんだよ。離れて暮らすのは寂しいけど、モデルになるって夢を叶えて、外国で活躍してるのがすごく嬉しいって」

思いがけない繋《つな》がりに、里美の口がぽかんと開いたままになる。

里美は、今回の仕事で自分が葵とかかわっていること、帰国したものの忙しくてお墓参りする時間もないことを話した。

「そうなの……、残念だねぇ。久子ちゃんのお墓、ここからすぐだから、また行ったときに今の話をしておくわね」

「お墓、近いんですか？」

「うん、歩いて三分もかからないよ」

それを聞いた里美は、無意識のうちに「今からお参りにいく」と口にしていた。おばあさんは驚いた顔をしたものの、里美に同行すると言い、ふたりで並んでお墓へ向かった。

「葵ちゃん、元気にしてるんだね」

「はい、元気で大活躍中です。ほんと綺麗で、同じ日本人として誇らしいです。葵さんの自叙伝を読んだんですけど、おばあ様の『常に顔を上げて、前を向いて生きなさい』って言葉をいつも頭に置いて頑張っていたそうです」

「ふふ……、久子ちゃんらしいね。彼女も若いころから綺麗な人でねぇ。そういえば、今の葵ちゃん、久子ちゃんにそっくりだよ。あ、そうだ。ひとつあなたに頼みたいことがあるんだけど――」

お墓参りを終え、里美はいったんおばあさん宅に戻った。おばあさんは、引き出しのなかから一枚の写真を取りだし、里美に手渡す。

「これね、私と久子ちゃんの写真。一緒に旅行に行ったときのものなんだけど、ずっと渡しそびれていて――。よかったら、葵ちゃんに渡してくれる？」

「わかりました。金柑《きんかん》のお菓子と一緒に、葵さんに渡します！」

里美は、おばあさんとおばさんに丁寧にお礼を言ってお別れし、実家に帰るなりことの顛末《てんまつ》を母親に話した。

「もう、びっくり！　お母さん、ありがとう！　なにもかもお母さんのおかげ！」

ハイテンションな里美を見て、寝転んで新聞を読んでいた父親が笑った。

「あ、私もう帰らないと！　明日朝一で、葵さんの撮影なの」

用意されたお土産《みやげ》入りの紙袋を掴む。

ちょうど帰ってきた弟に、駅まで車で送ってもらう。実家からアパートまで、二時間ほどかかる。

里美は、アパートに着くまでの間中、金柑《きんかん》のお菓子入りの紙袋を片時も手から離さなかった。


次の日の月曜日、里美は会社に出勤して準備をすませると、早々に撮影現場に向かった。撮影スタジオは、建物の窓すべてに色ガラスがはめられている、色彩豊かなところだった。廃墟《はいきょ》で見た葵は、まるで石膏《せっこう》でできた彫像《ちょうぞう》のように美しかった。対して今日の彼女は、七色の原色をまとい、華やかなことこの上ない。

（写真とお菓子、いつ渡したらいいだろう――）

撮影が始まる前、葵とは普通に挨拶《あいさつ》を交わした。だけど、撮影に向けてコンディションを整えている彼女に、むやみに話しかけるわけにはいかない。それに、今日の葵はなぜかひどくイライラしているようだ。健吾のことがあるからか、なんとなく里美を避けているようにも感じられる。

撮影が始まった。里美は前回同様、小休止になると飲み物を用意したり、その他細々とした雑用をこなす。

「今バックに流れている曲だけど、私と健吾の思い出の曲なの」

一度目の小休止が終わる間際に、通りすがった葵から突然話しかけられた。聞こえてくる音楽は、少しハードなロックミュージックだ。

「――そうなんですか」

かろうじてそう返事を返すと、葵がにっこり笑った。きっちりと施《ほどこ》したメイクが、葵の美しさをより一層際立てている。

「撮影のBGM用に、私がこの曲が入ったアルバムを持参したのよ。アップテンポだし、極彩色っていう今日のコンセプトにも合ってるんじゃないかと思って」

人の印象は、着ているものやメイクによって多少なりとも違ってくる。ましてや葵はプロ中のプロだ。原色を多用した洋服に身を包んだ彼女は、撮影初日とは打って変わって、アクティブな魅力に溢《あふ》れていた。葵は、傍《かたわ》らに置いたアルバムケースを手に取り、胸の位置に掲げる。

「この曲ね、私と健吾が初めてベッドインしたときに部屋に流れていたのよ。『いい曲ね』って言ったら、次に会うとき、これをプレゼントしてくれたの」

鮮やかな赤を使ったジャケット写真が、リフレインされるメロディとともに里美の記憶に刷《す》りこまれる。

撮影が再開し、里美はまたスタジオの隅に戻った。自社ブランドを身に着けてポーズをとる葵を見つめる。さっき聞かされた言葉が頭をよぎりそうになるけれど、そのたびに「今は仕事中！」と、自分を律した。それでも、胸に刺さる棘《とげ》が、思いのほか里美にダメージを与えている。

深く息を吸い込み、ゆっくりと吐き出す。

（こんなときこそ〝幽霊さん〟に徹していよう――）

自分が今やるべきことは、撮影が滞《とどこお》りなく進むようサポートをすること。とにかく、今は撮影終了を目指して頑張るしかない。

スタジオのなかは、色鮮やかに装《よそお》った葵を中心に、終始華やかな雰囲気に包まれていた。着替えをするたびにちょっとした小休止をとるものの、葵は一時もじっとしていない。座ってもすぐにマネージャーを呼び寄せ、なにかしら話し込んでいる。

ふと気づけば、葵とマネージャーとの話に、池内も加わっていた。そして葵がイラついた様子で首を振り、控室に向かう。

（え？　なにごと？）

葵が、無言で里美の目の前を通りすぎる。バタンという音とともにドアが閉まると、その場にいるスタッフ全員の視線が、池内に集中した。

――どうしたんですか？

――いや、俺にもわかんないよ。

というような会話がジェスチャーだけで交わされた。シャッター音が消えたスタジオのなかに、軽快な音楽だけが流れ続ける。

（葵さん、どうしたんだろう……）

聞かされているおおまかなスケジュールによれば、葵は土日も取材や写真撮影に追われていたはずだ。いったいどのくらいの頻度で帰国できているのか知らないけれど、せっかく帰ってきたというのに、一日もオフがないだなんて――

（そうだ。もしかして今ならちょうどいいかな）

気が立っている様子の葵に、そっとお茶と金柑《きんかん》のお菓子を持っていくだけ。邪魔にならないように、そうっと。

里美は急いでお茶の用意をして、葵がいる控室のドアを叩いた。少し待ったけれど、ノックに応える気配はない。

「失礼します――」

声をかけ、ドアノブを回す。なかを覗くと、葵がドレッサーの前に腰かけたまま目を閉じているのが見えた。背筋はしゃんと伸びている。前回の撮影時もそうだったが、葵はいつどんなときもモデルとしての自分を優先し、身体にちょっとでも痕《あと》がつくような姿勢をとらないのだ。

（やっぱり、葵さんってすごいな）

世界に通じるプロというのは、こんなふうに陰でも努力を積み重ねているのだろう。

ドレッサーに近づき、葵の右側に回る。鏡の前には、たくさんのメイク道具が置かれているけれど、どれも皆きちんと並べられており、お茶を置くスペースは十分にあった。

「これ、よかったらどうぞ」

「うわっ！　びっくりしたっ！」

女性にしては豪快な声とともに、葵が目を開けて里美を見る。

「あっ、すみません。一応ノックとお声がけはしたんですけど――」

そそくさとお茶とお菓子を置くと、里美は一礼して一歩後ずさった。

「――ちょっと待って！」

くるりと踵《きびす》を返そうとしたとき、葵が里美を呼び止めた。

「これ……、このお菓子どこで手に入れたの？」

見ると、金柑《きんかん》のお菓子を手にした葵が、今まさにそれを口に入れるところだった。

「やっぱりこれ！　ね、どこでこれを⁉」

話しながらも、葵はもう一度お菓子に手を伸ばしている。

「私の実家、葵さんのおばあ様の住んでいたあたりと近いんです。私、葵さんの自叙伝を読んで、そこに書いてあった金柑《きんかん》のお菓子のことが気になってて――」

里美は、実家に帰りお菓子を見つけた経緯を話した。葵は、瞬《まばた》きもせず里美の話に聞き入っている。

「それで、母の友だちがこれを作っているおばあさんを呼んでくれたんです。そのおばあさん、葵さんのおばあ様の親友だったそうです」

用意していた葵の祖母の写真を取りだし、葵の前に置いた。葵は、ぱちぱちと瞬《まばた》きをしながら、それに見入っている。

「おばあちゃんだ。おばあちゃん……私のおばあちゃんだわ」

里美は、彼女と彼女の祖母に関するエピソードを伝える。

葵は、時折頷きながら、手にした写真を大事そうに胸に当てた。

「そう、そうだったの……」

そして葵は里美の顔をじっと見つめ、ぽろりと一粒の涙を流した。

「私、おばあちゃんが大好きだったの。でも、仕事でイギリスに住むことになって、そのせいでおばあちゃんに最後のお別れもできなくって――」

葵は、祖母を置いていったことに対して、ずっと後ろめたさを感じていたという。あれほど世話になった祖母のもとを離れ、自分の好き勝手に生きてきたことを常に心の隅で責め続けている、と。

「でも、金柑《きんかん》のおばあさんは、葵さんのおばあ様が、いつも葵さんのことを誇らしそうに話してたって言ってました。自分の孫が、こんなに立派に育って嬉しいって――」

里美は、写真と一緒に託されたおばあさんからのメッセージを伝える。

「――『久子ちゃんは、葵ちゃんの活躍をいつも大喜びで話してくれた。葵ちゃんが頑張っているのを心から喜んでた。亡くなった今もそうだろうし、いつも久子ちゃんを忘れずにいてくれる葵ちゃんのことを、嬉しく思っているはずだよ』って――」

お墓参りに行ったとき、お墓の前にはまだ新しい花が供《そな》えられていた。それは、葵が墓地の管理者に花を絶やさないようにと頼んでいるからだ。

すべての話を聞き終え、葵はぐっと唇を結び上を向いた。そして、里美をまっすぐに見て、口元を綻《ほころ》ばせる。

「ありがとう。お菓子のこと、写真のこと。私の代わりに、お墓参りまでしてくれたこと、ぜんぶ。そして、ごめんなさい――」

葵は、里美の手を両手で包み込んだ。そして、里美が返事をする前に、勢いよく立ち上がる。

「また後で話をする時間をもらってもいい？　とりあえず今は撮影が最優先だわ——。見てて、里美ちゃん。あっという間に終わらせてみせるから」

「はいっ！　……あ、今、里美ちゃんって——」

弾けるような笑顔を見せると、葵はすばやく鏡を覗き込んで颯爽《さっそう》と控え室をでていった。

それからの葵は、絶好調だった。葵の覇気に当てられ、現場のスタッフも最高の仕事ぶりを見せている。

「あ、社長——」

途中、健吾が現場に顔を見せた。なにも知らないでやって来た健吾は、葵と池内の仕事ぶりに、感心したような表情を浮かべている。

「はい、これでぜんぶ終わりっ！　みんな、お疲れ様～！」

池内のかけ声とともに、撮影の全工程が終了した。健吾が、用意した花束を葵に渡し、スタッフ全員が葵に拍手を送る。

「ありがとうございます。——本当にありがとうございました！」

葵は、周りにいる人々に向かって、くりかえし深々と頭を下げた。拍手はさらに大きくなり、最後は全員で握手を交わすほどの盛り上がりとなる。そして、それぞれが最後の片付けに取りかかった。

すべての仕事が終わり、残っていたスタッフも現場を去る。

「さて、じゃあ行きますか！」

葵の提案により、健吾と里美、池内の四人で打ち上げに行くことになっていた。行き先は、葵の希望を聞いた里美が手配ずみだ。

乗り込んだタクシーは、街中を通り抜け、閑静な住宅街に入っていく。行きついた店は、何か月も前から予約するのが必須の、隠れ家的名店だった。

「このお店、モデル仲間の間でも、おいしいって評判のお店よ」

ドアを開けるなり、葵が嬉しそうに店内を見回す。

「里美ちゃん、どうやってここの予約とったの？　行きたいとは思ったけど、絶対だめだろうなって諦めていたのに。まさか、何か月も前からキープしてた？」

「ふふっ、とっておきのコネを使っちゃいました。以前仕事がらみで知り合いになった人に頼んだんです」

だめ元で相談に乗ってもらったのは、都内にある高級ホテルのコンシェルジュだ。以前ホテルの外国人宿泊客がどうしても「ブラン・ヴェリテ」の、とある製品をほしがり、問い合わせの電話が里美のところに回ってきたことがあったのだ。

「その商品、かなり人気だった上に、何年か前のものだったんです。おまけに、ご本人の記憶も曖《あい》昧《まい》で。結局その方の滞在期間ぎりぎりにご用意できたっていう――」

「なるほど。持ちつ持たれつってやつ？　里美ちゃん、やっぱすごいね。もしかして、俺ら以上の人脈を持ってるんじゃないの？」

「さすがにそれはないですよ！」

里美は、両手をぶんぶんと振って否定をする。自分以外の三人の経歴を考えると、畏《おそ》れ多くて顔が引きつりそうになるくらいだ。

係の人に案内され、個室に入る。テーブルを挟んで、女性ふたりが並び、里美の前には池内が座った。

料理が届き、祝宴が始まる。手にしたワインをひと口飲んだ葵は、隣に座る里美のほうをしみじみと眺めた。

「今日は、いろいろとありがとう。実は私、最近ちょっと仕事に関して悩んでたのよね――」

葵は、モデルを続けていくことの困難さを感じていたらしい。

「でも、今日でいろいろと吹っ切れた気がする。それほど今回の仕事はいいものだったし、最高の出来だったと思う。――でしょ？」

葵が斜め前を見ると、池内がうんうんと頷く。

「俺も最高の出来だったと思う。そう自信を持って言えるよ。今日の後半戦の葵、きらっきらに輝いてたもんな」

「ありがとう。きっと今が自分にとっての転機なんだと思う。そして、それをわからせてくれたのは、里美ちゃん、あなたよ」

葵は、里美を見てにっこりと笑った。

「そんな、私はなにも……。ただ、自然とああなっただけで――」

「もう、謙虚《けんきょ》ねぇ。翔から聞いてるわよ。〝総務部の幽霊さん〟の話。今日も急に横にいるから、びっくりしちゃった」

「す、すみませんっ！」

葵が笑い、その場にいる全員がそれにつられる。

「ん？　ふたりの間になにがあったんだ？」

「俺もそれ、知りたい」

健吾と池内の問いに、葵は昼間あった里美とのやり取りを再現しながら語った。そして店にひと言断った上で、持っていた金柑《きんかん》のお菓子をテーブルに載せた。

「へぇ……。人って、思いがけないところで繋《つな》がってるんだな」

健吾が呟き、池内がそれに相槌《あいづち》を打つ。

「葵、おばあちゃん子だって言ってたもんな」

「うん――。おばあちゃんがいてくれなかったら、今の私はないと思う。背が高いことは、葵の取《と》り柄《え》のひとつなんだよ。下を向いていることなんか、なんにもないんだから、って――」

「ええ話や～！」

池内がいきなり関西弁を使い、葵の祖母をほめそやした。

「またでた！　翔のエセ関西弁！」

葵が池内の肩を小突き、池内が大げさに痛がる。

仕事場では割とクールな印象の池内なのに、仲間内では結構ないじられキャラのようだ。

「それはそうと――」

ひとしきり笑った後、葵が正面にいる健吾に改めて向き直った。少しの沈黙の後、葵が飲みかけのワイングラスをテーブルに置く。

「あのね、健吾――。私たち、もう一度やり直せないかな？」

葵の言葉に、里美の息が止まった。視線だけ動かして、健吾を見る。

彼は、葵をじっと見つめかえした。隣にいる池内が、固唾《かたず》をのんで見守っている。

「葵――、そんなふうに思ってくれてありがとう。だけど、俺にはもう一生離したくないと思うほど大切な人ができたから」

健吾の視線が、里美に向かった。まっすぐに注がれる彼の視線を受け、里美は言葉もなく頬を染める。しきりと瞬《まばた》きをしているのは、涙が込み上げそうになったからだ。

「やっぱ、だめか～！」

椅子の背にもたれかかると、葵はくしゃりと表情を崩した。一瞬泣き笑いのようになった表情は、すぐに本当の笑顔にとって代わる。

「うん、わかった。っていうか、わかってた、かな？」

葵は朗《ほが》らかに笑い声を上げ、残っていたワインを飲み干す。

「きっぱり諦めるから安心して。っていうか、いろいろと悪あがきする前に撃沈されてよかった。こちらこそ、ありがとう！」

それから葵は、里美のほうにまっすぐに向き直った。

「今回のこと、心から謝ります。ごめんね、里美ちゃん。――いろいろと悩みを抱え込んでいたもんだから、つい昔が懐かしくなっちゃったの。誰かにすがりたいな、って思って、たまたま浮かんだのが健吾だったのよ」

葵に頭を下げられ、里美は恐縮する。

「ほんと、ごめん。あなたには、ひどいこと言っちゃったわよね。自分本位で、感情的だった……。反省してる」

「とっ……とんでもないです。――だって、私が健吾さんみたいな人と付き合うなんて、ほんと、自分でもびっくりしてるっていうか。私が驚いているくらいだから、周りの人が知ったら、もっと驚いちゃいますよね。だから、私、いまだに両親にもこのことを言えてないんです。もしかして、これってぜんぶ夢なんじゃないかなぁ～とか、田舎《いなか》のテレビ番組みたいに、いきなり前触れもなく終わったりするんじゃないかとかって――。あ……あれ？　私なに言ってんだろ――」

里美は、いつの間にかうつむき加減になっていた顔を上に向けた。意識しないまま一気に口をついてでた言葉は、自分の心のなかに積もり積もっていた不安の欠片《かけら》なのだろうか。

三人の視線が、里美に集中する。でも、今はなにをどう言っても、支離滅裂《しりめつれつ》になりそうな気がする。

「もう、里美ちゃんったら……。私が変なこと言ったから、心配になっちゃった？　だったら、本当にごめんなさい。だけど、里美ちゃん、大丈夫だから。私、今なら里美ちゃんに健吾が惚れたのもわかる気がする」

里美の肩に、葵の腕が回される。

「健吾——あなた、こんないい子、泣かしたらただじゃおかないからね」

葵はそう言って健吾に凄むと、里美を抱き込むようにして椅子の背もたれに寄りかかった。

「わかってるよ」

健吾は自信たっぷりに微笑み、池内もほっとしたように顔を綻《ほころ》ばせる。

「里美ちゃん、私、あなたにもうひとつ謝らなきゃならないことがあるの」

葵が、ごく低い声で里美に話しかける。テーブルの向こうでは、健吾たちもなにか別の話を始めた様子だ。

「撮影のときにかかってた曲のことだけど、あれ、ぜんぶ大嘘なの。CDは私のマネージャーから借りたものだし、曲だって今日初めて聴いたのよ」

葵の告白に、里美は目をぱちぱちと瞬《また》かせた。

「昨日、なにか撮影のときにかける適当な曲がないかって聞いたら、マネージャーがあれを推薦してくれたの。ちょっとだけ聞いたら、割とノリがいい感じだったからBGMとして採用したんだけど——。重ね重ねごめんね。私、ほんとどうかしてたみたい」

健吾の目を覚ますと言ったものの、具体的になにかする時間の余裕もない葵だった。そんななか、つい思いつきであんなことを言ってしまったけれど、それを聞いても動じない里美を見て、激しい自己嫌悪に陥《おち》ってしまったという。

「馬鹿でしょ。自分で自分のコンディションを悪くしちゃって……。なんだか、いろいろと疲れちゃってたのかなぁ。今度帰国するときは、休暇込みのスケジュールを組むつもり」

「ぜひ！　そうしてください」

里美は、もし時間が合えば、一緒に里帰りしようと葵を誘った。

「うわ……、なんだか嬉しいっ！　普通に女子の会話だよね、これ」

「なになに？　なんの話？」

池内が、テーブルの向こうから身を乗りだしてくる。

——そうして、和《なご》やかな雰囲気で、食事会は終わった。

店をでて大通りまで四人で話しながら歩く。

「じゃ、私は翔に送ってもらうね」

通りすがりのタクシーをつかまえ、葵が池内とともに乗り込んだ。健吾と並んでそれを見送った里美は、遠ざかっていくテールランプを眺める。

「じゃ、俺たちも行こうか」

健吾は、里美の肩に手を置き、ゆっくりと歩き始めた。

「俺の家に来る？」

「えっ……、いいんですか？」

「いいよ。なんで？」

「だって、健吾さん、明日もまた会議とかでスケジュールびっしりだし——」

「だからこそ、だろ。俺は、ひとりでいるよりも、里美といたほうがリラックスできる。里美は？

俺といてもリラックスできない？」

「リ、リラックス、ですか……」

里美が首を捻《ひね》っている間に、健吾は手を上げてタクシーを止めた。そして、先に乗り込むと、ドライバーに自宅マンションの住所を告げる。

（もう、強引なんだから）

僅《わず》かに尖《とが》る里美の唇を、健吾にめざとく見咎《みとが》められてしまう。

「ん？　自分ちに帰りたい？　俺と一緒に帰るの、嫌か？」

「とんでもない！　帰りたいです、一緒に……。健吾さんのマンションに、行きたいです」

「そっか。よしよし――」

里美の髪を軽く撫でると、健吾は満足そうににんまりと微笑む。彼の掌《てのひら》が、そのまま里美の肩に下りてきた。

「で？」

健吾は、さっきの質問の答えを待つ。里美は、少しの間考え込んだ後、身体ごと健吾のほうに向き直った。

「健吾さんといると、すごく緊張します。だけど、同時にすっごく落ち着くっていうか……。心が安らぐんです。気持ちや身体がふわふわ～っとするというか。一緒にいると、このままずっとこうしていたいなって思う感じです」

里美は、遠慮がちに健吾の目を見た。

「里美、割と無自覚で言ってるみたいだけど、今の言葉、結構な殺し文句だよ」

耳元に囁《ささや》かれ、指先まで赤くなる。

「すみません――。少し、飲みすぎちゃったかもしれません」

里美の肩を抱く健吾の手に、ぐっと力が入る。

「撮影――いろいろと、大変だったんだな」

健吾は、葵の元サヤ宣言を聞いたものの、半信半疑だったという。

「葵があれだけ平謝りしたとこを見ると、相当きついこと言ったんじゃないか？」

「いいえ、大丈夫でしたよ。それに、私、健吾さんのこと、信じてますから。不安はあります。でも、それは私自身が原因っていうか……。私が、もっと健吾さんにふさわしい人になればいいっていう話で――」

多少のアルコールが入っているからか、自分でも驚くほど饒舌《じょうぜつ》になっている。

「里美は、今のままでも十分だよ」

健吾の柔らかな声が、頭上から降ってきた。

ほどなくしてマンション前に到着し、タクシーを降りる。健吾に手を取られてエレベーターに乗り込み、部屋へと急いだ。そんな僅《わず》かな時間すら、もどかしくて仕方なくて。

「ぁんっ……、健吾さ――」

部屋のドアを開け、なかに入ると同時に、身体が宙に浮いた。そのままベッドまで連れていかれて、気がつけばそれぞれが着ているものを脱ぎ捨てながら、何度も唇を重ねて――

里美が最後の一枚に手をかけようとしたところで、一瞬早くベッドの上に仰向けに押し倒された。

「これを脱がす楽しみは、俺のためにとっておいてほしいな――」

健吾の指が里美の腰骨をなぞり、ショーツの一番細い部分に引っかかった。

「今日の里美は、特別に可愛い。可愛すぎて困るくらいだ」

唇にキスをされ舌を絡め合う間に、なにひとつ身に着けていない姿にされる。

「健吾さんの、エッチ……」

急に恥ずかしさを感じて、そんな幼稚な台詞《せりふ》を吐いてしまった。

「俺？　でも、仕方ないだろ？　――里美がこんなエッチな顔と身体をしているんだから」

「わ、私のどこがエッチなんですか……」

身体の上をなぞる健吾の視線に、肌がちりちりと焼ける。

「どこがって？　まるごとぜんぶだ――」

あわてふためく里美に、健吾が覆いかぶさる。唇を始点にして、キスがゆっくりと下りていく。

喉から鎖骨の上、デコルテから両方の乳房へと。

「あんっ、あ……ぁっ！」

胸の先に舌先が触れただけで、全身に甘い衝撃が走った。

「んんっ、健吾さん、ぁ……っ」

「どうした？　まだちょっとしか触れてないのに、すごく感じてるみたいだけど――」

健吾の手が、里美の身体の線をなぞる。徐々に内側へ滑《すべ》っていき、指先が柔毛の上をかすめた。

「わ、わかりません。なんだか我慢できなくって……。声、出ちゃって」

唇にキスが戻ってきて、間近にある彼の瞳が里美だけを見つめている。

「そうか。じゃあ、もっと声を出させてやる」

健吾の指が、里美の秘裂のなかに入った。すでに溢《あふ》れている蜜に指先を遊ばせ、花芽の膨らみをコリコリと嬲《なぶ》り始める。

「や……ぁんっ、んっ……健吾さん」

「うん、いい声だ。里美、ここをこうすると、いつも唇が尖《とが》るな――」

その唇にキスされ、舌を絡めとられる。さんざん花芽を弄《もてあそ》んだ後、指が蜜孔の縁《ふち》に移動していく。

「すごく熱くなってる」

ぬるりと指が滑《すべ》り込むと同時に、里美の身体がベッドから跳ねた。耐えきれず、声を上げる。胸に込み上げてくる健吾への想いが、喉元までせり上がってきていた。

「里美、俺のこと信じてくれてありがとう。それを聞いて、すごく嬉しかった」

微笑んだ口元が、ふたたび里美の胸の先を目指す。

胸の先を唇で摘《つま》むと、健吾はちゅっと音を立てて離した。まるで小鳥がエサを啄《ついば》むような愛撫に、呼吸がどんどん乱れていく。

「んっ、はぁっ……。健吾さ……、あんっ！」

ちゅぷちゅぷという水音が、里美の耳朶《じだ》を熱く火照《ほて》らせる。

健吾の唇が下腹を丁寧に巡り、太ももへと移動していく。内ももから膝裏にかけて小刻みにキスをされて、最後に両方の足の甲に順番に唇を押しつけられた。

時間をかけた愛撫に、身体がとろとろの蜂蜜《はちみつ》漬《づ》けになった気分だ。

「くくっ、かーわいい」

里美の脚の間に膝立ちになった健吾が、小さく呟くのが聞こえた。

「い……やっ、そんなに、じっと見ないで……」

「無理。見ないではいられない。だって里美、これ以上ないってくらいふやけてるし。まったく、可愛いったらないな」

「ひぁっ」

膝の上に太ももを抱え込まれ、お尻が宙に浮いた。健吾は、サイドテーブルに手を伸ばし、避妊具の箱を持ってカタカタと振ってみせる。

「これ、補充しといたから」

健吾がにやりと微笑む。とんでもない悪巧みをしているような表情に、ついうっとりと見入ってしまう。

「あ、嬉しいんだ？　やーらし……」

蓋を開け、中身を取りだしながら、健吾が笑い声を上げる。

「ど、どっちがっ！　健吾さんだって――」

反撃しようとするけれど、如何《いかん》せんこんな体勢ではなにを言っても格好がつかない。

「うん？　健吾さんだって？」

里美にちらちらと視線を向けながらも、健吾は着々と準備を進めている。

「けんごさん、だって……」

頭に血が上っているように感じるのは、腰を高く上げられているせいだけではなかった。目の前に健吾がいる——。愛しくて仕方ないただひとりの男が、割れた腹筋の前で屹立《きつりつ》をいきり立たせているのだ。

そんな生々しい映像と、ただ彼が愛しいという想い。

健吾のダヴィデ像のような肢体と、胸が痛くなるほどの恋心と——

「里美——」

腰を少し落とし、健吾が自身の切っ先で里美の蜜孔の縁《ふち》を撫でた。そんな卑猥《ひわい》なしぐさに、すぐさま蜜が溢《あふ》れだす。

「今日は、里美が上になってみようか」

健吾はおもむろに里美の身体を抱え込んだ。

「え？　え……上って——」

ふわりと身体が持ち上がり、膝立ちの格好で座らされる。着地したのは、寝そべった健吾の腰の上。しかも、いつの間にか彼にまたがった体勢になっていた。

「ちょっ、こんなの——」

咄嗟《とっさ》に腕をクロスさせて胸を隠そうとしたのに、一瞬早く伸びてきた健吾の手に、あっさりと阻まれる。

「やっ！　見……、あっち向いててください！」

前かがみになればお腹のお肉が目立つし、反《そ》り返れば胸の小ささを露呈する形になる。

「なんで？　せっかく里美のヌードを下からのアングルで見られるチャンスなのに」

「チャンスなんかじゃありません！　だって、こんなの、どうしていいかわからないのに――」

逃げ場のない状況に陥《おちい》り、里美はもじもじと身を捻《ひね》った。

「そんなに恥ずかしいのか？　じゃあ、目を瞑《つむ》ってるから、俺の言うとおりに動いて」

そう言いながら、健吾は目蓋《まぶた》をゆっくりと下ろした。

「見えてないだろ？　ほら、ちゃんと閉じてる」

健吾は、顎《あご》を少し上げて、薄目を開けていないことを示す。

「わかりました。……まず、どうしたらいいんですか」

目を閉じたままの健吾は、一瞬思案顔をして唇の縁《ふち》を舐めた。

（あ、今のちょっとエッチだった――）

こうして抱き合っているときの健吾は、時折ため息がでるほどエロティックな表情を浮かべる。

それは、恋人である里美だけが味わえる特別な健吾だ。

目を開けているのは自分だけという強みから、里美はいつもよりも大胆に健吾を見つめる。

そうとは知らない健吾は、目を閉じたままもう一度舌先を唇に這わせた。

「そうだなぁ、まずは、少し腰を浮かせる。それから、俺のものに里美のものを、ゆっくりとこすりつけて――」

さすが、特別にエロティックなときの健吾だ。言い終えると同時に、口元をにっとゆがめた。

「ええっ!?　そ、そんな、はしたないことできません……っ！」

驚いて腰を上げると、健吾に軽く頷かれてしまった。

「え？　今の、違います！」

「いいや、違わない。ほら、次は腰を落として」

「そ、そうじゃなくて――」

驚いて腰を浮かせただけなのに、言われたとおりにしたと勘違いされてしまった。

「いいから、やってごらん。だいたいは、もうわかってるよな？　俺がいつも里美にしてるみたいにすればいいいから」

「で、でも……」

自分から動くなんて――

里美がまごついていると、健吾の掌《てのひら》が太ももの外側を撫でながら、ゆっくりと上ってきた。そして、緩《ゆる》く肌を撫でさすりながら、腰骨の位置で指先を固定させる。

「いい？　このまま、まっすぐに腰を落として――」

健吾に言われるまま、ほんの少し腰を落としてみる。すると、ちょうど花開いた房の間に、健吾の屹立《きつりつ》が当たった。

「んっ……」

それだけで思いのほか感じてしまい、小さく声を上げる。

「そうだ。そのまま好きに腰を動かしてみて」

横たわって目を閉じている健吾が、大きく深呼吸をした。その振動がダイレクトに花房のなかに伝わってくる。

「ぁ、んっ……、は……ぁ、っ」

試しに腰を前後に動かしてみると、甘やかな快感が脚の間からわき起こった。我ながら、ひどくぎこちない。だけど、ものすごく気持ちいい——

そこだけに意識を集中させると、屹立《きつりつ》の曲線が手に取るようにわかった。花芽の先がくっきりとした括《くび》れに引っかかると、一瞬息が止まるほどの衝撃に襲われる。

「っ……くっ、も……う、だめっ——」

これ以上まっすぐな姿勢を保っていられない。いつの間にか、里美は目を閉じていたらしい。目を開けると、健吾の顔が見えた。

「ぁ……、ずるいっ、目、いつから開けてたんですか——」

質問した途端、健吾が上体を起こし、里美を腕に抱いた。

「今だよ、たった今目を開けたところ」

そう言う口元が、優しくて意地悪な微笑みを浮かべている。

「嘘っ！　ずっと見てたんでしょ？　それ、反則——っ……」

向かい合った姿勢で健吾の腰の上に抱えられて、そのまま唇を合わせた。健吾に双臀《そうでん》を鷲掴《わしづか》みにされる。

「健吾さ……、ぁ……ああ、あ、あっ！」

蜜窟の縁《ふち》に切っ先を据《す》えると、健吾は里美の身体からふいに手を離した。まっすぐに突き立てられた彼のものが、一気に里美のなかに入ってくる。

「やっ……、あぁ！」

「すごく上手だよ、里美——」

身を仰《の》け反《ぞ》らせて叫ぶ様を、健吾が瞬《まばた》きもせず見つめている。逞《たくま》しい肩に腕を回すと、里美は健吾の上で腰をくねらせた。

「健吾さんっ、ぁ……あああっ……！」

一気に奥深く入り込んだ切っ先が、蜜に濡れる里美の狭路を進む。繊細な凹凸をくっきりとした括《くび》れにかかれ、下腹の内側をくりかえし突かれた。目の前が白くぼやけ、新しい潤《うるお》いがとめどなく溢《あふ》れてくる。

背中を支えられて、そのままベッドに仰向けに押し倒された。

濃褐色《のうかっしょく》の目が間近に迫り、荒い息を吐く唇が小刻みなキスを落としてくる。徐々に速くなる抽送《ちゅうそう》の合間に、何度も軽い絶頂を味わう。

「——っくっ……」

健吾が、小さく呻《うめ》く声が聞こえた。薄く開けた目蓋《まぶた》の向こうで、健吾がきつく眉をひそめている。

「……きもち、いい？」

そんな言葉が、無意識のうちに口をついてでた。健吾は、里美を見つめ困ったように顔を綻《ほころ》ばせる。

「もちろん――。気持ちよすぎて、さっきから何度もイキそうになってるよ」

健吾は、少しの間動きを止め、里美と視線を合わせた。

「里美は？」

「気持ち、いい……。すごく、きもち、よくて、変になりそ……、ん、んっ！」

身体のなかにある彼のものが、みちみちと里美の蜜壁を押し広げる。

「里美のなか、こうしている間も、俺を締めつけて気持ちよくしてくれてる」

健吾とこうしてまじり合えていることに、嬉しさが込み上げる。

このタイミングで、いろいろな感情が胸に込み上げてきた。それがぜんぶ一緒くたになって、外に溢《あふ》れだす。

「健吾さん、わ、わたし……」

涙が目尻から零れ落ち、こめかみを伝った。

「里美？」

健吾が顔を覗き込む。

「どうした？　どこか痛い？」

「違っ……、私、健吾さんが好きです。……こうしている間も、好きで好きで仕方なくって――、あんっ……！」

健吾の屹立《きつりつ》が、里美のなかでさらに質量を増す。里美は、健吾の肩にしっかりと腕を回した。健吾が小さく呻《うめ》き、抽送《ちゅうそう》を再開する。

「あ、んっ！　う、動いちゃ――ぃ、あ、あああんっ！」

腰を強く引かれ、身を捩《よじ》りながら叫び声を上げた。繋《つな》がったまま健吾の左側に横向きにされる。

「里美、俺も好きだ。里美が――」

角度を変えた挿入の刺激が、ふたりを悦楽《えつらく》のなかに引きずり込む。

「んっ……、ん――！」

振り向いた唇をキスで塞がれ、滴《したた》る蜜に濡れた花芽に指先を置かれる。そこを押しつぶすように捏《こ》ねられ、目の前に閃光が弾けた。絶頂を迎え、小刻みに震え続ける里美を、健吾が正面から抱きかかえる。

「まだだ、里美。まだ離してやらない。もう一度イカせてやる。好きだ……里美。愛してるよ――」

「うんっ……、んっ、ふぁっ、あああ……っ！」

里美が二度目の絶頂を感じると同時に、健吾のものが硬く反《そ》り返り、たくさんの精を放出した。くりかえし里美のなかで脈打ち、その感触だけで里美の肌を熱く粟立《あわだ》たせる。

「健吾さんっ……、愛してます。私も健吾さんを愛してます。健吾さんに愛してるって言われて、私、すごく嬉しくってっ……」

里美の目から、新しい涙が零れ落ちる。健吾が、里美の両方の目尻に口づけた。

「愛してます。ずっとずっと、あなたにこう言いたかったんです。心から健吾さんを愛してます……、愛してます！　もう、ずうっと前から――」

里美の必死の告白に、健吾が改めて里美を強く抱いた。

「好き」という気持ちが、どんどん膨らんで「大好き」になり「愛している」になる。その過程を、里美は生まれて初めて経験していた。もっと早い段階でそう言えたはずなのに、恋というものを知らなさすぎて、頭が追いついていなかったのだ。

「里美。俺も同じ気持ちだ」

涙がとめどなく流れるなか、健吾のキスが里美の顔中に降り注いだ。


撮影が終わった三日後、葵はロンドンに向けて旅立っていった。

思い返せば結構な修羅場《しゅらば》だったけれど、葵は魅力的な女性だし、里美の人生において大いにプラスになる出会いだったと思う。

十二月に入り、その日関東に初雪が降った。

ずっと同じヘアスタイルをキープしてきた里美だったが、この冬、ちょっとだけ髪型を変えてみようと思っていた。今まで短かった髪を、少し伸ばしてみようと考えたのだ。

「今日は毛先をそろえる程度で――」

近所にある行きつけのヘアサロンで、初めてそんな頼み方をしてみた。

「え！　――もしかして、丸山さん、彼氏でもできたの？」

いつも担当してくれる女性店長に、ずばりと言い当てられてしまう。頬を染めて椅子にかしこまる里美に、店にいるスタッフ全員が一瞬手を止めた。

「わ、図星だった？　おめでとう～！　丸山さんにもついに春が来たんだ～」

「あっ……ありがとうございます」

およそふた月に一度カットに行き、毎回同じオーダーしかしなかった里美だ。ばれるのは無理からぬことだったけれど、そこまで驚かれるとは思わなかった。

「じゃ、今日のシャンプーはサービスするわね。それはそうと、今度の『ＴＯＫＹＯラ・ヴィ』の野外広告、あれ、かっこいいわね」

職業柄か、店長は実年齢よりも若く見え、着ているものも色鮮やかなものが多い。そんな彼女が好んで着るブランドのひとつが「ブラン・ヴェリテ」だ。

「モノクロとカラーがあったけど、私は断然カラーバージョンがいいわね。まるで都会の街を席巻する女王様みたいな――。あれ着たら、私も東郷葵になれるんじゃない？」

店長が、広告の葵を真似《まね》て大きく両手を広げた。

彼女に限らず、今回の「ＴＯＫＹＯラ・ヴィ」の広告は、これまでにないほどの好評を博している。

広報部の沢木が里美のところに飛んできたのは、それからしばらく経ってからのことだ。

「丸山さん！　たった今決まったわよ、東郷葵さん『ブラン・ヴェリテ』のイメージモデルの仕事、快諾してくれたの。『丸山さんのとこの頼みなら断れない』って！」

葵に再度オファーしたのは、広告が好評であることがわかってからすぐのことだ。

「さすが〝総務部の幽霊さん〟だって、部長も言ってたわよ～。これからもよろしく頼むわね」

それからすぐに葵から電話があった。

『イメージモデルを引き受けた件は、ちょっと早い私からのクリスマスプレゼントだと思って』

葵はそう言って笑った。そして、『絶対に秘密だからね』と前置きして、将来「ブラン・ヴェリテ」にデザイナーとしてかかわりたいという野望を持っていることを明かした。

（やっぱり葵さんってすごい。常に進化してるって感じ――）

デスクの椅子に座り、背もたれにもたれた格好で両手を上げ、降参ポーズをとる。

「う～ん……」

そのまま大きく背伸びをして、勢いよく立ち上がった。

広々としたフロアの遥か向こうに、健吾がいる社長室が見える。里美のいる位置から一番遠い場所だけれど、なかの住人は、里美の一番近くにいる人だ。

里美の周辺は、目まぐるしく移り変わっていく。その実、一番変化しているのは、里美自身かもしれない。


「丸山さん、ちょっといい？」

暮れも押し迫ったある日、総務の田中部長が里美を会議室に呼んだ。

「はい――」

田中は、いつも気さくで、ちっとも偉ぶったりしない人だ。その彼が、いつになく乙《おつ》に澄ましている。

（え、私なにかやらかしたっけ――）

不安を感じつつ部屋に入り、おそるおそる顔を上げた。すると、目の前の部長のふくよかな顔が、満面の笑みをたたえているのが見えた。

「丸山さん、ちょっと早いけど内示出すね。四月から、主任に昇格してもらおうと思う。だから、来期も総務部に残ってくれる？」

「えっ、は、はいっ！　ありがとうございます！」

「うん、よかった。丸山さんには、まだまだ総務にいてもらわなくちゃ。なくてはならない存在だからね。正式な辞令がでるのはまだ先になるけど、引き続き頑張ってください」

にこにこと機嫌よく笑いながら、田中は掌《てのひら》をポンと合わせた。

里美は、そそくさとデスクに戻り、やりかけていた業務に戻った。

金曜日である今日、仕事を終えた後は健吾のマンションで一緒にすごす予定にしている。

待ち合わせ場所は、健吾の部屋。

先月、撮影の打ち上げが終わり健吾の部屋で過ごしたとき、彼にスペアキーを渡されたのだ。

先に部屋にたどり着いたのは、やはり里美だった。途中買ってきた食材をキッチンに置いて、着替えをすませる。ここを訪れるごとに、里美の私物が少しずつ増えていく。その大半は、健吾が里美のために用意したものであり、それらを里美に見せるときの彼は、いつもすごく嬉しそうだ。

「さて、と！」

真っ白でフリルつきのエプロンを取り出し、料理の準備をする。普段から自炊しているものの、いざ人に食べてもらう料理を作るとなると、やはり緊張してしまう。

健吾と本格的に付き合うようになってからというもの、里美は自宅で料理するときもきちんとレシピを確認し、新しくレパートリーを増やすようにしていた。

健吾は、基本的に好き嫌いがない。それに、社長として普段会食が多いせいか、デートでは家庭料理に近いものを食べたがる。

すべての料理ができ上がるころ、タイミングよく健吾の「ただいま」の声が聞こえてきた。

「おかえりなさい。今週もお疲れ――ん……っ……」

出迎えた里美の腰を引き寄せ、健吾がいきなりキスを浴びせてくる。

「――ぷわっ……、さまでした……」

ようやく腕を解かれ、胸のドキドキを感じながら、忙しく深呼吸をした。

「うん、里美もお疲れ様。今日内示あったろ？　田中部長、里美が嬉しそうにしてたって、喜んでたよ。――いい匂いしてるなぁ。晩御飯、作ってくれたんだ？　年末で仕事も忙しかっただろうに、ありがとう。メニューはなに？」

「きのこの炊き込みご飯と、ぶり大根に――けんちん汁と、青菜のおひたしです」

昨日チェックした料理番組の献立のままだけど、以前何度か作ったことがあるし、きちんと味見もすませているから、きっと大丈夫のはず。

「うまそうだな～。一気に腹が減った。すぐ着替えてくる」

健吾は、急ぎ足でクローゼットのある部屋に向かった。その姿は、まるで放課後部活帰りの高校生のようだ。

（なんか、可愛い――）

もしかして、これが母性本能っていうやつ？　そんなことを思いながらテーブルに料理を並べていると、健吾が冷えたビールとグラスをふたつ用意してくれた。

「じゃあ、改めてお疲れ様」

グラスを合わせ、いただきますを言って夕食を食べ始める。

「うまいな。里美、料理上手だよな。俺、こんなおいしいもの食べられて幸せだ」

あまりにストレートな言葉に、里美は真っ赤になって口ごもった。

「よかった。でも、健吾さん、ほめすぎです」

「そうか？　でも、うまいものはうまいんだから、しょうがないよ。今度は、俺が作って里美にごちそうする。なにがいい？　って言っても、さほどレパートリーはないし、新しい料理に関しては味の保証はないけど」

「うーん……、そうだ！　前に朝食用に置いておいてくれた、マフィン形のキッシュ。あれ、また食べたいです！」

「ああ、あれか。了解。あれは、俺がロンドンで一時下宿してた先のおばさんから教えてもらった料理なんだ。じゃあ、明日の朝食は俺が作るな」

健吾とこうして夕食を囲み、夜は同じベッドに眠り、朝はともに起きる。今回が初めてではないけれど、今でもふと、そんな自分自身に驚いてしまうときがあった。

「なに？　俺の顔になにかついてる？」

知らない間に、健吾の顔を見つめていたみたいだ。

「あっ、いえっ。なにもついてませんよ。目と、鼻……それと口。ぜんぶ異常ありません。……すごく、男前です」

「なにそれ。里美のほうこそほめすぎだ」

健吾は笑い、里美の顔をしみじみと見つめ返す。

「里美とこうしてると、なんかもうずーっと前からこうなることが決まっていたように思えるよ。なんでだろうな」

健吾にそう言われ、里美も笑い声を漏らした。

「なんとなく、わかります。私の――健吾さんといると、緊張するけど落ち着く、心が安らぐっていう気持ちも、それと似たような感じだと思います」

「そうか、なるほどな」

頷いた健吾は、その後ももりもりと食べ続け、食後は里美とともにキッチンに立って後片付けを始めた。

「あのさ、里美――」

皿を食洗機に入れながら、健吾が里美に話しかけてきた。

「はい？」

里美は振り返って、健吾を見る。

「今度、里美の実家に行っていいか？　きちんと挨拶《あいさつ》をしておこうと思うんだ。里美さんとお付き合いさせていただいてます、って」

「――ぁ……、は、はいっ！」

急にかしこまった里美を見て、健吾も同じように背筋をしゃんと伸ばした。

「俺、里美とは将来を考えた上の付き合いをしたいと思ってる。まだ付き合って半年ちょっとしか経っていないけど、俺はこの先もずっと里美と一緒にいたい。――つまり、結婚を前提に付き合いたいと思ってるってことだ」

思いもよらない言葉に、里美の頭は真っ白になってしまった。

「あっ……――」

くずおれると感じた瞬間に、健吾に身体を支えられる。

「ごめん、驚かせたな」

「い、いえ……。もう、慣れました。健吾さんと知り合ってから、私ずっと驚きっぱなしですから――」

(言わなきゃ……。私だって同じように思っていたこと、ちゃんと健吾さんに伝えないと――)

健吾の腕にやんわりと抱かれながら、里美は口を開いた。

「私も――。私も、今度実家に帰るときは、健吾さんのことを両親にちゃんと話そうと思ってたんです」

健吾が、ゆっくりと身体を離し、上を向いた里美と視線を合わせる。

「……だから、健吾さんがそう言ってくれるなら、是非っ。健吾さん……っ！　健吾さん、健吾さぁん！」

里美は、いきなり健吾にしがみついて、身体を揺らしぶんぶんと頭を振る。さっき健吾のことを高校生だと思ったけれど、人のことは言えないことがわかった。

なにせ、嬉しくてじっとしていられない。嬉しすぎて、身体が宙に浮いてしまいそうな気がしている。そんな里美を見て、健吾も顔をくしゃくしゃにして笑う。

「よかった――。これ、実質俺のプロポーズなんだけど、こんな喜び方をしてるってことは、オーケーってことでいい？」

「はいっ！　はい、健吾さん」

今は、これ以上話すことができなかった。頭のなかで、何百発の打ち上げ花火が一度に上がったみたいだ。

「ありがとう、里美」

「私こそ、ありがとうございます」

自然と唇が重なり、途中くすくすと笑ったりしながらも、ふたりはその後十分ほどそのままキスをくりかえした。

「じゃ、明日にでも行くかな。里美のご両親に予定を伺ってみないと――」

「ちょ、ちょ……ちょっと待ってください！　うちの両親、ただの人がいい田舎《いなか》の庶民なんです。この間、葵さんのことを話しただけでもものすごい大騒ぎだったのに、今度は勤務先の社長だなんて――」

国内大手アパレル企業――。そこのイケメン社長を、恋人として連れていくのだ。そんなことになったら、いったいどんなことになるのやら――

「だから、事前にちゃんと連絡を入れてお伺いするんだ。それに、葵で大騒ぎした後なら、逆に今がチャンスなんじゃないか？　大騒ぎついでに挨拶《あいさつ》をすませて――。あぁ、その前にうちの祖父に里美のことを紹介しよう。ちょうど明日の夜会うことになってるんだ。じゃあ、里美のご両親のほうは明後日《あさって》かな」

「……ひっ！　そ、祖父って、会長のこと……ですよね？」

健吾の祖父であり「ブラン・ヴェリテ」創始者の桜井幸太郎は、御年七十八歳のダンディな老紳士だ。

健吾は早々に傍《かたわ》らに置いていたスマートフォンを手に取る。

「あ、おじいさん？　――うん、俺。明日のことなんだけど、実は紹介したい人がいるんだ――」

「え？　……えええっ!?」

突然の展開に、里美は思いっきりあわてふためいて「ストップ」のジェスチャーをした。けれど、なぜか健吾には通じない。

焦っている間に、和《なご》やかな雰囲気のまま通話は終わった。

そもそも、自分の勤める会社の会長とはいえ、里美は幸太郎とは一度も話したことはない。たまたまエレベーターで一緒になったことはあったが、ただそれだけ――

立派な口ひげを蓄《たくわ》え、いかにもしかつめらしい風貌《ふうぼう》をしている幸太郎は、もともと気軽に近づけるような人物ではないのだ。

「どうした？　もしかして、祖父のことが怖い？」

里美の表情に気づいたのか、健吾が穏やかな微笑みを浮かべる。

「確かに、あの風貌《ふうぼう》はちょっと近寄りがたいだろうな……。だけど、中身はただの気のいいおじいさんなんだ」

「——そう言えば、社長室に残ってる会長の私物、おもちゃ箱みたいでしたね。ちょっと可愛くて笑っちゃいました」

里美は、以前見た幸太郎の私物が入った箱のことを思った。

「だろ？　あれもいい加減持って行ってあげないとな」

以前社長室で見た幸太郎の私物は、いまだ運び出されることなく部屋に残っている。

「祖父は、親父とはあまりいい関係を築くことはできなかったけど、孫の俺とは割といい感じだしね」

父親のことを口にするときの健吾は、いつも少しだけ辛そうな表情を見せる。それを見るたび、里美はいつかその辛さを分かち合うことができるようになればいいと思う。

「わかりました。私、会います。——会わせてください。私だって、健吾さんの……こ、恋人として、ちゃんとご家族に認められたいですから」

「よし、じゃあ明日一緒に行こう。それと、言っとくけどこんなことするの、初めてだから」

「はい……」

健吾が手を差し伸べ、里美がそれを握った。どちらからともなく身を寄せ合い、里美の身体が健吾の腕のなかにすっぽりと抱き込まれる。

「うちの祖父、俺のこと結構信用してくれてるんだ。だから、言ってた――『お前が連れてくる人なら、大丈夫だろう。会うのを楽しみにしてる』って」

「よかった……」

里美は、ほっとして顔を上げ、健吾を見る。

「それと、できれば自分が生きている間に、ひ孫を見せてほしいって」

「はい、ひ孫を――って、ひ、ひ孫、ん……っ……」

唇が重なり、里美の踵《かかと》が宙に浮いた。

キスをしながら、里美は溢《あふ》れるほどの幸せを身体いっぱいに感じる。そして、思った。

この人と一緒なら、どこへでも飛んでいける――

里美は、健吾に心からのキスを返した。

恋愛小説「エタニティブックス」の人気作を漫画化!

愛されるのもお仕事ですかっ!?

漫画 渋谷百音子 Moneko Shibuya
原作 栢野すばる Subaru Kayano

OLの華《はな》は近々、退職して留学する予定。…のはずが、留学斡旋会社が倒産し、払った費用を持ち逃げされてしまった。留学も仕事も住むところもなくなる華。そんな中、ひょんなことから営業部のエース外山《とやま》と一夜を共に！　さらに、自分のどん底状態を知った彼から「住み込み家政婦として俺の家で働かないか？」と提案されて——!?

B6判　定価：640円＋税　ISBN 978-4-434-23649-5

有允ひろみ（ゆういんひろみ）
2014年に「とろける薔薇にくちづけを」（KADOKAWA）でデビュー。趣味は映画鑑賞・読書・音楽鑑賞。好きなものは薔薇・ウサギ・Hard Rock・ウォッカ。

イラスト：千花キハ

総務部《そうむぶ》の丸山《まるやま》さん、イケメン社長《しゃちょう》に溺愛《できあい》される

有允ひろみ（ゆういんひろみ）

2017年 9月 30日初版発行

編集－城間順子・羽藤瞳
編集長－塙綾子
発行者－梶本雄介
発行所－株式会社アルファポリス
〒150-6005 東京都渋谷区恵比寿4-20-3 恵比寿ｶﾞｰﾃﾞﾝﾌﾟﾚｲｽﾀﾜｰ5F
TEL 03-6277-1601（営業） 03-6277-1602（編集）
URL http://www.alphapolis.co.jp/
発売元－株式会社星雲社
〒112-0005東京都文京区水道1-3-30
TEL 03-3868-3275
装丁イラスト－千花キハ
装丁デザイン－ansyyqdesign
印刷－中央精版印刷株式会社

価格はカバーに表示されてあります。
落丁乱丁の場合はアルファポリスまでご連絡ください。
送料は小社負担でお取り替えします。

ISBN978-4-434-23800-0 C0093